我和我的翻译

# 镜子河

## 谷启楠译文自选集

谷启楠 译著

中国出版集团
中译出版社

# 丛书编辑说明

“我和我的翻译”系列丛书由罗选民教授担任主编，第一辑遴选了12位当代中国有影响力的翻译家，以自选集的方式，收录其代表译著篇目或选段，涵盖小说、散文、诗歌等多种体裁，涉及英、德、法、日、西、俄等多个语种，集中展示了当代翻译家群体的译著成果。

丛书篇目及选段大多是翻译家已出版的经典作品，长期受到读者的喜爱和追捧。每本书的译者不仅是知名翻译家，还是高校教授翻译、文学课程的名师，对译文的把握、注释、点评精辟到位。因此，这套丛书不仅具有一定的文学价值，同样具有较高的收藏价值和研究价值，是翻译研究的宝贵历史语料，也可作为外语学习者研习翻译的资料使用，更值得文学爱好者品读、体会。

书稿根据译者亲自校订的最后版本排印，经过了精心的编辑，主要包括以下几方面的处理：

一、译者及篇目信息

1. 丛书的每个分册各集中展示一位翻译家的译著面貌，文前增添翻译家自序，由译者本人对自己的翻译理念、自选作品的背景和脉络等进行总体介绍。

2. 每篇文章都注明了出处，读者可依据兴趣溯源阅读。

3. 根据各位翻译家对篇目的编排，章前或作品前增添导读，由译者自拟，解析原著内容和写作特色，帮助读者更深入、全面地理解文本。

4. 书后附译著版本目录，方便读者查找对照、进行延伸阅读。

二、译文注释与修改

1. 在译文必要的位置增加脚注，对一些陌生的表述，如人名、地名、书名等做了必要的注释，有助于读者理解术语的文化背景及历史渊源。

2. 遵照各位翻译家的意愿，书中有的拼写仍然保留了古英语的写法和格式，原汁原味。

3. 诗歌部分，考虑其翻译的特殊性，可探讨空间较大，并且具有英文阅读能力的读者较多，特将原文为英文的诗歌，以中英双语形式呈现。

由于编辑水平有限，书稿中肯定还存在一些不足之处，望各位读者批评指正。

# 丛书总序

## 百年征程育华章　薪火相传谱新曲

翻译是文化之托命者。翻译盛，其文化盛，如连绵数千年的中华文明；翻译衰，则其文化衰，如早已隔世、销声匿迹的墨西哥玛雅文化、印度佛教文化。文化传承，犹如薪火相传；静止、封闭的文化，犹如一潭死水，以枯竭告终。

翻译是思想的融通、心智的默契、语言的传神。化腐朽为神奇是翻译的文学性体现，化作利器来改造社会与文化乃是翻译的社会性体现。前者主要关注人性陶冶和慰藉人生，个性飞扬，神采怡然；后者主要关注社会变革和教化人伦，语言达旨，表述严谨。在清末的两类译者中，代表性人物是林纾和严复。林纾与他人合作翻译了180余部西洋小说，其中不少为世界名著，尤其译著《茶花女》赢得严复如下称赞：“孤山处士音琅琅，皂袍演说常登堂。可怜一卷茶花女，断尽支那荡子肠。”[1]严复则翻译了大量西方的社会学、政治学、经济学、法学、哲学等方面的著作，是中国近代重要的思想启蒙家，其译著《天演论》影响尤为深远。该书前言中提出的“信、达、雅”翻译标准对后世影响

1　严复，《甲辰出都呈同里诸公》。

很大。严复本人也因此被誉为中国近代史上向西方国家寻找真理的“先进的中国人”之一。

此后百余年，我国出现了一大批优秀文学翻译家，如鲁迅、朱生豪、傅雷、梁实秋、罗念生、季羡林、孙大雨、卞之琳、查良铮、杨绛等。他们的翻译作品影响了一个时代，影响了一批中国现当代文学家，有力地推动了中国现当代文学的创新与发展。

余光中先生有一段关于译者的描述：“译者未必有学者的权威，或是作家的声誉，但其影响未必较小，甚或更大。译者日与伟大的心灵为伍，见贤思齐，当其意会笔到，每能超凡入圣，成为神之巫师，天才之代言人。此乃寂寞译者独享之特权。”[1] 我以为，这是对译者最客观、最慷慨的赞许，尽管今天像余先生笔下的那类译者已不多见。

有人描述过今天翻译界的现状：能做翻译的人不做翻译，不做翻译的人在做翻译研究。这个说法不全对，但确实也是一个存在的现象。我们只要翻阅一些已出版的译书就不难发现词不达意、曲解原文的现象。这是翻译界的一个怪圈，是一种不健康的翻译生态现象。

作为学者、译者、出版者，我们无法做到很多，但塑造翻译经典、提倡阅读翻译经典是我们应该可以做到的事情，这是我们编辑这套丛书的初衷。编辑这套丛书也受到了漓江出版社的启发。该社曾开发“当代著名翻译家精品丛书”，出了一辑就停止了，实为遗憾。

本丛书遴选了12位当代有影响力的翻译家，以自选集的形式，收录译文、译著片段，集中反映了当代翻译家所取得的成绩。收录译文

1 余光中，《余光中谈翻译》，中国对外翻译出版公司，2002。

基本上是外译中，目前，外国语种包括英语、俄语、法语、德语、西班牙语、日语。每本书均有丛书总序、译者自序，每部分前有译者按语或导读。译丛尤其推崇首译佳作。本次入选的译本丛书可以视为当代知名翻译家群体成果的集中展示，是一种难得的文化记忆，可供文学和翻译爱好者欣赏与学习。

如今，适逢中国面临百年未有之大变局之际，中译出版社的领导高度重视，支持出版“我和我的翻译”丛书，可以视为翻译出版的薪火相传，以精选译文为依托，讲述中国翻译的故事，推动优秀文化的世界传播！

罗选民

2021 年 7 月 1 日于广西大学镜湖斋

# 译者自序

翻译文学作品是我一生中最喜欢做的事情。

1965 年我从南开大学外文系毕业留校后，一直从事英语专业的教学工作，直至退休；与此同时也进行英语文学的研究和文学翻译的实践与研究。现在回想起来，促使我从事文学翻译工作的因素主要有以下五个。第一，在大学学习期间，有幸遇到系主任、作家兼翻译家李霁野先生，还有许多专业水平高、勤奋敬业、循循善诱的好教师，包括翻译家高殿森先生、金隄先生和杨善荃先生，他们的教导给我们打下了较扎实的英语和翻译的基础。第二，1982 年参加由上海外国语学院《外国语》编辑部和江苏人民出版社《译林》编辑部合办的 1982 年度英语译文征文评奖，获得二等奖。林相周教授对我的译文《儿子》做了点评，其他六位专家也提出了宝贵的意见，我受益匪浅，对自己的翻译能力开始有了信心。（遗憾的是，1983 年颁奖时我正在国外，由于通讯条件较差，未能及时做出回应。）第三，1983 年在加拿大不列颠哥伦比亚大学作访问学者期间，除了学习英语教学法和美国加拿大文学之外，还学习了“翻译的语言学理论”课程，对翻译的性质、标准、方法等有了较理性的认识，为日后指导翻译实践打下了基础。第四，1988 年 6 月，在中国社会科学院外国文学研究所李文俊教授的鼓励下，我在《世界文学》期刊发表了短篇小说译文，增强了信心。同年 10 月，有幸应邀参加了中国翻译工作者协会在湖南长沙举办的第一次文学翻译研讨会，深切体会到老一辈翻译家对中青年译者的殷切期望，很受鼓舞。第五，1995 年，在人民文学出版社苏福忠编辑的推荐下，通过试译，承担了《达洛维太太》一书的翻译任务，从此便正式开启了文学翻译生涯。总而言之，我之所以能在翻译方面做出一点成果，得益于国家的培养，得益于前辈学者和师长的教诲和提携，也得益于出版社编辑的指导和帮助，以及合译者的协作。对此我一直心怀感激。

多年来，我主要翻译了一些英语文学作品，也翻译了少量汉语散文。从学习、实践和研究中，我对文学翻译的认识日渐加深，现在简单地谈一点心得体会，与读者分享。

一、译者对原作的正确理解是翻译的必要前提。翻译是一种极其复杂的脑力劳动。从心理语言学的角度出发，作者创作—译者翻译—读者接受的全过程就是一个编码—解码—再编码—再解码的过程，涉及两种语言。译者担负着双重任务，既要用第一种语言解码，理解作品，又要用第二种语言再编码，写出译作，因此译者对原作的正确理解起着举足轻重的作用。翻译文学作品更是如此。由于文学作品是作家运用文学语言反映社会生活、表达自己思想感情的艺术品，译作也应该是传达原作信息和原作者思想感情的艺术品，应能使译文读者感受到原作的风格和魅力。文学翻译如同文学创作一样需要灵感，只不过必须在原作限定的范围内进行再创作，绝不可随意发挥。

二、对原文作者要有敬畏之心，翻译文学作品更应如此。我认为，从广义上讲，伟大的作家必定是伟大的思想家，尽管不一定都见诸于思想家名录。凡是经受住时间的检验、在历史的大浪淘沙之下留存于后世的文学作品，无一不反映作家对人生和社会的深刻思考，以及对人类命运的深切关怀,既富哲理性又具艺术性。我们在翻译文学名著时，必须对作家怀有敬畏之心，以严肃认真的态度对待他们写下的每一个字、每一句话、每一个段落和每一个篇章，不能有丝毫怠慢。我总有这样的感觉：解读作品的过程就是译者与作者进行心灵沟通的过程。这个过程是艰苦的，有时为了破解一句话，需要翻遍资料，方可领悟其含义。可是一旦破解了作者的含义，或找到了自认为贴切的表达方法，所感受到的快乐是无法形容的。尽管由于文化背景的差异，译者不一定能百分之百地领会作家的真意，但仍应付出百分之百的努力。

三、时时想着译文读者。由于翻译是一项跨语言、跨文化的交际活动，译者在翻译之前首先要对译文潜在的读者进行定位。在翻译时需要从目标读者的角度考虑，估计他们阅读译文会遇到哪些困难，然后尽可能用他们能明白的语言和表达方法来翻译，妥善处理细节，使译文清晰易懂。

四、研究原作，细读文本。原作的文本是作者超越时空与我们对话的依据，也是我们翻译的根据，因此细读文本至关重要。文学作品包含语言成分和文学成分。我们研究原作时，首先要结合语境分析和理解词汇的字面意义和关联意义、句法结构的结构意义和关联意义，以及修辞手段的字面意义和关联意义。此外，还要结合作家生活的时代和作家的创作意图来分析和理解原作的文学成分，包括背景、情节、结构、人物、叙事视角、主题、风格等，以便真正读懂原作，并把握其总体精神。

五、注意传译原作的文化内涵。语言既是文化的载体，又是广义文化的一个部分，可以说翻译语言在很大程度上就是传译文化。译者应具有文化意识和对文化的敏感性，要善于识别原作中的文化信息，弄清楚作品的文化背景和文化内涵。特别要注意一些词语所负载的文化含义。为了帮助读者了解相关的历史地理典故、经典文学典故、民俗典故、成语俚语等，可以进行解释性翻译，通过“增译法”或另加注释的方法予以说明，不能为了追求行文简洁而省略。遇到难解的文化问题，除查阅资料外，如能与精通于此的人士进行探讨，将会大有裨益，因为有些文化含义已内化于人们的意识之中，从书本上不一定能查到。这些年来，我请教过不少外籍教师，有时还与美国锡耶拉学院的帕特·麦克德米德教授和加拿大不列颠哥伦比亚大学的威廉·纽教授通过电子邮件进行探讨，得到了很多启发和帮助。

六、力求用最自然、最贴切的语言近似地再现原作的风格。翻译家奈达和金隄提出的“动态对等”“功能对等”理论对指导翻译实践有一定的作用。英汉两种语言虽然有许多差异，但也有许多相似或相同之处。翻译时要顺应作者的思路，一般情况下可比照原文的句式进行翻译，尽量避免将句子或段落打乱重组，除非因语言差异太大而不得不做出变通。在翻译意识流作品时，更要顺着作者的思绪走，尽量少做变动。翻译不同体裁的文学作品时，要研究体裁的特点。例如，对文论类作品时要注意作者的逻辑思维和原文的严密结构，对诗歌则要注意其意境、节奏、押韵方式等。这样在翻译时才可以尽量贴近原文的风格，用译文读者能懂的方式明晰地表达。重译名著时，要尽量避免受先前译本的影响。重要的还是细心研读原著文本，然后按照自己的理解逐字逐句地翻译，努力寻找能近似地再现原著的译法，力求译出自己的风格。

七、翻译是有缺憾的艺术。个人的认知能力和语言表达能力毕竟有限，在限定的时间之内翻译出的作品总会有这样那样的不足之处。随着知识的增长和阅历的增加，再次阅读原作总会有新的感受，了解读者对译作的反馈也会有新的启发。译者必须不断思考，不断修改，使译作逐渐完善。

这部选集收入的都是英译汉的作品，有已发表的，也有少量未发表的旧作和新作，体裁包括小说、文论、诗歌等。原文作者都是英国、美国和加拿大的著名作家。这次能有机会重新审视和总结自己的翻译成果并向读者汇报，实感荣幸，在此向这套丛书的主编罗选民教授表示衷心的感谢，向中译出版社的领导和胡晓凯、范祥镇、钱屹芝编辑表示衷心的感谢。

谷启楠

2021 年 4 月 22 日

# 目录

**第三编　文论**



**第四编　诗歌**

# 第一编

# 短篇小说

## 导读

这部分选译的六篇小说都是著名作家的杰作。

《无篷船》的作者是美国作家斯蒂芬·克莱恩（1871—1900）。小说讲述一名记者和三名船员遇海难后乘一艘救生小艇死里逃生的艰苦历程。它虽以作者 1897 年 1 月 1 日亲身经历的海难为素材，但绝非纯写实性作品。作者的艺术虚构和富于哲理的评论使它超越了一般历险故事的范畴，具有更为深刻的内涵，堪称美国自然主义文学的典范之作。克莱恩对于大自然的描绘栩栩如生，在细节描写、颜色描写和比喻的使用方面独具匠心。

《一个洁净、灯光明亮的地方》的作者是美国作家厄内斯特·海明威（1899—1961）。故事讲述一位意大利孤寡老人夜晚在小酒吧与两位侍者的谈话，以及他的所思所想，反映了第一次世界大战后人们的绝望情绪和虚无主义态度。作者的语言极其简练，创造出一种内在的张力。

《乞力马扎罗的雪》也是海明威的杰作，讲述美国作家哈里在非洲游猎途中身患重病而濒临死亡的故事。哈里在危难时刻检讨了自己过去沉溺于奢靡生活、不思进取的错误，表达了虽然失败仍思悔改的愿望，并勇敢地面对死亡。作者在描写现实场景和对话时，使用了一贯使用的极简语言。而在描述回忆中的场景时则大量使用意识流手法和相应的句法复杂的语言。

《安德鲁斯先生》的作者是英国作家爱德华·摩根·福斯特（1879—1970）。这是一篇幻想小说，描写两个亡灵去天国游历所得到的感悟，寄托了作者对基督徒和伊斯兰教徒实现和解、和平共处的美好愿望。语言朴实无华。

《永恒的瞬间》也是福斯特的力作，讲述一位英国女作家与一位在旅游地邂逅的意大利服务员之间的感情纠葛，预见了旅游业的无序发展将带来灾难性后果，以及金钱会腐蚀和扭曲人们的灵魂。作品语言生动，有细腻的心理描写，故事情节引人入胜。

《失落在水中的秘密》的作者是加拿大作家洛克·卡里埃（1937 年生）。小说表现两代人对于继承传统技艺的不同态度，用朴实的语言讲述了一个朴实的故事。

翻译这些作品先要研究它们的特点和内涵，然后根据不同特点采取相应的翻译策略和方法。

# 无篷船[1]

[美] 斯蒂芬·克莱恩

此故事旨在描摹事实——四名船员在“海军准将”号沉没后逃生的经历。

## 一

他们都不知道天空的颜色。他们的眼睛平视前方，紧盯着席卷而来的海浪。海浪呈蓝灰色，只有浪尖泛着白沫，他们四个男人都知道大海的颜色。地平线一会儿变窄，一会儿变宽，一会儿下沉，一会儿上升；无论在什么时候，地平线的边缘都是锯齿形的，那是由于海浪一涌而上，好似许多突出的尖子，像嶙峋的岩石。

许多人家里都应该有浴缸吧，比起这条海上小船来，浴缸还要

---

1 原载于《沉睡与发掘：外国文学名著精译与赏析（欧美文学卷）》，南开大学出版社，2004 年。后载于《文踪译迹——谷启楠文集》，南开大学出版社，2019 年。

大些呢。海浪极不公平，也很野蛮，来得突兀，卷得很高，每一个泛着泡沫的浪尖都给小船的航行造成了困难。

厨师蹲在船底板上，两眼盯着六英寸宽的舷边，舷边把他与大海隔离开来。他的袖子卷着，露出胖胖的前臂；他的背心没系扣子，当他弯下腰去舀船里的海水时，背心的前襟也随着摆动。他常说："上帝！真是死里逃生啊。"他说这话的时候，他的目光总是掠过破碎的大海凝望着东方。

机械加油工握着一只桨，当作船舵，掌握着航向，他有时突然直起身子，避开从船尾卷来的海浪。船桨又小又薄，好像随时都会折断似的。

记者划着另一只桨，观察着海浪，同时思考自己为什么会来到这里。

受伤的船长躺在船头，此时陷入深深的沮丧和冷漠之中；这种沮丧和冷漠总会在公司破产、军队败阵、船舶沉没的无奈时刻突然地，至少是暂时地，来到人们心中，就连最勇敢、最坚忍的人也不能幸免。一船之长的心总是深深地植根于船体之中，无论他指挥了一天还是十年；而这位船长的脑海里就有一个不可磨灭的景象：在拂晓的昏暗中，有七个朝上的面孔，然后是顶桅的断头，上面有一个来回击打海浪的白球[1]，它们都在下沉，越来越低，最后完全沉入海里。从那以后，他的话音里就有了一种陌生的因素，那声音虽沉稳，但带有深

---

1 "白球"的意思可以从作者的诗歌《一个人抓着细桅杆在海上漂浮》(***A Man Adrift on a Slim Spar***) 里找到解释。该诗描写一个人落海后抓住一根细桅杆在海上漂浮，他那"进满了空气的上衣鼓涨起来"。

深的哀伤，还有一种超乎演说或泣诉的特质。

“再向南一点，比利，”他说。

“是，再向南一点，”船尾的加油工说。

这条小船上的座位与腾跃的野马背上的骑手座没有什么两样，而且，用同样的比喻，一匹野马并不比这条船小多少。小船腾跃，直立，猛冲，活像一只野兽。每次浪涛涌来的时候，小船都要升上去迎接，因此小船就像一匹马，跨越一个特别高的栅栏。小船攀越这些水墙的方式颇有神秘色彩；再有，它到了水墙顶端会遇到在白色激浪水域里行船通常遇到的这些问题：水沫从每一个浪涛的顶峰飞泻而下，这就要求小船再次跃起，在空中腾跃。小船轻蔑地冲撞了一个浪尖之后，会沿着长长的海水斜坡往下滑，然后加快速度，溅起水花，颠簸着来到下一个危险的海浪面前。

大海有一个独特的缺点，那就是，你成功地征服了一个波浪之后，会发现后面还有一个，和前一个同样重要，同样紧张急切地要干点实事来淹没船舶。在一条十英尺长的救生艇里，你只要看看那一排排的海浪，就能知道大海多么有谋略。这一点，一个仅有普通航海经历而没在海上乘过救生艇的人是无法领会的。每一道蓝灰色的水墙到来时，都挡住了船里人的视线，使他们看不见别的东西，于是他们很容易想象这波浪就是大海的最后喷发，是野性的海水作出的最后努力。在海浪的运动中有一种可怕的优雅，而且海浪悄悄地到来，仅浪尖发出低吼。

在暗淡的光线里，这四个人的脸一定是灰色的。他们目不转睛地盯着船尾方向时，眼睛里一定闪着奇异的光。假如从一个阳台往下看，整个场面无疑是一幅美丽的图画，带有神秘色彩。可是船里的人却没有时间去欣赏，他们即便有空闲，也需要考虑很多别的事。太阳渐渐转上了天空，他们知道天已经大亮了，因为大海的颜色变了，从蓝灰色变成了翡翠绿色，上面还有一条条琥珀黄褐色的光带，浪峰的水沫像倾泻而下的雪花。他们并不知道破晓的全过程。他们只是意识到了滚滚而来的波浪在此过程中发生的颜色变化。

厨师和记者用不连贯的语句争论着救生站和避难所有什么区别。厨师刚才说："莫斯基托湾灯塔的北边就有一个避难所。他们一看见我们就会驾船来接的。"

"谁看见我们？"记者问。

"船员呀，"厨师说。

"避难所里没有船员，"记者说。"据我所知，避难所只是放着衣服和吃食的地方，给遇上海难的人提供方便。避难所没有船员。"

"哎呀，有，那里有，"厨师说。

"没有，没有，"记者说。

"嗨，不管怎么说，咱们还没到那儿呢，"加油工在船尾说。

"唔，"厨师说。"也许我想的那个房子，莫斯基托湾灯塔附近的那个，不是避难所。也许是救生站。"

"咱们还没到那儿呢，"加油工在船尾说。

## 二

就在小船从一个浪尖跳到另一个浪尖的时候，海风吹乱了四个人的头发，他们都没戴帽子；当船尾扑通一声又落入水中时，浪花从他们身边打了过去。每一个浪尖都是一座小山，一刹那间，四个人从浪山顶上看到了整个辽阔骚动的海域，它闪闪发光，被风撕裂开来。它大概是很壮观的。大海无拘无束，野性十足，泛着翡翠绿色、白色和琥珀黄褐色的光，它的这种变幻大概是很辉煌的。

“太好了，风是往海岸刮的，”厨师说。“不然的话，咱们会在哪儿呢？那就没这出戏了。”

“说得对。”记者说。

忙着划船的加油工点了点头，表示同意。

随后，船长在船头咯咯地笑了，他的笑声同时表达了幽默、鄙夷、悲哀三种情感。“伙计们，你们觉得咱们还有多少戏吗？”他说。

听了这话，那三个人都不说话了，只是偶尔清一下嗓子。他们都觉得，在这种时候，表现出丝毫的乐观情绪是幼稚和愚蠢的，可是毫无疑问，他们心里都觉得形势是乐观的。年轻人在这种时候常常会固执己见。从另一方面讲，处在这种情况下，他们的伦理观念绝不允许他们公开表示失望。正因为如此，他们才保持沉默。

“唔，不要紧，”船长安慰他的孩子们说，“咱们会安全上岸的。”

可是他的口气里有一种成分使他们深思，于是加油工说：“是啊！如果风向不变！”

厨师正在舀水。“是啊！如果近岸浪不对咱们发威。”

海鸥像是用粗棉布做的，它们忽而飞近，忽而飞远。有时它们栖息在海面上，靠近一片片棕色的海藻；海藻滚过波浪，那态势如同挂在绳子上的一排地毯在狂风中摆动。海鸥成帮结伙，惬意地栖息在波浪之上。小船里有人嫉妒它们，因为大海的怒涛对它们没有丝毫影响，正如对千里之外内陆地区的草原松鸡群没有影响一样。海鸥时常飞得很近，用黑眼珠瞪着船里的人。在这种时候，它们目不转睛审视的目光怪异而邪恶，于是四个人愤怒地大喊起来，叫它们滚蛋。一只海鸥飞了过来，显然决意落在船长的头顶上。那只海鸥飞着，与小船保持平行，它不兜圈子，而是在空中做出短距离的斜跳，活像小鸡的动作。它的黑眼珠伤感地盯着船长的头。"丑八怪，"加油工对海鸥说，"你像是用折刀削出来的。"厨师和记者恶狠狠地咒骂那家伙。船长自然想用沉重的缆绳头把它打走，可是他不敢，因为任何一个近乎用力的动作都会倾覆这条满载的小船。于是船长轻轻地、小心翼翼地挥了挥张开的手，赶走了海鸥。阻止了海鸥的跟踪之后，船长舒了一口气，因为自己毫发无损；其他三个人也舒了一口气，因为他们这时突然意识到那只海鸥很恐怖，是个不祥之兆。

在这期间，加油工和记者一直在划船。他们现在仍在划船。

他们两人同坐一个座板，每人划一只桨。然后加油工拿起双桨划，然后是记者划双桨，然后是加油工，然后是记者。他们不停地划呀划呀。干这活儿最难处理的，就是躺在船尾的人起身换班的时候。说老实话，从母鸡身子底下偷鸡蛋比在救生艇上交换位置还要容易些。首先，船尾的人要把手放在横座板上轻轻滑动，小心翼翼地挪动身子，好像他是用塞夫尔瓷[1]做的。然后，坐在划手座上的人要把手放在另一块横座板上轻轻滑动。这一切都要做得格外小心。两个

1　塞夫尔瓷，一种著名的精细瓷器，产于法国巴黎市西南郊的塞夫尔国家瓷厂，已有二百五十多年历史。

人侧身而过时，所有的人都警惕地观察着即将冲来的海浪；船长喊："注意啦！稳住别动！"

海中不时出现一团团棕色海藻，看起来像小岛，像星星点点的土地。从表面上看，海藻既不往这边漂，也不往那边漂，几乎静止不动。这些海藻告诉船里的人，小船正缓慢地向陆地驶去。

救生艇随着一阵大浪升得很高，船长在船头小心翼翼地直起身子说，他看见莫斯基托湾的灯塔了。厨师马上说他也看见了。记者当时正在划船，不知为什么也想看看灯塔，可是他正背对着远处的海岸，而且对付海浪很重要，因此他一时没有机会回头。然而终于来了一个比较柔和的海浪，当小船到了浪尖的时候，他迅速扫了一眼西边的地平线。

"看见灯塔了吗？"船长问。

"没有，"记者慢吞吞地说，"什么都没看见。"

"再看看，"船长说。他指了一下，"就在那个方向。"

船又一次来到浪尖的时候，记者朝船长指的方向看了看，这一次他的眼睛恰好捕捉到一个静止的小东西，就在摇摆的地平线的边缘。它简直就像一个针尖。只有非常急切的目光才能搜寻到这么微小的灯塔。

"船长，你觉得咱们能上岸吗？"

"如果这风继续刮，船也不被淹的话，不可能有别的结果，"船长说。

尽管小船被一个个如山的巨浪托上去，又遭到浪尖的恶毒泼洒，它还是前行了，但是由于海里没有了海藻，船里的人看不出小船在前进。小船看上去不过是个很小的物件，在海面颠簸，任凭五大洋摆布，却神奇地保持向上，没有翻覆。偶尔有一大片海水像白色的火焰一样涌进船里。

“厨师，往外舀水。”船长镇静地说。

“是，船长。”生性快乐的厨师说。

## 三

这四个人在海上建立起来的微妙的兄弟情谊，很难用语言描述。谁都没有谈论这种情谊。谁都没有提到它，可是它确实存在于小船之中，每个人都感觉到它温暖着自己。他们是船长、加油工、厨师和记者，他们是朋友，他们的友谊是铁打的，其牢固程度竟然超过了一般的友谊。受伤的船长倚着水罐躺在船头，说起话来声音总是很低沉，很镇静，而他指挥的三个性格各异的船员总是愿意迅速执行命令，他永远不可能找到比他们更好的船员。这不仅仅是因为大家都认识到怎样做才能最好地维护共同的安全，这里面肯定还有一种个人的、心灵感知的因素。有了对小船指挥员的忠心，就有了这种同志情谊；就拿记者来说吧，尽管他过去受的教育使他不相信人间有真情善意，但就是在此时他也明白，这种同志情谊是他一生中最美好的经历。但是他们谁都没有谈论这种情谊，谁都不提。

“我希望咱们有一面风帆，”船长说。“咱们可以试一试，把我的大衣挂在一只桨的头上，那样你们两个孩子就有机会休息一下了。”

于是厨师和记者扶住了充当桅杆的船桨，展开了船长的大衣。加油工负责掌舵，小船有了刚拼凑的桅帆，行驶得很顺利。有的时候，加油工不得不疾速划桨，以避免滔滔海水打进船里，但除此之外，航行还是成功的。

在这期间，灯塔慢慢变大了。现在它几乎有了颜色，看起来像天边一个灰色小阴影。划桨的人禁不住频频回头，力图看一下那个灰色小阴影。

坐在颠簸小船里的四个人终于能从每个浪尖上方看见陆地了。正如灯塔像直立在天边的阴影，那片陆地看起来不过是海上的一个长长的黑影，肯定比纸还要薄。“我们一定是到了新士麦拿[1]对面的海域，”厨师说。他曾多次乘坐双桅帆船到过这一带沿岸。“船长，顺便说一句，我相信他们一年前就不用那边的救生站了。”

“是吗？”船长说。

风慢慢停了。现在厨师和记者用不着服苦役高举船桨了。可是海浪还在肆无忌惮地冲击救生艇，小艇再也走不动了，只是在浪涛上拼命挣扎。加油工，抑或记者，又划起了双桨。

海难与一切无关。只要人们事先能进行应对海难的训练，并能管控船舶，让事故在自己身体状况好的时候发生，海上就不会淹死那么多人了。在登上救生艇之前，他们四个人有两天两夜都没怎么睡过觉，而且他们在逐渐下沉的轮船的甲板上费力攀爬时，紧张之中竟忘了多吃东西。

1 “新士麦拿”，似指“新士麦拿比奇”（New Smyrna Beach），美国佛罗里达州东北部一城市，濒临大西洋。

由于这些原因，还有其他原因，加油工和记者这时候都不喜欢划船。记者以一切心智健全者的名义天真地质疑，怎么有人会认为划船好玩。划船可不是娱乐，而是残酷的惩罚。就连心理失常的天才都不会得出结论说，划船不是折磨肌肉的恐怖行为和劳损后背的罪行。记者给船里的人讲了他此刻对所谓划船乐趣的领悟，满脸疲惫的加油工笑了笑，表示完全赞同。顺便提一下，在轮船下沉之前，加油工已经在机房里连续工作了两个班次。

“伙计们，现在划慢点吧，”船长说。“别太累了。如果咱们必须冲过近岸浪，你们就得使出全部力气，因为咱们肯定是要游过去的。慢点，别着急。”

陆地慢慢地从海上升了起来。它从一条黑线变成了一道黑线和一道白线——那是树木和沙滩。最后，船长说他能看出岸上有一所房子。“那就是避难所，肯定是，”厨师说。“他们很快就会看见咱们，会出来找咱们的。”

远处的灯塔升高了。“现在管理员应该能看见咱们了，如果他透过玻璃窗看的话，”船长说。“他会通知救生员的。”

“先前那些船大概都没有靠岸，没有报告我们遇上海难的消息，”加油工低声说。“要不然，救生船就会出来找我们了。”

陆地从海中朦胧地显现出来，很缓慢，很美丽。风又刮起来，已经改变了方向，从东北风变成了东南风。最后，一种新的声音突然传进船里人的耳中。那是近岸浪发出的低低的轰鸣。“现在，咱们永远到不了灯塔了，”船长说。“比利，船头偏北一点。”

“是，船头偏北一点。”加油工说。

于是小船又一次把船头转到顺风方向；除了划桨人以外，其他人都注视着海岸，看着它越变越大。他们知道海岸在不断扩展，心中的疑虑和恐惧逐渐消失了。尽管操控小船仍需付出很大的精力，但他们还是悄然生出一种快乐的感觉。也许再过一小时他们就能上岸了。

他们的脊柱已经完全适应了在船里保持平衡，现在他们驾驭着犹如野马驹的救生艇，活像马戏演员。记者觉得自己被淋得湿透了，可是不经意间摸了摸外衣的上口袋，竟发现了八支雪茄烟。他们四人都被海水打得湿透，四人都毫发无损。一番搜索之后，有人找出三根干火柴，于是这四个流浪汉便不管不顾地在小船里抽起大雪茄烟，还评论起全人类的好与坏；他们的眼睛炯炯有神，确信自己很快就会得救。每个人都喝了一点水。

## 四

“厨师，”船长说，“你说的那个避难所周围不像有人的样子。”

“是啊，”厨师回答，“很奇怪，他们竟然没看见我们！”

一片宽阔低矮的海岸伸展在四个人的眼前。它由许多沙丘组成，上面覆盖着深色植被。近岸浪的吼声很清晰，有时一阵大浪翻滚着扑向海滩，他们能看见白唇状的浪尖。天边有一座很小的房子，只有粗浅的轮廓，呈黑色。往南边看，细细的灯塔挺立着，呈灰色。

潮水、海风和波涛摇晃着小船，推着它往北走。“奇怪，他们竟然没看见我们，”这四个人说。

这时候，近岸浪的吼声减小了，但它的音调却具有巨大的威胁性。小船游过大卷浪时，四个人都在倾听这吼声。“咱们的船肯定要淹了，”大家都这样说。

这里我要说一句公道话，其实无论是向北还是向南，方圆二十英里内根本就没有救生站。然而这四个人不知道，因此说了些辱骂的话，骂这个国家的救生员眼力不济。四个愤怒的男人坐在救生艇里，发明出许多带侮辱性的称谓，其数量之大超过任何记载。

“奇怪，他们竟然没看见我们。”

前一阶段的轻松气氛已荡然无存。他们的心变得更加敏感，能轻易想象出各种展现人类无能和盲目的画面，当然还有人类怯懦的画面。海岸就在那一边，陆地上有人居住，可是岸上却没出现任何救援的迹象，这使他们越发觉得愤懑。

“哎，”船长终于说话了，“我想咱们必须自救了。如果在这儿停得太久，到了船被淹的时候，谁都没力气游了。”

于是正在划船的加油工调转了船头，径直向海岸划去。他的肌肉突然紧缩起来。他在思考。

“如果咱们不能都上岸——”船长说。“如果咱们不能都上岸的话，我想你们知道往哪儿传我的死讯吧？”

于是他们很快地交换了地址，讲了该注意的事项。他们的思虑中有许多愤怒的成分。也许他们的想法可以归纳如下：“如果我将要被淹死——如果我将要被淹死——如果我将要被淹死，为什么要用镇海七疯神的名义让我到这么远的地方来看树木和沙滩？把我带到这儿来，仅仅是为了让我在即将啃到生活的神圣奶酪时又被牵着鼻子拉开吗？真是太荒唐了。如果命运这个笨女人不能做得更好，就应该剥夺她管理人类命运的权力。她是个不知道自己要干什么的老婆子。如果她决定淹死我，为什么不一开头就干，给我省掉所有这些麻烦呢？这一切实在太荒唐了……可是，不会的，她不可能想淹死我。她不敢淹死我。她不能淹死我。我做了这么多事，她不能那样做。”随后，说话的人可能会有一种冲动，想对着云彩挥动拳头。“现在你淹我吧，听听我怎么骂你！”

此时过来的大浪更可怕了。它们总像马上就要冲过来，把小船翻进汹涌的泡沫。它们的话语里有一种预报性的拉长的咕哝声。即便不习惯大海的人，也不会断言救生艇能及时登上这些陡峭的浪峰。海岸依然很遥远。加油工是个狡黠的冲浪高手。“伙计们，”他快速地说，“这船坚持不了三分钟了，咱们离岸太远，没法子游过去。船长，是不是再把船划向大海？”

“好的，划吧！”船长说。

加油工做了一系列神速的动作，施展了又快又稳的划船技巧，在近岸浪中间调转船头，又把船安全地划向大海。

小船在布满沟痕的海上颠簸，驶向更深的海域，很长一段时间船上静寂无声。后来有一个人忧郁地说：“唔，不管怎么说，到了这会儿，他们在岸上一定看见我们了。”

海鸥排着斜队，顶着风朝灰色而空寂的东方飞去。东南方向有暗淡的云和砖红色的云，好似从燃烧的楼房冒出的烟，看样子是有暴风雨。

“你觉得那些救生员怎么样？他们是不是太可爱了？”

“真有意思，他们还没看见我们。”

“也许他们以为我们在这里玩儿！也许以为我们在捕鱼。也许认为我们都是他妈的傻瓜。”

这个下午十分漫长。潮水改变了方向，竭力迫使他们往南走，可是海风和海浪却叫他们往北走。在前面很远的地方，海岸线、大海和天空形成了巨大的角度，那里有一些小小的圆点，似乎表明岸上有一座城市。

“是圣奥古斯丁[1]吗？”

船长摇了摇头。“离莫斯基托湾也太近了。”

加油工划船，然后记者划，然后加油工又划。这可是个累人的差事。人的后背可以变成承载疼痛和苦痛的地方，它承载的痛苦比许多综合剖析一大群人的书上所记载的痛苦还要多。尽管人的后背面积有限，但它能变成上演无数肌肉冲突、纠结、扭曲、紧缩和其他舒适动作的剧场。

“比利，你以前喜欢划船吗？”记者问。

“不喜欢，”加油工说，“去他的吧。”

一个人离开划手座换到船底板位置时，身体承受了很大的压力，这使他对什么都不关心，只是在必要时动一个手指头。小船里，冰凉的海水冲过来又冲过去，而他就躺在水里。他的头枕在一块横座板上，离旋转而来的浪尖仅一英寸之遥；有的时候，一股特别嚣张的

1 圣奥古斯丁，美国佛罗里达州东北部的城市，为大西洋沿岸航道上的入口港。

海水打进船里，又把他淋得透湿。可是这些并没有让他恼火。几乎可以肯定，假如船翻了，他会舒舒服服地滚到海面上，仿佛他确信大海是一块舒适的大床垫。

“看！岸上有一个人！”

“在哪儿？”

“在那儿！看见了吗？看见了吗？”

“哦，看见了！他在走动。”

“现在他停下来了。看呀！他正对着我们！”

“他朝我们招手！”

“是啊！没错！”

“啊，现在咱们安全了！现在咱们安全了！再过半小时就会有船来救咱们啦。”

“他又往前走了。他在跑。他要去那边那所房子。”

远处的沙滩似乎低于海面，必须用眼睛快速搜索才能分辨出那个黑色的小人形。船长看见海面上漂着一根树枝，于是他们朝树枝划了过去。不知怎的，船里碰巧有一条浴巾，船长就把浴巾拴到树枝上摇动。正在划船的人不敢回头看，只得向别人发问。

“他现在干什么呢？”

“他又站住了。他是在看，我想……嘿，他又走了。朝着那所房子……现在他又停了。”

“他向我们招手吗？”

“没有，现在没有！刚才倒是招手来着。”

“看！又来了一个人！”

“他在跑。”

“看看他去哪儿，行吗？”

“咦，他骑着自行车。现在他和刚才那人碰面了。他们两人都向我们招手。看呀！”

“沙滩上又来了个什么东西。”

“到底是什么呀？”

“啊，看起来像条船。”

“唔，肯定是船。”

“不是，它有轮子。”

“是啊，有轮子。那么，一定是救生船啦。他们总是用马车把救生船拉到岸边的。”

“那肯定是救生船。”

“不是，混——，那是——那是一辆公共客车。”

“我告诉你，是救生船。”

“不是！那是公共客车。我看得很清楚。看见了吗？是大旅馆用的那种公共客车。”

“没错，你说得对。是公共客车，肯定是。你说他们用大客车干什么？也许要去各处接救生员吧？”

“是啊，很可能。看！有一个家伙在摇小黑旗。他站在汽车的脚蹬上。那两个家伙也过来了。现在他们都凑到一起说话。看看那个摇黑旗的人。也许他不是摇旗子！”

“那不是旗子，对吧？那是他的褂子。他刚脱下来的，现在正举在头上抡圆圈呢。可是你看他抡衣服的样子！”

“哎，我说，那边根本就没有救生站。那辆车只是避寒地旅馆的客车，刚送来一些住店的客人，带他们来看我们淹死。”

“那个白痴抡衣服是什么意思？他到底发的什么信号？”

“看样子他是想叫我们往北走。那边一定有救生站。”

“不对！他以为我们在钓鱼，只是高兴地向我们挥手。明白吗？哎，看那边，威利。”

“哎，我多希望能从那些信号里看出什么来呀。你说他是什么意思？”

“没什么意思，他只是在玩。”

“唔，如果他给咱们发个信号，让咱们再试试冲过近岸浪，或者划向大海等待时机，或者去北边，或者去南边，或者去地狱的话，也还有点道理。可是看看他吧！他只是站在那儿，抡着衣服，好像在转轮盘。这头蠢驴！”

“又来了好多人。”

“现在有一大群了。看啊！那是不是一条船？”

“在哪儿？哦，我知道你指的是什么了。不对，那不是船。”

“那家伙还在抡衣服。”

“他一定是以为我们喜欢看他那个样子。他为什么不停呢？抡衣服毫无意义。”

“不知道。我想他一定是尽力让我们往北走。那边的什么地方一定有救生站。”

“哼，他还不累。看他抡衣服的样子！”

“不知道他能坚持多久。他刚一看见我们就开始抡衣服，一直抡到现在。他是个白痴。他们为什么不找人派船来呢？一条渔船——那种两桅大帆船——完全能顺利到这儿。他为什么不干点实事呢？”

“啊，现在好了。”

“他们既然看见咱们了，会马上派船来的。”

一种淡淡的黄色调出现在低地上空。海面上的阴影慢慢加深了。海风带来寒气，四个人开始发抖。

“老天爷啊！”其中一个人说，听任自己的声音传达出对上苍的不敬。“如果咱们还在这儿转悠！如果咱们还得整夜在这儿折腾！”

“嗨，咱们不会在这儿待一夜的！别担心。他们既然看见咱们了，会很快赶过来的。”

海岸变得昏暗了。抡衣服的人逐渐融进阴暗之中，阴暗也同样吞没了那辆客车和那群人。浪花怒吼着冲过船帮，迫使四个航海者蜷起身子，他们咒骂起来，就像有人往他们身上烙印记似的。

“我真想逮住那个抡衣服的家伙。我想揍他一拳，只是为了交好运。”

“为什么？他干了什么？”

“啊，没干什么，可是他那会儿好像他妈的那么高兴。”

在这期间，加油工划船，然后记者划，然后加油工划。他们的脸色发灰，身子往前弓，机械地轮流划着两只铅一般沉重的桨。尽管灯塔的形状已从南边的地平线消失了，但一颗发白的星星终于出现了，它刚从大海升上来。西边橘黄色的光带在包容一切的黑暗面前消逝了，东边的大海呈现出黑色。陆地已经消失了，只有近岸浪那低沉骇人的轰鸣声表示有陆地存在。

“如果我将要被淹死——如果我将要被淹死——如果我将要被淹死，为什么要用镇海七疯神的名义让我到这么远的地方来看树木和沙滩？把我带到这儿来，仅仅是为了让我在即将啃到生活的神圣奶酪时又被牵着鼻子拉开吗？”

坚忍的船长趴在水罐上，有时不得不对划船的人说上一两句话。

“保持船头向上！保持船头向上！”

“是，保持船头向上！”他们的声音都是疲惫而低沉的。

这个夜晚肯定是寂静的。除了划桨的人以外，其他人都无精打采地瘫卧在船底板上。至于那位划桨的人，他的眼睛刚刚能分辨出又黑又高的浪涛，它们在不祥的寂静中席卷而来，只有浪尖偶尔发出压抑的咕哝声。

厨师头枕一块横座板，漠然地看着鼻子底下的海水。他已陷入深思，想着别的景象。最后他说话了。“比利，”他睡意朦胧地嘟囔，“你最喜欢哪种馅饼？”

## 五

“馅饼，”加油工和记者激怒地说，“别谈那些东西，你真该死！”

“唉，”厨师说，“我只不过想起了火腿三明治和——”

乘着无篷船在海上度过的夜晚总是漫长的。当黑暗最终笼罩一切的时候，从南边的海上升起的亮光变成了纯金色。北边的地平线上出现了新的亮光，那是海水边缘处一个发蓝的小闪光点。这两个光点是大千世界的装饰物。否则的话,除了海浪之外便什么都没有了。

两个男人挤在船尾，船里的间距是那么恰到好处，让划桨人能把两只脚伸到同伴的身子底下取暖。这两个同伴的腿确实伸得够远，直伸到划手座下面，都能碰着船长前伸的脚了。有的时候，尽管疲惫的划桨人已竭尽全力，大浪还是一个接一个打进了船舱，那是夜间冰冷的海浪，令人打寒战的海水再次把他们浇透。这两个同伴会扭动一下身子，哼上两声，然后又睡得死死的了；与此同时，小船摇晃着，船里的水在他们周围汩汩作响。

加油工和记者的计划是，一个人要划到筋疲力尽，才唤醒睡在船底板海水软床上的另一个人。

加油工用力划着双桨，直到头部前倾下垂，直到力大无比的睡神蒙住了他的眼睛。然而在这之后他仍然接着划。后来他碰了碰躺在船底板的一个人，喊他的名字。“你能替我一会儿吗？”他悄声说。

“当然可以，比利，”记者说，他已经醒了，费力地坐了起来。他们两人小心翼翼地交换了位置。加油工来到厨师身旁，依偎着他躺进船底板的海水里，似乎顷刻间就睡着了。

大海特有的暴力已经停止。海浪打过来时已没有了咆哮声。划桨人的责任是把握行船方向，不让突然袭来的卷浪把船掀翻，不让飞速而过的浪尖灌满小船。黑色的浪涛寂静无声,在黑暗中很难分辨。常常是浪尖都要打到船上了，划桨人还没有觉察。

记者低声对船长说话。他不能肯定船长是否醒着，尽管那位铁人似乎总是清醒的。“船长，是不是朝北边那个亮光划过去？”

回答他的是那个一贯沉稳的声音。“对，让亮光保持在离左舷前方约二度的距离。”

厨师先前已把一条救生带围在身上，好用这个粗笨的软木玩意儿尽量暖一下身子。就在他觉得自己差不多像个火炉时，一个刚停止划船就冻得牙齿乱打战的划桨人突然倒下睡着了。

记者划船时，低头注视着他脚下熟睡的两个人。厨师的胳膊搂着加油工的肩膀，再加上他们的破烂衣衫和憔悴面容，俨然是一对“海上孩童”——古老的“林中孩童”[1]的怪异翻版。

后来记者一定是划船划得糊涂了，因为突然传来了海水的低吼声，浪头咆哮而来，冲进了船里。很奇怪，海浪竟没让捆着救生带的厨师漂浮起来。厨师还接着睡觉，可是加油工坐了起来，他眨着眼睛，在刚刚泼进来的冷水中瑟瑟发抖。

“哎，真对不起，比利，”记者歉疚地说。

“没关系，老伙计，”加油工说着又躺了下去，立刻睡着了。

不久，就连船长也好像打瞌睡了，于是记者想，此刻只有自己一个人漂浮在五大洋上。海风吹过浪涛时发出它自己的话语声，比死亡还要悲哀。

从船尾方向传来了拖长而响亮的哗哗声，后面还有一道闪烁的磷光，像蓝色的火焰，嵌在黑色的海水里。它大概是用一把巨大的刀子削出来的吧。

---

1　“林中孩童”的典故出自15世纪英格兰民谣《林中孩童》。该民谣讲述：父母双亡的3岁男童和他的妹妹被叔父收养，叔父为夺取他们的遗产下令杀死他们。他们被刽子手遗弃在树林里，夜间他们相互搂抱着在饥饿和寒冷中死去。后来他们的叔父受到了上帝的惩罚。

随后就没有动静了，记者张嘴喘着粗气，注视着大海。

突然间，哗哗的声音又来了，又出现一道长长的发蓝的闪光；这一次那东西在船侧，大概伸出桨就能碰到。记者看见一片巨大的鳍，像阴影似的快速划破水面，掀起水晶般的浪花，留下一道长长的闪光。

记者回过头去看了看船长。船长的脸看不见，他似乎在熟睡。记者看了看那一对“海上孩童”。他们肯定睡着了。这会儿他无法获得伙伴的同情，只得歪向船边，轻声咒骂大海。

可是那东西并没有远离小船周围。那长长的闪光一会儿到船头方向，一会儿到船尾方向，一会儿到船的一侧，一会儿到另一侧，间隔有长有短；还伴有深色鳍的呼呼声。那东西的速度和力量实在让人景慕。它劈开水面，像一枚巨大而灵敏的射弹。

对这个可怕之物的光顾，记者并没感到太恐惧；假如他在郊外野餐，遇到这种情况会更感恐惧的。他只是愣愣地看着大海，低声地诅咒。

然而他不想单独跟那东西在一起，这倒是真的。他希望能有一个伙伴恰巧醒来，陪着他跟那东西打交道。可是船长趴在水罐上一动不动，躺在船底板的加油工和厨师也在沉睡。

## 六

“如果我将要被淹死——如果我将要被淹死——如果我将要被淹死，为什么要用镇海七疯神的名义让我到这么远的地方来看树木和沙滩？把我带到这儿来，仅仅是为了让我在即将啃到生活的神圣奶酪时又被牵着鼻子拉开吗？”

可以说，在这样一个阴沉的夜里，一个人会得出结论说，七个疯神确实有意淹死他，尽管那样做十分不公平，因为要淹死一个如此努力、如此苦干的人肯定是极不公正的。他会觉得那是最违反常情的罪行。自从挂着彩色风帆的古希腊战舰蜂拥驶入大海之时起，已经有很多人淹死了，可是——

当一个人突然想到大自然认为他无足轻重，认为抛弃他对于宇宙丝毫无损的时候，他首先想做的就是向大自然的神殿扔砖头。然而那里既没有砖头也没有神殿，他对此深感痛恶。大自然的任何可见的迹象都会遭到他的嘲讽和攻击。

再者，如果没有什么看得见摸得着的东西可以让他讥笑的话，他也许会产生一种愿望，想面对大自然的一个人性化形象，单腿跪下行礼，双手合十，尽情地申辩，并且说：“是的，可是我爱我自己。”

他感觉，高悬在冬夜天空的一颗冷冷的星辰就代表大自然对他说的话。此后，他明白了自己的境遇是多么令人怜悯。

救生艇里的四个人先前并没讨论过这些事情，但毫无疑问，他们每个人按各自的思路都默默地思考过。他们的脸上除了疲惫不堪的神情之外少有其他表情。即便说话也仅限于讨论行船的事。

一首诗神秘地进入记者的脑海，配合着他情感的音符。他之前甚至不记得自己曾忘记过这首诗，但现在这诗突然在他心中出现。

一个外籍军团士兵，在阿尔及尔即将辞世，
那里缺少女人护理，也没有女人抚慰哭泣；
但有同志站在身边，他紧握着同志的手说：
“我再也见不到亲人，再也见不到我的祖国。”[1]

还在孩提时代，记者就听说过一个外籍军团的士兵在阿尔及尔即将辞世的故事，可是他从未觉得有多么重要。虽然很多同学都对他讲述那位士兵的悲惨处境，可是他听多了自然变得全然冷漠了，别人也就不说了。他从未把一个外籍军团士兵在阿尔及尔即将辞世看成是自己的事，也没看成是悲伤的事。对他来说，那还不如一个铅笔头折断了重要。

然而，现在，这件事像一个鲜活的有人性的东西奇怪地来到他的心间。它不仅仅是诗人在壁炉架旁喝茶烘脚时表达心中痛苦的一幅画面，而是真实的事情——严峻的、哀伤的、真切的现实。

记者清楚地看见了那个士兵。他躺在沙滩上，两腿直伸，一动不动。他苍白的左手放在胸前，企图阻止生命流逝，而鲜血则从他的手指间渗了出来。在遥远的阿尔及利亚，有一个城市，里面有许多方形矮房，背景是浸染着落日余晖的朦胧天空。记者一边划桨，一边想象着那个士兵嘴唇越动越慢的情景，此时他被一种完全不受个人偏见影响的深刻的理解所感动。他很怜悯那位在阿尔及尔即将辞世的外籍军团士兵。

---

1 这几句诗出自卡洛林·诺顿的诗《莱茵河畔的宾根市》(1883)，但与原文有出入。“外籍军团”指法国驻扎在非洲北部的军团，由外籍志愿者组成。

那个一直跟踪小船等待时机的家伙显然对这一阶段的延误感到厌倦。他们四人再也听不到划破水面的哗哗声，也看不到船后拖长的蓝焰痕迹。北边的亮光依然闪烁，可显然不是离小船更近。有时近岸浪的轰隆声传进记者耳中，他就把船转向大海，更加用力划。在南边，有迹象表明某个守夜人在沙滩上燃了一堆篝火。篝火太低、太远，他们是看不见的；但篝火投射在后面的峭壁上，形成了闪烁的玫瑰色映像，他们在船里可以看见。海风更猛烈了，有时，一个大浪突然像山猫一样猛扑过来，随后就可以看见破碎的浪尖的点点闪光。

船长在船头的水罐上动了一下，坐直了身子。“夜真长啊，”他对记者说。他看了看海岸。“那些救生员可不着急。”

“你看见那条鲨鱼围着船兜圈子了吗？”

“是啊，我看见了，肯定是个大家伙。”

“刚才要是知道你醒着就好了。”

后来记者跟躺在船底板的人说起话来。

“比利！”船里响起慢慢摆脱缠绕的声音，“比利，你能替我吗？”

“当然啦。”加油工说。

记者刚一接触船底板上冰凉舒适的海水，刚靠上厨师的救生带，就沉睡过去了，尽管他的牙齿敲起了各种流行歌曲的节奏。这次睡觉对他大有裨益，他觉得似乎才睡了一分钟便听见一个声音喊他的名字，那语气说明讲话人已精疲力竭了。“你能替我吗？”

“当然啦，比利。”

北边的亮光神秘地消失了，然而记者在清醒的船长的指导下仍继续划船。

后来，夜深时分，他们朝大海的方向划出去了很远，船长命令厨师拿一只桨在船尾划，保持船头向着大海。船长本人如果听见近岸浪的轰鸣会大声叫的。这个计划使加油工和记者得以一起休息。“咱们得给这两个伙计机会恢复体力，”船长说。加油工和记者弯下腰，蜷起身子，牙齿打战，浑身抖了几下，然后又睡得死死的了。他们两人都不知道，自己把陪伴另一条鲨鱼（或许就是刚才那条鲨鱼）的任务留给了厨师。

小船在浪涛上嬉戏，偶尔有飞溅的浪花泼进船帮，把他们再次浇透。可是浪花没有力量打破他们的沉睡。海风和海水的恶毒抽打对他们没有丝毫影响，正如对木乃伊干尸没有影响一样。

“伙计们，”厨师说。声音里透出为难的口气，“船漂得过近了。我想，你们得有一个人把它再划向大海。”记者被叫醒了，他听见高耸的浪尖倾泻而下的哗啦声。

记者划船的时候，船长给了他一点掺水的威士忌。酒驱走了他体内的寒气。“如果我上了岸，有人给我看哪怕是一张船桨的画片——”

他们之间终于有了简短的交谈。

“比利……比利，你能替我吗？”

“当然啦，”加油工说。

## 七

记者再睁开眼睛的时候，大海和天空都呈现出拂晓的灰色调。

后来，深红色和金色抹在了海水上。清晨终于来临了，极其光辉灿烂，天空是纯蓝的，阳光烧红了浪尖，好似火焰。

远处的沙丘上立着许多黑色小农舍，它们后面矗立着一座很高的白色风车磨房。沙滩上没出现人，也没有狗，更没有自行车。那些农舍可能是一个已废弃的村庄。

四个航海者扫视着海岸。他们在船里开了会。“唔，”船长说，“如果没人来援救，咱们最好马上试着冲过近岸浪。如果再待下去，咱们的体力会更差，那就没法自救了。”其他三人都默默地赞同他的推论。小船向着海滩划去。记者寻思，是不是根本就没有人登上那座高高的风车塔，如果那样的话，根本就没有人往大海这边看。风车塔是个巨人，它站在那里，背对着这些小蚂蚁的悲惨处境。在记者看来，它在某种程度上代表着大自然——海风所代表的大自然、人类心目中的大自然——对个人的生存斗争所表现出的平静态度。大自然看起来对人类既不残酷，又不仁慈，又不奸诈，也不明智。但她是冷漠的，全然冷漠的。在这种情况下，一个深感宇宙对自己漠不关心的人应该看得清自己生活中的无数缺陷，让它们在心中发出苦涩的味道，并希望再有一次机会，这种想法大概是有道理的。他现在并不了解自己已接近坟墓边缘，因此在他看来，正确与错误的区别似乎过于清楚，甚至到了荒唐的程度；他明白，如果再给他一次机会，他会纠正自己的言行，会在被人介绍时或在茶会上表现得更得体，更聪明。

“哎，伙计们，”船长说，“船肯定要淹了。咱们只能尽量往岸边划，然后在船被淹的时候一起行动，往沙滩上攀爬。现在要保持冷静，必须到了船确实被淹的时候才往外跳。”

加油工拿起双桨，他回头扫视着近岸浪。“船长，”他说，“我想最好是调转船头，让它朝向大海，然后倒着划过去。”

“好吧，比利，”船长说。“倒着划过去。”于是加油工就掉转了船头；由于厨师和记者坐在船尾，他们必须回过头才能审视那孤寂冷漠的海岸。

岸边巨大的卷浪把小船托了起来，抬得很高，直到四个人又能看见海水像白床单似的冲上倾斜的海滩。“咱们划不到很近的地方，”船长说。每一次，只要他们任何一人能把注意力从卷浪移开，都要朝海岸瞥上一眼，目光里有一种奇异的成分。记者观察着那三个人，知道他们并不害怕，但弄不清他们的一瞥所蕴涵的全部意义。

至于他自己嘛，实在太累了，无法理解整件事的本质。他虽然尽力强迫自己用头脑去思考这事实，但这时他的头脑已被肌肉所主宰，而肌肉说它们对事实不感兴趣。他突然想到，如果他被淹死，那就太遗憾了。

四个人没有仓促的话语，没有苍白的脸色，也没有一般人的局促不安。他们只是看着海岸。“喂，要记住，你们跳船的时候，一定要跳得远一点，”船长说。

一个卷浪的浪尖突然朝着大海方向砸了下去，发出一声雷鸣般的巨响，长长的白色碎浪吼叫着直冲到小船上。

“现在要稳住，”船长说。船员们默默无语。他们把目光从海岸移向碎浪，等待着时机。小船顺利地滑上了浪涛的斜坡，向着愤怒的浪尖跳过去，越过了浪尖，然后摇晃着从浪涛长长的脊背上跌落下来。船里已经灌进了海水，厨师把水舀了出去。

可是下一个浪尖又砸了下来。白色的浪花像沸腾的洪水翻滚着倾泄而下，击中了小船，把它卷了进去，几乎使它直立起来。水从四面涌进小船。这时记者的手正好放在舷边，海水从那里涌进时，他迅速缩回手指头，似乎不肯让水打湿。

小船饱饮了这么多海水之后，像醉汉似的东倒西歪，并依偎着海水往下沉。

“厨师，往外舀水！往外舀水！”船长说。

“是，船长，”厨师说。

“喂，伙计们，下一个浪头肯定够咱们受的，”加油工说。“要注意，跳得离船远一点。”

第三个浪头向前移动，它巨大、疯狂、毫不留情。它差一点吞掉了救生艇，而几乎就在同时，四个人翻落进大海里。船底板上原先有一截救生带，记者翻出船舷时用左手把它拉到胸前。

一月份的海水是冰冷的，记者立刻想起，他事先知道在佛罗里达州沿岸会遇到冷海水，但这海水比他想象的还要冷。在他困惑的心里，这是当时值得注意的重要事实。海水的冰冷让人悲伤，带有悲剧性。不知怎的，这一事实竟与他对自己处境的看法掺杂在一起，几乎成了让他落泪的正当原因。海水是冰冷的。

记者浮出海面的时候，什么都不知道，只是意识到喧嚣的海水。后来他才看见同伴们都在海里。加油工在这场比赛中领先。他游得很有力量，速度很快。在记者的左方，相隔一段距离，厨师那围着软木救生带的大白后背从水里浮现出来；船长在最后面，他用没受伤的手抓着已倾覆的救生艇的龙骨，悬在上面。

海岸有某种坚定不移的品格，身处大海骚动中的记者对此感到惊讶。

海岸也似乎很有吸引力，尽管如此，记者知道旅途还长，只是悠闲地划水踩水。他把那截救生带裹在身下，有时他飞速冲下浪涛的斜坡，就像坐在一架手控雪橇上。

然而最后他来到海中的一个区域，遇到了困难，无法前行。他没停下来弄清楚自己陷入了什么样的潮流，仍然继续游泳，但实际上已停滞不前了。海岸呈现在他面前，像舞台上的布景；他注视着海岸，用眼睛读懂了它的每一个细节。

厨师从左方较远处经过时，船长对他喊："厨师，翻身仰卧！翻身仰卧，用桨划水。"

"是，船长。"厨师翻身仰卧到水面上，用一只船桨往前划，活像一条独木舟。

很快，小船也从记者的左边漂了过来，船长仍然一只手紧抓着船的龙骨。如果不是小船在做非凡的体操动作，船长看上去会像一个挺直身子向木板栅栏外面看的人。记者为船长仍能抓住龙骨而惊奇不已。

他们——加油工、厨师、船长——都从旁边过去了，离海岸越来越近；那个水罐跟在他们后面，愉快地跳动在海面上。

记者仍然受制于陌生的新敌人——一股潮流。海岸，连同白色沙坡和绿色悬崖以及崖顶上沉寂的小农舍，都展现在他面前，宛如一幅图画。这景象虽然离他很近，但他觉得就像一个人站在画廊里观看一幅布列塔尼[1]或荷兰的风景画似的。

他想："我要被淹死吗？那可能吗？可能吗？可能吗？"也许一个人应该把自己的死看作是大自然的最后现象。

后来大概是一阵大浪把他卷出了这股危险的小潮流，因为他突然发现自己又能朝着海岸前进了。再后来，他意识到，用单手抓着龙骨的船长把脸从海岸方向转向他，叫着他的名字。"到船这边来！到船这边来！"

记者挣扎着向船长和小船游过去，同时深思，人疲劳到了一定程度，肯定会认为溺水是一种舒适的安排，是敌意行动的终止，还伴随着很大程度的解脱感；他为这种想法感到高兴，因为前几分钟他心里想的主要是短暂的濒死痛苦会很恐怖。他希望没有伤痛。

过了片刻，他看见一个人沿着海岸奔跑。那人用最快的速度脱下衣服。上衣、裤子、衬衫，所有的衣服都神奇地从他身上飞了出来。

"到船这边来！"船长喊。

"是，船长。"记者踩水过去时，看见船长下到船底，离开了小船。然后记者干了一件这次航行中令人称奇的事。一个大浪打中了他，不费吹灰之力便用超级速度把他彻底甩过小船上空，甩得很远。就在此时，他突然想到，这很像体操表演，是大海创造的真正奇迹。一条在近岸浪中倾覆的小船，对正在游泳的人来说可不是好玩的东西。

记者落在仅仅齐腰深的海水里，但他的身体状况不允许他多站

1　布列塔尼，法国西北部的一个半岛。

一会儿。每一个浪头都打得他瘫下去，离岸逆流也一次次拽他。

随后，他看见刚才那个边跑边脱衣服、边脱衣服边跑的人跳进水里。那个人把厨师拖到岸边，然后涉水走向船长；可是船长却摆手让他走开，示意他去救记者。那个人光着身子，赤裸得像冬天的树木，可是他的头部周围有一个光环，他像圣贤一样放着光芒，他猛力拉记者，拖着他走了一段距离，然后拉着记者的手使劲往上拽。记者学过简单的礼貌用语，于是说："谢谢您，老先生。"可是突然间，那人喊道："那是什么？"并很快地指了一下。记者说："快去。"

在浅滩上，面朝下趴着的是加油工。他的前额碰着沙滩，每次潮水的间隙沙滩都会显露出来。

后来发生的事情记者就都不知道了。他到了安全的地方就倒下了，全身上下都扑进了沙子里。他就像从房顶掉下去似的，但是那"啪"的一声对他来说是那么欣慰。

沙滩上似乎一下子就来了许多人，男人拿来毛毯、衣服和暖水瓶，女人拿来咖啡壶和她们视为神圣的一切药物。陆地给予这三个海上归来者的欢迎是热烈而慷慨的，然而有一个纹丝不动的、滴着水的人形被慢慢地抬上了海滩，陆地给予他的欢迎只能是不吉利的另类款待——坟墓。

夜晚来临的时候，白色浪涛在月光下踱来踱去，海风给岸上的人们带来了伟大海洋的话语声，这时他们三人觉得自己有资格当翻译了。

# 一个洁净、灯光明亮的地方

[美] 厄内斯特·海明威

天色已晚，客人都离开了小餐馆，惟有一位老人还坐在电灯光下一棵大树的婆娑树影里。白天街上尘土飞扬，但夜间露水压住了尘土，老人喜欢坐到很晚，因为他耳聋，现在夜深人静，他能感觉到与白天不同。餐馆里面，两位侍者知道老人有点醉了。他虽然是个好顾客，但他们知道，他要是喝得烂醉，会不付账就走，所以他们一直盯着他。

“上星期他自杀来着，”一位侍者说。

“为什么？”

“他绝望了。”

“为什么？”

“不为什么。”

“你怎么知道不为什么？”

“他有很多钱。”

两位侍者坐在餐馆门旁一张靠墙的餐桌旁边，望着外面的平台。平台上的餐桌都空了，除了老人坐的那张。那桌子在树影之中，大树的叶子随风轻轻摆动。一个姑娘和一个士兵从街上走过。街灯照亮了士兵制服领子上的黄铜番号牌。姑娘头上没戴帽子或头巾，在士兵身边匆匆前行。

“纠察队会抓他的，”一个侍者说。

“那有什么关系？他得到了他想要的。”

“他最好现在就离开大街。纠察队会抓他的。五分钟前他们刚路过这儿。”

树阴下的老人敲着垫玻璃酒杯的杯碟。较年轻的侍者走到他跟前。

“你要什么？”

老人看着他。“再来杯白兰地，”他说。

“你会喝醉的，”侍者说。老人看着他。侍者走了。

“他会待上一夜的，”侍者对他的同事说。“我现在困了。我从来没在三点钟以前上过床。他上星期自杀死了就得了。”

这个侍者从餐馆的柜台里拿出白兰地酒瓶和一个杯碟，大步走到外面老人的桌旁。他放下杯碟，斟了满满一杯白兰地。

“你上星期自杀死了就得了，”他对失聪的老人说。老人动了动手指头。“再来一点儿，”他说。侍者往杯里倒酒，白兰地溢了出来，沿着杯柄流进最上层的杯碟里。“谢谢你，”老人说。侍者把酒瓶拿回餐馆。他又坐回桌子旁，跟他的同事在一起。

“他现在醉了，”他说。

“他每天夜里都喝醉。”

“他为什么要自杀？”

“我怎么知道？”

“他怎么自杀？”

“用绳子上吊。”

“是谁切断绳子救的他？”

“他的侄女。”

“他们为什么这样做？”

“为他的灵魂担忧。”

“他有多少钱？”

“有很多钱。”

“他一定有八十岁了。”

“反正我说他有八十岁。”

“我希望他回家。我从来没有在三点以前上过床。那哪是睡觉的钟点啊？”

“他熬夜是因为他喜欢这样。”

“他就一个人。我可不是单身。我有老婆在床上等我。”

“他以前也有老婆。”

“现在他就是有老婆也没什么用了。”

“这很难说。他有个老婆说不定更好呢。”

“他的侄女照顾他。你刚才说是侄女切断绳子救的他。”

“我知道。”

“我不想活到那么老。人老讨人嫌。”

“不总是这样。这位老人很干净。他喝酒不洒酒。就是这会儿醉了也不洒。你看看他。”

“我不想看他。我希望他回家。他一点儿都不体谅那些必须上班的人。”

老人从酒杯上方审视着这块小场地，然后看着餐馆里的两个侍者。

“再来一杯白兰地，”他指着酒杯说。那个急于回家的侍者走了过去。

“完了，”他说，这种不顾句法的粗鲁语言，是蠢人对醉鬼或外国人说话时常用的。“今天没了。关门了。”

“再来一杯，”老人说。

“没了。完了。”侍者用毛巾擦着桌子边，摇了摇头。

老人站起来，慢慢地数着那摞杯碟，从口袋里掏出一个真皮零钱包，付了酒钱，还留下半个比塞塔[1]作为小费。

侍者看着他沿街走去，这位老人年纪很大，走路摇晃，但很有尊严。

“你为什么不让他再待会儿，再喝点酒？”那位不着急回家的侍者问。他们两人正在上百叶门。“还没到两点半呢。”

“我想回家睡觉。”

“晚一小时怎么啦？”

“一小时对我比对他要长。”

“一小时对谁都是一样的。”

“你说的好像你自己是个老人似的。他可以买瓶酒回家喝嘛。”

---

1　比塞塔，西班牙的货币单位。

“那不一样。”

“是啊,不一样,”有老婆的侍者赞同地说。他不想对别人不公正。他只是急着回家。

“你呢？你就不怕比平常早到家吗？”

“你要侮辱我？”

“不是，伙计[1]，开个玩笑而已。”

“我不怕，”急着回家的侍者说，他拉下金属百叶门后站了起来。“我有信心。我信心十足。”

“你有青春,有信心,还有工作,”较年长的侍者说。“你什么都有。”

“那你缺什么吗？”

“除了工作，什么都缺。”

“我有的你都有。”

“不对。我从来都没有信心，我也不年轻了。”

“得了吧。别胡说了，锁门吧。”

“我属于那种愿意在餐馆待到很晚的人，”较年长的侍者说。“跟所有不想睡觉的人一样，跟所有需要灯光来度过长夜的人一样。”

“我要回家上床睡觉。”

“咱们俩不是一路人，”较年长的侍者说。他现在换好衣服准备回家。“这不仅仅是青春和信心的问题，尽管青春和信心很美妙。每天夜里我都不愿意关门打烊，因为也许还有人需要这个餐馆。”

“伙计，有些小酒铺[2]通宵都开着嘛。”

---

1　伙计，原文为西班牙语。

2　小酒铺，原文为西班牙语，下同。

"你不明白。咱这儿是个洁净宜人的餐馆。灯光很明亮。有灯光很好，再说，还有树荫呢。"

"再见吧，"较年轻的侍者说。

"再见，"较年长的侍者说。他一边关电灯，一边继续跟自己谈话。灯光固然重要，但是这个地方必须洁净宜人。你不要音乐。你肯定不要音乐。你站在一个酒吧前面也不可能有尊严，尽管夜间这几个钟点能给你提供服务的只有酒吧。他害怕什么？不是害怕，也不是恐慌。而是一种他十分熟悉的虚无感。一切都是虚无的，人也是虚无的。惟有虚无感，它只需要灯光，还需要一定程度的洁净和秩序。有些人生活在虚无之中从不自知，但是他知道一切都是乌有[1]和乌有和乌有和乌有。我们在乌有上的乌有，愿人都尊你的名为乌有愿你的国乌有愿你的旨意乌有在乌有上如同乌有在乌有上。我们日用的乌有乌有赐给我们乌有我们的乌有如同我们乌有了乌有的乌有不乌有我们遇见乌有救我们脱离乌有；再乌有。万福虚无你充满虚无[2]，虚无与你同在。他微笑着站到一个酒吧前，那里有一台发亮的蒸汽压缩咖啡机。

---

1 乌有，原文为西班牙语，下同。

2 "我们在乌有上的乌有……与汝同在"，这一段是较年长的侍者默念基督教祈祷文和天主教祈祷文，但他用"乌有"和"虚无"取代了其中的关键词语，表达了他的绝望情绪。读者可对照下面的祈祷文正文来阅读这一段。基督教祈祷文："我们在天上的父，愿人都尊你的名为圣。愿你的国降临。愿你的旨意行在地上，如同行在天上。我们日用的饮食，今日赐给我们。免我们的债，如同我们免了人的债。不叫我们遇见试探，救我们脱离凶恶；……阿们。"（引自《圣经·新约全书》10）天主教祈祷文："万福玛利亚，你充满盛宠，主与你同在。"（引自《天主教常用祈祷文》）

“你要什么？”酒吧男服务员问。

“虚无。”

“又是个疯子，[1]”服务员说，然后转过身去。

“来一小杯，”较年长的侍者说。

服务员给他倒了一杯。

“这里灯光明亮宜人，但吧台擦得不够亮，”较年长的侍者说。

服务员看着他，没有回应。夜太深了，不适合谈话。

“你还要一小杯[2]吗？”服务员问。

“不要了，谢谢你，”较年长的侍者说着走了出去。他不喜欢酒吧和小酒铺。一个洁净、灯光明亮的地方就大不一样了。现在，他不再多想了，他要回到自家屋里去。他会躺到床上，最后，天大亮时，他会入睡。他对自己说，无论如何，大概只是失眠症。很多人一定都有失眠症。

1　又是个疯子，原文为西班牙语。

2　小杯，原文为西班牙语。

# 乞力马扎罗的雪[1]

［美］厄内斯特·海明威著

乞力马扎罗山[2]是一座海拔一万九千七百一十英尺的终年积雪的高山，据说是非洲最高的山。其西峰被马赛人[3]命名为“恩嘎杰—恩嘎伊”，意为“天神的住所”。在西峰近旁，有一具风干冰冻的豹子遗骸。这豹子去那么高的地方寻求什么，迄今无人能够解释。

“奇怪的是，它不疼，”他说。“刚开始的时候，就是这种感觉。”

“真的吗？”

“确实这样。很抱歉，我身上有股难闻的味儿，一定让你受不了啦。”

“别这么说！请别这么说。”

“你看看它们，”他说。“把它们吸引过去的是美景呢，还是香气？”

---

1　原载于《老人与海》，天津人民出版社，2013 年。

2　乞力马扎罗山，非洲东部坦桑尼亚境内的火山，靠近肯尼亚边界。

3　马赛人，东非一游牧狩猎民族，生活在坦桑尼亚和肯尼亚的东非大裂谷一带，信仰太阳神。

这个男人躺在一张帆布床上，床就放在一棵金合欢树的宽大树荫下。他往外看，目光扫过树荫，落到明晃晃的平原上，那里蹲伏着三只令人生厌的大鸟，天上还有十几只大鸟掠过，投下快速移动的影子。

“从卡车抛锚那天起，它们就在那边飞，”他说。“今天是第一次落地。起先我还很仔细地观察它们飞掠的样子，想着我什么时候写小说就能用上。现在想来很可笑。”

“我希望你别写，”她说。

“我只是说说而已，”他说。“我要是跟人说说话，就好受多了。可是我不想给你添麻烦。”

“你是知道的，这没给我添麻烦，”她说。“我那么紧张，是因为我无能为力。我想咱们可以尽量放松点儿，等到飞机来。”

“或者等不到飞机来。”

“请告诉我，我能做点什么。一定有我能做的事。”

“你可以把这条腿锯下去，也许能阻止它蔓延，但我怀疑这一点。要不然，你可以开枪打死我。你现在是个好枪手了。我教过你射击，对吧？”

“请别这么说话。我能给你读点什么吗？”

“读什么？”

“书包里咱们没读过的书呀，哪本都行。”

“我不能听那个，”他说。“谈话最容易了。咱们吵吵架，时间就过去了。”

“我不吵架。我从来不想吵架。咱们别再吵了。不管咱们多么紧张。

也许今天他们会再开一辆卡车回来。也许飞机会来。”

“我不想挪动了，”男人说。“现在转移已经没意义了，只不过能让你心里好受点罢了。”

“那是怯懦的想法。”

“你难道不能别骂人，让一个男人死得尽量轻松点吗？骂我有什么用？”

“你不会死的。”

“别傻了。我快要死了。你问问那些杂种。”他望了望那些蹲伏着的污秽大鸟，它们的秃头缩在耸起的羽毛里。第四只大鸟滑翔下来，先是快步跑，然后慢慢摇摆着走向那三只蹲伏的鸟。

“每个露营地周围都有这种鸟。你从来没注意过它们。如果你不自暴自弃，你就不会死。”

“你这是从哪儿读到的？你是这样一个倒霉的傻瓜。”

“你可以这样想别人。”

“看在耶稣基督的份上，”他说，“这一直是我的行当。”

他躺着，安静了一会儿，然后透过平原上闪动的热气望着灌木林的边缘。那里有几只汤姆森瞪羚[1]，在黄色背景下显得很小，很白。他往远处望去，看见一群斑马，在绿色灌木林的衬托下也显得很白。这个营地环境宜人，在几棵大树覆盖之下，后面有一座小山，有良好的水源，而且靠近一个几近干涸的水穴，每天早晨都有成群的沙

1 汤姆森瞪羚，又称“汤氏瞪羚”，生活在非洲，特别是肯尼亚和坦桑尼亚境内，以苏格兰地质学家、博物学家和探险家约瑟夫·汤姆森（1858—1895）的名字命名。

鸡飞到水穴来。

“你不要我给你读书吗？”她问。她坐在他床旁的一把帆布椅上。“现在起风了。”

“不要，谢谢你。”

“也许卡车会来的。”

“我根本不在乎卡车。”

“我在乎。”

“你在乎那么多我不在乎的事。”

“没有那么多，哈里。”

“喝点酒怎么样？”

“按说那对你不好。《布莱克医学辞典》里说，避免一切含酒精的饮料。你不应该喝酒。”

“莫洛！”他喊道。

“是，先生。”

“拿些掺苏打水的威士忌来。”

“是，先生。”

“你不应该喝酒，”她说。“我说的‘自暴自弃’，就指这个。书上说酒对你不好。我也认为酒对你不好。”

“不对，”他说。“酒对我有好处。”

这么说，现在一切都完了，他想。这么说，他将永远没有机会做完自己的事了。这么说，为了喝酒而争吵，这就是生命结束的方式。自从他的右腿长了坏疽以来，他一直不觉得疼，恐惧也就随之消失了；现在他只是觉得极度厌倦，还很气愤——这竟然是生命的终点。对于即将到来的这个结局，他已不怎么好奇了。多年来，这一结局总是萦绕在他心头；可是现在，它本身已没有任何意义了。很奇怪，你厌倦够了，就容易接受它了。

现在，那些他留着以后写的事，那些他想等自己了解够多并能写好时再写的事，他永远不会写了。不过，他也用不着为写那些事而经历失败了。也许你根本就写不出来，也许这就是你一再拖延、一再推迟的原因。唉，他将永远无法知道了。

“咱们要是不到这儿来就好了，”女人说。她端着玻璃杯，咬着嘴唇看着他。“你要是在巴黎，绝不会得这样的病。你过去总说你喜欢巴黎。我们本来可以待在巴黎，或者去别的什么地方。我宁愿去别的什么地方。我说过，我愿意去你想去的任何地方。如果你想打猎，咱们本来可以去匈牙利打猎，会很舒服的。”

“你那些倒霉的钱，”他说。

“这不公平，”她说。“那些钱是我的，也一直是你的。我丢下了一切，去了你想去的地方，干了你想干的事。可是我真希望咱们没来这里。”

“你说过你喜欢这里。”

“你身体好的时候我是说过。可是现在我恨这个地方。我不明白你的腿为什么会出问题。我们干了什么，招来这样的祸？”

“我想，是我干的这些事：腿刚刮伤时，我忘了涂碘酒。过后我根本没在意这个伤口，因为我从来没感染过。后来伤口溃烂时，我涂了那种低浓度的石炭酸溶液，大概是这种药抑制了毛细血管的舒缩，才开始生坏疽的，当时其它抗菌剂都用完了。”他看着她，“还有别的吗？”

“我指的不是这个。”

“要是我们雇的司机不是一个没头脑的基库尤人[1]，而是一个优秀的技师，他会事先检查汽油量，也不至于烧坏卡车的轴承。”

“我指的不是这个。”

“要是你没离开你自己的人，那些老威斯特伯里、萨拉托加和棕榈滩[2]的倒霉熟人，而挑上我——”

“怎么啦，我爱上你啦。你这话不公平。我现在爱你。我会永远爱你。你难道不爱我吗？”

“不爱，”男人说。“我不爱。我从来没爱过你。”

“哈里，你说的什么话？你昏头了吧？”

“没有。我没有头可昏。”

“你别喝那酒啦，”她说。“亲爱的，请你别喝那酒啦。我们得尽力做一切能做的事。”

“你做去吧，”他说。“我累了。”

* * *

**现在他的脑海里浮现出卡拉加奇[3]的一个火车站，他看见自己背**

1　基库尤人，非洲班图人的一支，居住在肯尼亚高原。

2　老威斯特伯里，美国纽约州一村庄，为有名的富人居住地。萨拉托加，美国加利福尼亚州一城市。棕榈滩，美国佛罗里达州一城镇。

3　卡拉加奇，土耳其西海岸一城市。

着背包站在那里；辛普龙－东方快车[1]的前灯正划破黑暗；那时正值撤退之后，他要离开色雷斯[2]。这是他打算留着以后写的事当中的一件，详情如下。清晨吃早餐时向窗外眺望，看见保加利亚那边山上有积雪。南森[3]的女秘书问南森，那是不是雪；老先生看了看便说：那不是雪。离下雪还早呢。女秘书对其他姑娘重复了他的话：那不是雪，你们明白吗？那不是雪。她们大家都说：那不是雪，我们看错了。但那确实是雪，南森制订好“交换人口”计划后就派她们踏着那雪上路了。那年冬天她们在积雪中跋涉至死。

那年在高厄塔尔山[4]上，圣诞节的整个星期都下雪。他们那时住在伐木工的房子里，一个方形大瓷炉占了半间屋子，他们睡在用山毛榉树叶填充的垫子上。那次来了一个逃兵，他从雪中走来，两只脚淌着鲜血。他说有警察跟踪，于是他们给他穿上毛线袜子，还跟宪兵们聊个没完，直到纷纷扬扬的大雪掩盖了他来时的足迹。

在希伦兹[5]，圣诞节那天，你从小酒馆往外张望，看见大家正从教堂回家，那时的雪是那么明亮，刺痛了你的眼睛。就是在那个地方，他们扛着沉重的滑雪板，走上被雪橇轧平的尿黄色大路。那条路沿

---

1 辛普龙－东方快车，从法国巴黎开往土耳其君士坦丁堡（即现在的伊斯坦布尔）的快速列车。

2 色雷斯，欧洲东南部一地域，包括希腊的一部分、保加利亚南部和土耳其的欧洲部分。1922 年曾是希腊人与土耳其人交战的战场。

3 弗里乔夫·南森（1861—1930），挪威的北极探险家、海洋学家和政治活动家。第一次世界大战后曾参加国际联盟的工作。担任难民事务高级专员，曾主持希腊和土耳其之间的“人口交换”工作，即让土耳其的基督教徒移居希腊，让希腊的穆斯林移居土耳其，以解决民族矛盾。

4 高厄塔尔山，在奥地利的福拉贝尔格省。

5 希伦兹，奥地利西部阿尔卑斯山一滑雪度假地。

河伸展，两边是松林覆盖的陡峭小山。也就是在那个地方，他们从位于“马德利纳之家”旅馆上方的一条冰川滑雪直下，那雪看上去像蛋糕上的糖霜一样平滑，又像粉末一样轻柔。他记得那无声的速滑，就像小鸟一样腾空飞落。

那次他们有一个星期被暴风雪困在“马德利纳之家”，他们在提灯的光照下在烟雾中玩扑克牌。连特先生输得越多，下的赌注越大。最后他全输了，把滑雪学校的钱、本滑雪季的全部收益、甚至本钱都输光了。他能看见长鼻子连特先生拿起牌张开手说“不看”[1]的样子。当时人们总是赌博。不下雪时赌，雪下多了也赌。他想起他一生中在赌博上花费了多少时间。

可是这件事他连一行都没写过。还有一件事也没写：圣诞节那天，天气寒冷而明媚，横亘在平原上的山峦清晰可见；巴克驾飞机穿越一道道防线去轰炸奥地利军官的休假列车，并在他们四散逃跑时用机关枪扫射他们。他记得事后巴克走进食堂，讲起这事。食堂变得多么安静，然后有个人说：“你他妈的杀人杂种。”

他们那时杀死的奥地利人跟后来和他一起滑雪的奥地利人是一拨的。不对，不是一拨的。那年跟他一起滑了一整年雪的汉斯，以前是在“国王—猎手”军团[2]服役的。他和汉斯一起爬到锯木厂上方的小山谷去打野兔时，谈论过帕苏比奥山[3]的战斗，和进攻波蒂卡拉

1 “不看”，原文为法语，意为不看牌便下赌注。
2 “国王的猎手”军团，第一次世界大战中奥地利步兵的一支精英部队。
3 帕苏比奥山，意大利东北部一山峰。

和阿萨洛尼[1]的情况，关于这些他只字未写。他也没写过有关科罗纳山，或赛蒂格木尼台地，或阿西埃若[2]的事。

他在福拉贝尔格和阿尔贝格[3]住了几个冬天呢？有四个冬天。随后他记起他们散步到布卢登茨[4]去买礼品时遇见的那个狐狸贩子；记起优质烈酒散发出的樱桃核气味；记起在覆盖着雪壳的粉末状浮雪中疾速滑行的情景，当时你一边唱着“嗨！嗬！罗利说！”[5]一边滑过最后一段坡道，来到陡峭的山崖，径直冲了下去，然后在果园里绕了三个弯子，滑出果园，穿过沟渠，滑上小旅店后面那条结了冰的大路。你敲松绑腿带，踢掉滑雪板，把它们立着靠在小旅店的木板墙上。灯光从窗子里透出来，在屋里，在弥漫着烟雾和新酒醇香的温暖之中，他们在弹奏手风琴。

“我们在巴黎时住在哪儿？”他问女人。那女人正坐在他旁边的一把帆布椅上，现在，在非洲。

“住在克里荣旅馆[6]，你是知道的。”

“我为什么知道？”

---

1 波蒂卡拉，意大利南部波坦察市一山区。阿萨洛尼，意大利东北部威内托大区的一座山。两地均为1917—1918年意大利抵抗奥地利入侵的战场。

2 科罗纳山，意大利翁布里亚区的一座山，第二次世界大战时曾有一次战役在该地进行。赛蒂格木尼台地，位于意大利维琴察省。阿西埃若，意大利维琴察省一小城。

3 福拉贝尔格，奥地利西部一州。阿尔贝格，奥地利西部蒂罗尔州一乡村。两地均为冬季度假胜地。

4 布卢登茨，奥地利福拉尔贝格州一区，游览胜地。

5 “嗨！嗬！罗利说！”，出自爱尔兰传统民歌《青蛙的婚礼》。

6 克里荣旅馆，巴黎的豪华旅馆。

“那是咱们总去住的旅馆。”

“不对。不是总住那儿。”

“就是那儿，还住过圣日耳曼区的亨利四世旅馆[1]。你说过你喜爱那个地方。”

“爱是个粪堆，”哈里说。“我就是一只爬到粪堆上打鸣的公鸡。”

“如果你不得不离开的话，”她说，“你真有必要毁掉你留下的一切吗？我是说，你一定要把一切都带走吗？你一定要杀死你的马，杀死你的妻子，烧掉你的鞍具和盔甲吗？”

“有必要，”他说。“你那些倒霉的钱是我的盔甲。我的斯威夫特和我的阿穆尔。”[2]

“别这么说话。”

“好吧。不说这个了。我不想伤害你。”

“现在说这话有点晚了。”

“那好吧。我就继续伤害你。那更有趣。我真正喜欢跟你做的只有一件事，现在却不能做了。”

“不对，这不是实话。你曾经喜欢做很多事，你想做的每一件事我都做了。”

“哎呀，看在基督的份上，别自我吹嘘了，行吗？”

---

1　亨利四世旅馆，巴黎的豪华旅馆。

2　这两句话的原文为：Your damned money was my armour. My Swift and my Armour。armour 是双关语，既指“盔甲”，又是姓氏（阿穆尔）。Swift 在此处也是姓氏（斯威夫特）。在美国历史上，斯威夫特和阿穆尔两个家族从 1875 年起在芝加哥经营肉类保藏工厂，后来两厂合并为“斯威夫特与阿穆尔”公司，直至二十世纪六七十年代。哈里调侃地提到这两个富豪家族，颇有深意。

他朝她看了看，看见她在哭。

“你听着，”他说。“你认为这样做好玩儿吗？我不知道自己为什么要这样做。这是试图毁掉一切，好让自己活下去，我猜想。我们刚开始谈话的时候我还好好的。我并没想开始争吵。现在我使劲对你说狠话，简直蠢透了。亲爱的，别在意我的话。我爱你，真的。你知道我爱你。我从来没有像爱你这样爱过别的女人。”

他不知不觉地说出了他藉以维持生计的那个熟悉的谎言。

“你对我真好。”

“你这个娘儿们，”他说。“你这个有钱的娘儿们。那是诗歌。现在我心里全是诗歌。腐烂和诗歌。腐烂的诗歌。”

“别说了，哈里，你现在为什么非要变成魔鬼呢？”

“我不喜欢留下任何东西，”男人说。“我不喜欢在身后留下任何东西。”

* * *

现在是傍晚，他先前在睡觉。太阳已落山，阴影笼罩着整个平原，一些小动物在离营地很近的地方觅食，它们的头快速地点着，尾巴摇来摆去；他看着它们远远地躲开了灌木林。那些大鸟已不在地上等候。它们都栖息在一棵树上，沉甸甸地压着树枝。它们的数量增多了。他的私人男仆坐在他的床旁。

“夫人打猎去了，”仆人说。“先生要吗？”

“什么都不要。”

她打猎去了，想搞一点肉来，而且她知道他是多么喜欢看打猎，因此有意走得很远，以免搅扰他目光所及的这一小片平地的宁静。她总是考虑得很周到，他想。对于她知道的、或读到的、或听到的任何事，她都想得很多。

他投靠她时，他已经完了，这不是她的过错。一个女人怎么能知道你说的不是真心话，怎么能知道你那样说只不过是出于习惯或者是为了宽心？从那以后，他再也不说真心话了，他的谎言比他以前说的真话对女人更有效。

与其说他撒谎，不如说他没有真话可讲。他有过自己的生活，但已完结，于是他跟别的更有钱的人重新生活，去同样的地方享用最好的东西，也去一些新地方。

你不让自己思考，这很了不起。你的心理很健全，因此没像多数人那样崩溃。你采取了一种态度：你既然不能再做过去的工作，你就一点儿都不在乎它了。可是在内心里你却说，我要写这些人，写这些很有钱的人；你说，你其实不是他们中的一员，而是一个住在他们国度里的间谍；你说，你要离开这个国度，然后写它，那么它将第一次由一个了解内情的人来写。可是他永远写不成了，因为他每天不写作，过着舒适的生活，扮演着他所鄙视的角色，这一切消磨了他的能力，松懈了他的创作意志，最后他什么都不干了。他不写作了，他现在认识的人就都安逸得多了。在一生中最美好的时期，他在非洲生活时最感快乐，因此这次他又远行来此，开始新的生活。他们两人把这次游猎活动的舒适度控制到最小。倒说不上艰苦，但也不奢华。他曾想，这样他就能恢复到训练状态，在某种程度上，他就能给自己的灵魂减肥，就像拳击手为了减肥而到山里干活和训练一样。

她喜欢游猎。她说她喜爱这种活动。她喜爱一切激动人心的活动，一切涉及变换环境、结识新人、观看令人愉快的事物的活动。而他则产生了一种幻觉，似乎又有了创作的意志力。现在，如果这就是生命终结的方式（他知道是的），他绝不能像某种蛇那样因断了脊梁骨便回过头去啃咬自己。不是这个女人的错。即便没有她，也会有另一个女人。如果说他以前靠谎言活着，那他就应该努力靠谎言去死。他听见山后一声枪响。

她的枪法非常好，这个好娘儿们，有钱的娘儿们，这个仁慈的护理员和毁了他的天才的人。胡说八道。是他自己毁了自己的天才。他为什么要因为这个女人很好地照顾了他而责备她呢？他已经毁了自己的天才，由于不用它，由于多次背叛自己和自己的信仰，由于酗酒而磨钝了自己感知力的利刃，由于慵懒，由于怠惰，由于势利眼，由于傲慢与偏见，由于不择手段。这都是什么呀？是旧书目录吗？[1]他到底有什么天才呢？就算有天才，他也没利用，而是拿它做了交易。他的天才从未体现在做实事上，而总是体现在空想能做的事上。他决意不用钢笔或铅笔谋生，而是选择用其它手段。当他爱上另一个女人时，那女人总会比前一个女人更有钱，这也很奇怪，是不是？

---

1 “傲慢与偏见”，作者借用了英国作家简·奥斯汀的小说《傲慢与偏见》（1813）的标题。“不择手段”，来自成语 by hook or by crook。英国作家 A·诺维斯写的一首长诗就取名为《圣公会修士与他不择手段弄来的鱼》（1851）。所以作者说上面的话听起来像旧书目录。

可是当他不再爱的时候，当他只是撒谎的时候，就像现在对这个女人——她是他的女人中最有钱的一个，她拥有所有的钱，她有过丈夫和孩子，她找过情人但对他们不满意，她非常爱他，把他看做作家、男子汉、伴侣和引以为豪的财富——当他根本不爱她并对她撒谎时，反倒比真爱她时能给予她更多，作为对她付出金钱的报偿，这很奇怪。

我们大家从事什么职业，一定是上天注定的，他想。你的天才体现在你如何谋生上。他一生中都以这样那样的形式出卖自己的活力，当你不再过度专注情感的时候，你总会更看重金钱。他发现了这一点，可是他也永远不会写这个了。是啊，他不会写这个了，尽管很值得写。

现在那女人出现在他的视野之中，正穿过林间空地向营地走来。她穿着马裤，扛着来复枪。两个仆人跟在她后面，用棍子抬着一只汤姆森瞪羚。她仍然是个好看的女人，他想，而且她有吸引人的身躯。她对床笫之乐极有天赋和鉴赏力；她并不漂亮，但他喜欢她的脸；她博览群书，喜欢骑马和射击，当然啦，她喝酒太多。她还比较年轻时，丈夫就死了。一段时间里，她把精力用于照顾两个刚长大的孩子；他们却不需要她，觉得在她身边很尴尬。她还把精力用于照料马厩里的马，用于读书，用于酗酒。她喜欢在傍晚正餐前阅读，一边看书一边喝加苏打水的苏格兰威士忌。到了用餐时她已有些醉了，吃饭时再喝上一瓶红酒，她通常就醉得睡着了。

那是她找情人之前的事。有了情人之后，她不喝那么多酒了，因为她用不着靠酗酒来入睡了。可是那些情人却让她厌烦。她曾经有过一个从不让她厌烦的丈夫，而那些情人让她烦透了。

后来她的一个孩子死于飞机失事。丧事过后，她不想要那些情人了。酒也不再是麻醉剂，她必须创造另一种生活。突然间，她对孤身独处感到十分恐惧。可是她想找一个值得她尊敬的人一起生活。

事情开始得很自然。她喜欢哈里写的书，并一直羡慕他的生活。她认为，他做的都是他想做的事。她追求他的步骤以及最终爱上他的方式，都是一个正规的发展过程的一部分；在这个发展过程中，她为自己建立起一种新的生活，而他则用自己昔日生活的残余做了交易。

他用它换取了安全，还有舒适，这是不可否认的。还换取了什么呢？他不知道。她愿意给他买他想要的任何东西。他知道这一点。她又是个非常有魅力的女人。他像别人一样很快就愿意和她上床；他情愿跟她，因为她更有钱，因为她很讨人喜欢而且有欣赏力，还因为她从来不大吵大闹。现在，她重新建立起来的这种生活行将结束，因为两个星期前他在膝盖被荆棘扎破后没涂碘酒。当时他们正往前挪动，想给一群站着的非洲大羚羊拍照；那些大羚羊昂着头，眯着眼睛窥视着，鼻孔东闻西闻，耳朵张得很开，以便一听到响动立刻冲进灌木林。他还没照完相，它们就一溜烟逃跑了。

现在她过来了。

他在帆布床上转过头看她。“你好，”他说。

“我打到一只公瞪羚，”她告诉他，“用它给你煮点好喝的汤，我要让他们碾点土豆泥，拌上克林姆奶粉。你感觉怎么样了？”

“好多了。”

“真是太好了。你知道吗，我刚才就想你可能会好些。我走的时候你正在睡觉。”

“我睡了个好觉。你走得远吗？”

“不远。就在山后一带。我打瞪羚打得很准。”

“你知道吗，你的枪法很好。”

“我喜欢打猎。我已经爱上非洲了。真的。你要是身体好好的，这就是我玩得最痛快的一次啦。你不知道跟你一起打猎多有意思。我已经爱上这个地方了。”

“我也是。”

“亲爱的，你不知道，看见你感觉好点了，我有多么高兴。你先前感觉不好的时候，我真受不了。你再也别那样跟我说话了，好吗？答应我行吗？”

“不啦，”他说。“我不记得我说了什么。”

“你用不着毁了我，是吧？我不过是一个爱你的中年女人，想做你想做的事。我一生中已经被毁过两三次了。你不想再毁我吧，是吗？”

“我想在床上毁你几次，”他说。

“可以，那是好的毁灭。上帝造了我们，就是让我们那样毁灭的。明天飞机就来了。”

“你怎么知道？”

“我能肯定。飞机一定要来的。仆人们已经准备好了木柴，还有烧浓烟用的野草。我今天又去那里看了一遍。供飞机降落的场地很大，我们在两头布置好了烧浓烟用的柴草堆。”

“你根据什么认为飞机明天来？”

“我相信它会来。它早就该到了。等你到了城里，他们会治好你的腿，然后咱们好好毁灭几次。但不是那种讨厌的谈话式毁灭。”

“我们能喝一杯吗？太阳下山了。”

“你认为你该喝吗？”

“我要喝一杯。”

“咱们一起喝一杯吧。莫洛，拿两杯威士忌苏打！”她喊道。

“你最好是穿上防蚊靴，”他告诉她。

“等我洗完了澡……”

他们趁着暮色一起喝酒。天即将变黑，光线已不适合射击了，就在这时，一只鬣狗[1]穿过空地往小山附近跑去。

“那个杂种每天夜里都从那儿过，”男人说。“每天夜里都来，有两个星期了。”

“夜里叫的就是它。我倒不在乎，虽然它是一种讨厌的野兽。”

他们两人一起喝酒，他不感觉疼了，只是长时间一个姿势躺着很不舒服。仆人们烧起一堆篝火，光影在帐篷上跳动。他能感觉自己对这种身不由己的温馨生活重又抱有默认顺应的态度。她确实很体贴他。他自己下午表现得很冷酷，有失公正。她是个优秀的女人，确实了不起。就在这时，他突然想起自己快要死了。

这个念头迅疾而至，不像激流，也不像疾风，而像一种突如其来的恶臭味，空虚飘渺。奇怪的是，那只鬣狗竟然轻轻地溜过它的

1 鬣狗，鬣狗科三种粗毛犬形食肉动物的统称。分布于非洲和亚洲。食腐肉。其中斑鬣狗分布在撒哈拉沙漠以南大部分地区，是最强健、最大胆的鬣狗，当食物缺乏时，会攻击睡着的人，并能叼走婴儿；叫声似悲号和笑声。

边缘。

“怎么啦，哈里？”她问他。

“没什么，”他说，“你最好挪到另一边去。去上风那边。”

“莫洛给你换绷带了吗？”

“换了。我现在只敷硼酸软膏。”

“你感觉怎么样？”

“有点发抖。”

“我进去洗个澡，”她说，“我马上就出来。我要跟你一起吃饭，然后我们会把你的帆布床搬进帐篷。”

就这样，他对自己说，我们成功地停止了争吵。他跟这个女人从来没有大吵过；跟他爱过的其他女人曾吵得很厉害，争吵有腐蚀作用，最后总是毁了他们所共同拥有的一切。他爱得太甚，要求得太多，最后把一切全耗尽了。

他想起那次他在巴黎吵架后出走，独自一人待在君士坦丁堡的情景。那阵子他一直嫖娼，事后他仍无法摆脱孤独感，反而更觉孤独了。于是他给第一个情妇，也就是已离开他的那个女人写了一封信，告诉她自己如何无法摆脱那段情愫……他告诉她，有一次他觉得在摄政酒店外面看见了她，他是多么眩晕，心里多么难受；他会沿着林荫道跟踪一个有点像她的女人，又害怕看清楚那不是她，唯恐失去最初的那种感觉。他告诉她，每一个跟他同床共枕过的女人只能让他更加想念她。他告诉她，他知道自己无法抑制对她的爱恋，因此她以前做过什么都不重要了。他在俱乐部里非常冷静地给她写下那封信，把信寄往纽约，并嘱咐她把回信寄到他在巴黎的办公室。那样似乎安全。那天夜里他是那么想她，心里难受极了，于是他漫步走过马克西姆餐厅，搭讪上一个女郎，带她到外面吃饭。后来又带她去一个地方跳舞，她跳得很差；他就撇下她，去找一个性感的亚美尼亚荡妇，那女人跳舞时肚子贴着他摆动，几乎到了发烫的程度。他是在跟一个英国炮兵中尉吵了一架后把她抢过来的。炮兵把他叫到外边，他们就摸着黑在铺着鹅卵石的街上打斗。他两拳直捣炮兵的下巴颏，看见炮兵没倒下，他知道要大打一场了。炮兵朝他身上猛击，随后击到他的眼角。他又挥左拳打下去，炮兵扑过来，揪住他的上衣，撕掉了一只袖子。他朝炮兵的耳后捣了两拳，然后一边推他，一边用右拳猛击。炮兵倒下时，头先撞地，于是他带着那女人逃跑了，因为他们听见宪兵来了。他们上了一辆出租车，沿着博斯普鲁斯海峡[1]驶到雷米利—希萨，转了一圈，又驶回凉爽的夜色之中。他们上了床，她看上去过分成熟，摸上去也一样，但是更柔滑，像玫瑰花瓣，像糖浆，腹部平滑，乳房高耸，臀部用不着垫枕头。他在她醒来之前，没等第一缕晨光让她显得粗俗邋遢，便离开了她。他出现在彼拉宫酒店，眼圈青肿，外衣拿在手里，因为少了一只袖子。

当天夜里，他离开君士坦丁堡去安纳托利亚[2]。在后半段旅途中，他回忆起自己曾经一整天骑着马穿过罂粟田，那些罂粟是种来提炼

1 博斯普鲁斯海峡，沟通黑海和马尔马拉海的海峡，分割开了土耳其的亚洲部分与欧洲部分。

2 安纳托利亚，土耳其的大平原地区。第一次世界大战中，希腊与土耳其曾于1922年在那里战斗，希腊惨败。

鸦片用的，这让你感觉多么怪异。要去昔日的战场，似乎所有的路线的距离都标示错了。他们曾在那里与新来的康斯坦丁[1]的军官们一起发动进攻。那些该死的军官什么都不懂，炮弹都打到了队伍里了，那个英国观察员像小孩子一样哭了起来。

就在那天，他平生第一次看见穿白色芭蕾舞裙和带小绒球的翘头鞋的死人[2]。那些土耳其人先前笨拙地一拨接着一拨冲上来，他看见那些穿裙子的男人在跑，军官们向他们开枪，后来那些军官自己也跑了。他和那个英国观察员也逃跑了，直到他感觉胸痛而且嘴里满是硬币味才停下来。他们躲在几块大石头后面，土耳其人仍然像以往那样笨拙地冲上来。后来，他看到了许多他从未想过的事；再后来，他看到了更糟糕的事。所以那次回巴黎后，他不能谈那段经历，也受不了别人提那段经历。他路过一家饭店，里面坐着那个美国诗人，酷似土豆的脸上有一种蠢相，面前放着一大摞碟子，正跟一个罗马尼亚人谈达达主义运动[3]。那罗马尼亚人自称特里斯坦·查拉[4]，总是戴一副单眼镜，还总头疼。后来，他回到了与妻子居住的公寓，现在他又爱她了，争吵过去了，疯狂过去了，他很高兴回到家。他的办公室派人把他的邮件送到公寓来。于是一天早晨，他的第一个情妇

1 康斯坦丁，指希腊国王康斯坦丁一世（1868—1923）。他曾执行反土耳其政策，1922 年在安纳托利亚战役中遭到惨败。

2 指第一次世界大战时穿这种制服的希腊军人。

3 达达主义运动，1916 年至 1922 年间在苏黎世、纽约、科伦、汉诺威和巴黎等城市兴起的一种虚无主义艺术运动。其思想根源是出于对第一次世界大战的绝望。该运动对 20 世纪艺术产生了深远影响。

4 特里斯坦 · 查拉（1896—1963），罗马尼亚裔法国诗人和随笔作家，因创立达达主义运动而闻名。

给他写的回信放在大托盘上送来了。他看见上面的手写字体时浑身发冷；他想把这封信悄悄地塞到另一封信底下。可是他的妻子说："亲爱的，那封信是谁来的？"于是刚开始的事就这样结束了。

他记得与她们所有的人一起度过的美好时光，以及那些争吵。她们总是挑最美丽的地方和他争吵。她们为什么总在他最高兴的时候和他争吵呢？这事他一点儿都没写过，因为，首先，他从来不愿意伤害任何人，其次，他似乎有很多东西可写，用不着写这个。可是他总想他最终会写的。可以写的东西总是很多。多年来他看着世界在变化，不仅仅是那些大事件；他虽然经历了其中很多大事件，并且观察了人们，可是他看到了更微妙的变化，他记得那些人在不同的时代有什么样的表现。他一直处于这种变化之中，并作了观察，因此有责任写下来；可是现在他永远不会写了。

"你感觉怎么样？"她说。她洗浴后已走出帐篷。

"很好。"

"你现在能吃饭了吗？"他看见莫洛拿着折叠桌跟在她后面，另一个仆人端着饭菜。

"我想写作，"他说。

"你应该喝点肉汤增强体力。"

"我今天夜里就要死了，"他说，"我不需要增强体力。"

"哈里，请你别夸大其词，"她说。

"你为什么不用鼻子闻一闻？我的腿烂了一半，都烂到大腿了。我喝肉汤还有屁用？莫洛，拿威士忌苏打来。"

“请喝肉汤吧，”她温柔地说。

“好吧。”

肉汤太烫。他只得端着杯子晾着，等够凉了再喝。过后，他把汤一口喝了下去，没感觉恶心。

“你是一个优秀的女人，”他说，“你别管我了。”

她看着他，她的脸与《马刺》和《城镇与乡村》杂志[1]呈现的她那张尽人皆知、人见人爱的脸相差无几，只不过因酗酒而稍显逊色，因贪恋床第之乐而稍显憔悴，但是《城镇与乡村》从未展示过她那美好的乳房、有用的大腿和轻柔地抚摸你的后腰的小手。他看着她那尽人皆知的甜美笑容时，感觉死亡又来了。这一次它没有迅疾而至。它是一股气，像一缕让烛光摇曳、烛焰升高的清风。

“过一会儿可以叫他们把我的蚊帐拿到外面来，挂在这棵树上，把篝火烧起来。今天夜里我不打算进帐篷了。不值得挪动了。夜空很清澈。不会下雨的。”

这么说，你就要这样在听不见的细语声中死去了。好啦，不会再争吵了。他能保证。死亡是他唯独没有体验过的事，他现在不打算毁掉它。他也许想毁。你已经毁了一切。可是他也许不会再毁了。

“你不会做听写吧，是吗？”

“我从来没学过，”她告诉他。

“没关系。”

当然啦，已经没有时间了，尽管你要写的东西似乎已经压缩了，

1 《马刺》和《城镇与乡村》，均为面向上层社会富裕读者的杂志，后者于1846年在美国创刊。

如果你处理得当，只须写一个段落就能都包括进去。

湖畔的小山上曾有一所圆木房子，缝隙填嵌着白色砂浆。门旁的柱子上挂着一个铃铛，用于召唤人们进去吃饭。房子后面是田地，田地后面是用材林。一排塔白杨从这所房子延伸到码头。另有一些白杨树分布在岬角沿岸。一条大路沿着用材林的边缘通到山上，他就是沿着这条路采摘黑莓的。后来圆木房子被烧塌了，原先挂在壁炉上方鹿脚架上的猎枪都被烧了。那些猎枪的枪托烧掉了，枪管连同熔化在弹仓里的铅弹后来被摆放在一大堆灰上。那些木灰原本用于制碱液，以便灌入大铁壶制肥皂。你问爷爷你能否拿废枪管去玩，他说不行。你明白吗，它们还是他的猎枪，他没买过别的枪。他再也不打猎了。人们在原地重建了那所房子，这次用的是木材，还刷了白漆。你从房子门廊可以看见那些白杨树以及树后方的湖泊；可是房子里再也没有猎枪了。早先挂在老圆木房贴壁鹿脚架上的猎枪的枪管，仍摆放在那堆灰上，谁都不去碰它们。

战后，在黑林山[1]，我们租了一条有鳟鱼的小河，要步行到那里去有两条路可走。一条路是：从特里贝格[2]走下山谷，绕着两侧有林荫的白色山谷大路走，然后登上一条山坡小路，穿越几座小山，路过很多有黑林山式大房子的农场，直走到这条路跨过小河的地方。那就是我们钓鱼的地点。

另一条路是爬上陡峭的山坡，走到树林边缘，然后穿过松林，

1 黑林山，德国巴登—符腾堡州山区。

2 特里贝格，德国巴登—符腾堡州一城市，濒临古塔赫河。

翻过几座小山的山顶，往外走到一片草场边缘，然后往下穿过草场，到达那座桥。河两岸有桦树；河虽不大，但狭窄、清澈、湍急，河水冲刷桦树根部形成了很多水潭。在特里贝格的旅馆，店主这一季生意很好。旅馆环境宜人，我们都成了很好的朋友。第二年发生了通货膨胀，他前一年赚的钱连购买重启旅馆用的物资都不够，于是他上吊自杀了。

你可以口授这件事，但你无法口授护墙广场[1]的情景。在那里，鲜花贩子们当街染花，颜料水漫过公共汽车始发站的石板路面；老头们和妇女们总是醉熏熏的，因为喝了葡萄酒和劣质白兰地；孩子们在寒冷中流着鼻涕；"业余爱好者"饭馆里充斥着臭汗味，满是贫穷和酗酒的景象；大众舞厅[2]的妓女们就住在舞厅楼上。那个公寓的女管家在自己的住处款待一个共和国卫队的骑兵，那顶装饰着马鬃的骑兵头盔就放在椅子上。住在大厅另一头的女房客，丈夫是自行车运动员；那天早上她在乳品商店打开《赛车》报，高兴地看到丈夫在巴黎越野赛——他头一次参加的大赛——中获得了第三名。她红着脸放声大笑，然后拿着那份黄色的体育报纸哭着走上楼去。大众舞厅的女老板，她的丈夫开出租车；当他，哈里，必须乘早班飞机时，那位丈夫会敲他的房门叫醒他，他们出发前在酒吧的锌质吧台旁各喝了一杯干白葡萄酒。那时候他认识那个区的邻居，因为他们都很穷。

在护墙广场周边地区有两类人：酒鬼和体育爱好者。酒鬼通过酗酒来排解贫困；体育爱好者则用外在的形式，靠体育运动来排解贫

1　护墙广场，位于巴黎的工人住宅区。

2　大众舞厅，系档次较低的舞厅，用手风琴伴奏。

困。他们都是巴黎公社[1]支持者的后代，理解先辈的政治观点并不困难。他们知道是谁枪杀了他们的父兄和亲戚朋友：那个时候凡尔赛政府的军队打进来，继公社之后占领了这座城市，他们抓到手上长茧或戴着有檐帽或显出劳动者迹象的人，一律处决。在那种贫困当中，在马肉店和酿酒合作社所在的街道对面的那个区，他开始了自己的写作生涯。他对这个区的喜爱胜过巴黎其他地区；那些向四方蔓延的树木，那些抹着白色灰泥、下部涂成棕色的老房子，那圆形广场上长长的绿色公共汽车，那石板路面上的紫色染花颜料，那条从山上陡然向塞纳河方向下倾的勒穆瓦纳枢机主教大街，另一头的穆夫达街及其狭窄而拥挤的小世界。有一条往上通向先贤祠的街道；还有他常骑自行车通行的另一条街，是这个区唯一铺了沥青路面的街道，车轮轧上去很平滑；路边有许多又高又窄的房子，还有一座很高的廉价旅馆，保罗·魏尔伦[2]就是在那里去世的。他们住的公寓房只有两间屋子，因此他在那家旅馆的顶层租了一间屋，每月租金六十法郎，他就在那里写作。从那间屋子他能看见周围的房顶和烟囱上的陶质套管，还能看见巴黎所有的山丘。

从公寓房你只能看见卖木柴和煤炭的小贩的房子。他也卖酒，劣质葡萄酒。还能看见马肉店外面的金色马头标志（店里敞开的橱窗里挂着金黄色和红色的马肉），能看见墙涂绿漆的酿酒合作社（他们常去那里买葡萄酒，那酒又好又便宜）。再有就是涂着白色灰泥的

1　巴黎公社，1971 年 3 月 18 日至 5 月 28 日反对法国凡尔赛政府的革命政权。

2　保罗·魏尔伦（1844—1896），法国最纯粹的抒情诗人之一，象征主义派别的早期领导人。

墙壁和邻居家的窗户。夜里会有人躺在街上呻吟，处于典型的法国式“醉酒”[1]状态（人们让你别信以为真），这时邻居们会打开窗户，窃窃私语。

“警察在哪儿？你用不着那家伙的时候，他倒是总在这儿。他这会儿正跟不知哪个公寓的女管家睡觉呢。找警官[2]去。”直到有人从窗户泼下一桶水，呻吟才停止。“那是什么？是水。啊，很聪明。”那些窗户都关上了。他的清洁工玛丽抱怨八小时工作制，她说：“如果一个丈夫工作到六点，他在回家的路上只喝得有点醉，也不浪费太多钱。如果他只工作到五点，那他每天夜里都喝得烂醉，你就没钱了。缩短工作时间，受苦的是工人的妻子。”

“你不再喝点肉汤吗？”女人现在问他。

“不喝了。非常感谢你。汤太好喝了。”

“再喝点吧。”

“我要一杯威士忌苏打。”

“那对你不好。”

“是啊。那对我不好。科尔·波特作词作曲。我知道你要为我疯狂。[3]”

“你要知道，我喜欢你喝酒。”

---

1 法国式“醉酒”：由于法国人只喝葡萄酒和白兰地，不喝烈酒，他们常常声称不会真醉。

2 警官，原文法语。

3 科尔·波特（1891—1964），美国著名音乐家，擅长写流行歌曲和音乐剧。他写了一首歌，名为《那对我不好》，其中有这样两行：“那对我不好，那对我不好，/ 我知道你要为我疯狂。”

“是啊，只是那对我不好。”

他想，等她走开了，我会得到我想要的一切。不是我想要的一切，而是现有的一切。唉，他累了。太累了。他要睡一小会儿。他躺着不动，死神没在那里。它一定是拐到另一条街去了。它化成一对一双，骑着自行车，悄无声地行驶在铺着石板的马路上。

是啊，他从来没写过巴黎。没写过他喜欢的那个巴黎。但是他还有什么从来没写过的事情呢？

写写这些怎么样：那个牧场和银灰色的鼠尾草丛、灌溉渠中湍急清亮的流水、深绿的紫花苜蓿田。那条小路向上延伸进山里，牛群在夏季胆小如鹿。你在秋天把牛群赶下山时，哞哞叫声不绝于耳；它们慢慢走动，扬起一阵灰尘。在群山的后面，那座顶峰在暮光中轮廓清晰。你在月光下骑马沿小径下山，整个山谷都很明亮。现在他记起在黑暗中穿过那片用材林下山，什么都看不见时就紧紧抓住马的尾巴，以及他曾想写的所有的故事。

写写那个干杂活的没头脑的小伙子。那次主人把他留在牧场，告诉他不许任何人拿走干草。那个从福克斯来的老杂种停下来要弄点饲料。小伙子以前给他干过活，挨过他的打，现在小伙子不让拿，老头说还要打他。老头要钻进谷仓时，小伙子从厨房拿出步枪对他开枪。他们回到牧场时，老头已经死了一个星期了，尸体在牲口栏里冻了，已被几只狗吃掉了一部分。于是你把剩余的尸体放到一个雪橇上，用毯子裹上，用绳子系牢，你叫那小伙子帮你拉雪橇。你们两人穿着滑雪板把雪橇拉到大路上，往山下滑行六十英里到了镇上，你的目的是把那小伙子交给警察。小伙子根本没想到自己会被逮捕。他认为他尽了职守，你是他的朋友，他会得到奖赏。他还帮忙把老头运过来，这样大家都会知道这个老头有多坏，是怎样试图偷别人的饲料的。镇上的治安官给小伙子戴手铐时，小伙子简直不能相信，然后就哭了起来。这就是他留着以后写的一个故事。他知道至少二十个发生在那里的好故事，可他连一个都没写。为什么？

"你告诉他们为什么，"他说。

"什么为什么，亲爱的？"

"不为什么。"

自从有了他，她就不喝那么多酒了。可他要是能活，却永远不会写她，他现在知道这一点了。他也不会写她们之中的任何人。富人很无聊，他们酗酒无度，或玩双陆棋无节制。他们无聊而且絮叨。他记得可怜的朱利安及其对富人的浪漫敬畏心情；他记得朱利安有一次如何写一个短篇小说的开头："非常富有的人与你我不同。"有人对朱利安说：是啊，他们更有钱。可是那句话对朱利安来说并不是幽默话。朱利安认为富人是一个特殊的有魅力的族群，当他发现他们并非如此时，这毁了他，正如别的东西毁了他一样。[1]

他一向鄙视那些被毁的人。你用不着因为你理解某事而喜欢它。他能战胜一切，他想，因为什么都伤害不了他，只要他不在乎。

1　这段中提到的朱利安及其短篇小说，暗指美国作家弗·斯科特·菲茨杰拉德（1896—1940）及其短篇小说《富家子弟》，参见《诺顿美国文学选集》（*The Norton Anthology of American Literature*）第5版第2卷第1701页注释8。

好吧。现在他不会在乎死亡了。他一直害怕的是疼痛。他能像任何男人一样忍受疼痛，除非疼痛持续得太久，把他拖垮。可是他在这里得了让他疼得要命的病，而正当他感到要被摧毁时，疼痛却停止了。

他记得很久以前那天夜里，投弹军官威廉逊穿过铁丝网回阵地时，被德国巡逻队士兵投出的一枚手榴弹击中了，他尖叫着央求大家把他打死。他是个胖人，很勇敢，是个好军官，尽管喜欢很夸张地表现自己。可是那天夜里他被铁丝网挂住了，还有照明弹照着，他的肠子流到了铁丝网上。他还活着，因此他们把他带过来时不得不割断他的肠子。开枪打死我吧，哈里。看在耶稣基督的份上，开枪打死我吧。先前他们曾有过一次争论，关于我们的天父从来不给你任何你不能承受的东西。有一个人的理论是：那意味着在某个时辰疼痛会让你自然昏迷。可是他永远记得那天夜里威廉逊的情况。什么都不能让威廉逊昏迷，直到他把自己留着用的所有吗啡片都给了他，而那些药并没有马上起作用。

到目前为止他还算轻松；如果病情不继续恶化，就没有什么可担心的了。只是他宁愿有更合适的人陪伴。

他想了想他愿意让什么样的人陪伴。

没有，他想，当你做什么事都做得太久，做到太晚的时候，你不能指望人们还在。他们都走了。聚会散了，只留下你和女主人。

我对死亡越来越厌倦，正如对其它的一切，他想。

“它是烦人的东西，”他大声说。

“什么呀，我亲爱的？”

“你做得太他妈久的任何事。”

他看着坐在他和篝火之间的这个女人的脸。她正靠在椅子上，火光照亮了她那虽有皱纹但仍好看的脸，他看得出来她很困。他听见鬣狗在篝火范围之外叫。

“我一直在写作，”他说。“可是我累了。”

“你认为可以睡觉了吗？”

“当然可以。你为什么不去睡？”

“我喜欢跟你坐在这儿。”

“你感觉到什么奇怪的东西了吗？”他问她。

“没有。只是有点儿困。”

“我感觉到了。”他说。

他刚感觉到死神又来了。

“你知道，我唯一没失去的就是好奇心。”他对她说。

“你什么都没失去。你是我认识的最完美的人。”

“耶稣基督啊，”他说，“女人多么无知啊。那是什么？是你的直觉吗？”

因为就在那时，死神来了，它的头就靠在帆布床脚，他能闻到它喘的气。

“再也别相信关于长柄大镰刀和骷髅头[1]的传说了，”他告诉她，“死

1　长柄大镰刀和骷髅头，在欧洲中世纪的意象中，死神是一个披着长袍的骨架，只露出头骨，手拿长柄大镰刀，像割草一般把人除掉。

神可以轻易变成两个骑自行车的警察，或一只鸟。它也可能长着一个宽鼻子，像鬣狗那样。”

现在它已移到他身上，可是形状没有了。它只是占据空间。

“叫它走开。”

它没走，反而挪得更近了。

“你喘着粗气，”他告诉它。“你这个臭杂种。”

它挪得更近了，他无法对它说话；它看见他说不出话来，又挪近了一点儿。现在他试着默默地把它打发走，但是它挪到了他身上，把全部重量压在他的胸口上。它蹲伏在那里，而他既不能动，也不能说话。这时他听见那女人喊：“现在先生睡着了。把床轻轻地搬起来，抬到帐篷里去。”

他不能说话，不能喊她赶走死神。死神仍然蹲伏着，压得更重了，弄得他无法呼吸。然后，当他们搬起帆布床时，它突然又正常了，压着他胸口的重量没有了。

* * *

现在是早晨，已破晓很久了，他听见了飞机的声音。飞机显得很小，它兜了一个很大的圈子。仆人们连忙跑出去，用煤油点起两堆火，往上面堆野草，这样一来，这片平地的两头各冒起一股浓烟，清晨的微风把烟吹向营地。飞机又盘旋了两圈，飞得较低，然后向下滑翔，再拉平，最后稳稳地着陆。朝着他走过来的是老康普顿，穿着便裤和粗花呢夹克，戴着棕色毡帽。

“你怎么了，老家伙？”康普顿说。

“腿坏了，”他告诉康普顿，“你吃点早餐好吗？”

“谢谢。我喝点茶就行。这是一架‘舟蛾’型飞机，你知道吗。我不能带上你的夫人。只有一个人的位置。你的卡车正在路上。”

海伦已把康普顿叫到一边，正在跟他说话。康普顿回来时显得比以往更快乐。

“我们马上把你抬进去，”他说，“我会回来接夫人的。我恐怕得在阿鲁沙[1]停一下，加点油。我们最好马上走。”

“那喝茶呢？”

“我对喝茶并不在意，你知道的。”

仆人们已搬起帆布床，抬着它绕过绿色帐篷，沿着岩石往下走，进入平地，路过那两个现在烧得明晃晃的烟火堆——由于有风煽火，上面堆的野草都烧尽了——最后来到小飞机前。他们费了很大的劲儿才把他搬进飞机，可是一旦进去了，他便躺到皮座椅上，把坏腿直伸到康普顿的座椅旁。康普顿发动了引擎，进入驾驶舱。他对海伦，也对仆人们挥了挥手。当咔嗒声逐渐变成人们熟悉的轰鸣声时，他们顺着两堆火之间的狭长地带颠簸着转起了圈子，康皮[2]注意观察着疣猪的洞穴，飞机颠了最后一下便升空了。他看见他们都站在下面挥手，山边的营地已变得扁平，平原伸展开去，一丛丛树木和那灌木林都变得扁平；与此同时，野兽踩出的条条小径则平滑地伸向一个个干涸的水穴，那里有一处他从来不知道的新水源。斑马现在只剩

1　阿鲁沙城，东非坦桑尼亚北部阿鲁沙区的首府。

2　康皮，康普顿的昵称。

下很小的圆脊背，牛羚则像大头的圆点，似乎在攀爬。它们正在穿越平原，队伍像几根长长的手指头，当飞机的影子朝向它们时，它们便四散而逃。现在它们很小了，动作也不像奔跑了。你极目望去，平原现在呈灰黄色；你的眼前是康皮的花呢夹克背影和棕色毡帽。随后他们飞过第一批小山，有牛羚在慢腾腾地爬山；然后飞过几座大山，山间有层层绿林覆盖的陡峭深谷和长满茂密竹林的山坡；然后又飞过嵌入山峰和空谷的浓密森林；飞越过去之后，小山的坡度变缓了，然后又是一片平原。现在天气很热，平原变成紫棕色，飞机由于热空气的作用而颠簸，康皮回头察看了一下他在旅途中的情况。然后前面又是一座座黑压压的大山。

后来，他们没有朝着阿鲁沙飞，而是向左拐了弯，他据此推断他们有足够的汽油。他向下望去，看见粉红色的细碎絮状云飘在空中，接近地面，像突兀袭来的第一阵暴雪，他知道那是从南方飞来的蝗虫群。然后他们开始爬升，似乎要去东方；随后天色变暗，他们进入暴风雨之中，雨点是那么密集，就像穿过瀑布飞行；过后他们飞出了暴风雨。康皮回过头来咧着嘴笑，并用手指了指。他极目望去，就在前方，像全世界一样宽阔、巨大而高耸，在阳光中白得令人难以置信的，正是乞力马扎罗山的方型峰顶。他知道那就是他要去的地方。

就在此时，在夜间，那只鬣狗停止了呜咽，开始发出一种几乎像人啼哭的怪声。那女人听见了，不安地动了动。她没有醒。在梦中，她正在美国长岛的家中，那是她的女儿第一次参加社交聚会的前夜。不知怎的，她的父亲在那里，他一向很粗鲁。然后那鬣狗叫得那么响，把她惊醒了，一刹那间她不知道自己在哪里，她很害怕。她立刻拿起手电筒，照了照另一张帆布床，那床是在哈里睡着之后抬进来的。她能看见他的躯体罩在带框架的蚊帐下面，但是他那条坏腿不知怎么是伸出来的，垂在床边。绷带全都脱落了，她不忍看那条腿。

“莫洛，”她喊道，“莫洛！莫洛！”

她又叫：“哈里，哈里！”然后她提高了嗓音：“哈里！请说话，哎呀，哈里！”

他没有回答，她听不见他的呼吸声。

在帐篷外，那只鬣狗发出怪声，与刚才吵醒她的声音一样。可是她没听见，因为她的心在怦怦地跳。

# 安德鲁斯先生[1]

［英］爱德华·摩根·福斯特

死者们的灵魂冉冉上升，朝着最后审判庭和天国大门飘去。“世界灵魂”[2]从四面八方压挤他们，正如大气压挤飘升的肥皂泡；它竭尽全力粉碎他们，击破它们薄薄的人格包装，把他们的美德与自己的美德混合在一起。可是那些亡灵极力反抗，他们记起自己在地球上的值得称道的有个性的生活，希望来世也能过上有个性的生活。

在这些飘升的亡灵中间，有一个安德鲁斯先生的灵魂。安德鲁斯先生度过了有益而荣誉的一生，最近刚在小镇的家中去世。他深知自己仁慈、正直、虔信宗教；他虽然极其谦卑地对待即将到来的审判，但对审判结果毫不怀疑。现在，上帝已不是那个嫉妒人的上帝了，不会仅仅因为一个人期望得到拯救而拒绝拯救他。一个正直的灵魂可能理智地意识到自己的正直，而安德鲁斯先生就意识到自己是正

1 原载于《福斯特短篇小说集》，人民文学出版社，2009 年；上海译文出版社，2016 年。

2 “世界灵魂”是一个哲学概念，最早见诸于古希腊哲学家柏拉图（公元前 427—公元前 347）和古罗马哲学家柏罗丁（205—270）的著作。他们认为，宇宙像人和其它生物一样有灵魂，即一种使万物具有活力的精神原则。

直的。

“路还很长，”一个声音说，“可是愉快的谈话能使路途变短。我可以陪你同行吗？”

“很愿意，”安德鲁斯先生说。他伸出手去，于是两个亡灵就一起向上飘去。

“我是在跟异教徒斗争时被杀的，”那个灵魂得意洋洋地说，“我要直接去感受先知讲过的那些快乐的事。”

“你难道不是基督徒吗？”安德鲁斯先生严肃地问。

“不是，我是个有信仰的人。可你一定是穆斯林吧？”

“不是，”安德鲁斯先生说，“我是个有信仰的人。”

两个亡灵默默地飘升，但没有松开拉着的手。“我属于宽和教派[1]，”安德鲁斯先生轻声补充说。“宽和”这个词在间隔层[2]里奇怪地颤动。

“给我讲讲你的经历吧，”那个土耳其族人终于开口说话了。

“我生在一个体面的中产阶级家庭，在温切斯特和牛津受过教育。我本想当传教士，却得到了商务部提供的职位，我接受了那个职位。我三十二岁结婚，有四个孩子，两个已经离世。我的妻子还健在。如果我活得再长点，就得到爵位了。”

“我来说说我的经历吧。我从来不知道父亲是谁，母亲对我也没

---

1 宽和教派，英国圣公会的一个教派，主张容纳和接受不同的意见和理念。

2 古希腊人认为天体共有七层，地球是第一层。每两层之间都有充满大气的“间隔层”。人死后灵魂会逐层飘升，到第七层后就可见到上帝。

有什么影响。我在萨洛尼卡市[1]的贫民窟里长大。后来我参加了一个团伙，我们洗劫了异教徒的村庄。我发了财，娶了三个老婆，她们都还活着。如果我活得再长点，就有自己的团伙了。”

“我的一个儿子在马其顿旅行时被杀了。也许是你们杀的吧。”

“很可能。”

这两个亡灵手拉着手飘升。安德鲁斯先生没再说活，因为他对即将到来的悲惨境遇充满恐惧。这个人那么不信上帝，那么无法无天，那么残酷，那么淫荡，却相信自己会得到允许进天国。而且那会是什么样的天国啊——一个充满俗世恶棍生活中种种粗俗乐趣的地方！可是安德鲁斯先生既没感到厌恶，也没感到道义上的愤怒。他只是意识到一种极度的怜悯之情；他并没有因为自己拥有诸多美德而感到宽慰。他渴望拯救这个人，于是更紧地握住了这人的手；他觉得这人也更紧地握住了他的手。到达天国大门时，安德鲁斯先生并没有像事先想好的那样说“我能进去吗？”，而是喊“他能不能进去？”

就在同一瞬间，土耳其族人也喊出了同样的话。因为同样的精神在他们身上起了作用。

一个声音从大门口回答：“两人都能进。”他们非常高兴，就一起飘向前去。

然后那个声音说：“你们穿什么样的衣服进来？”

“穿我最好的衣服，”土耳其族人喊，“穿我偷来的衣服。”他裹上一条绚丽的包头巾，穿上一件银线绣的背心和一条宽松的裤子，

---

1 萨洛尼卡，希腊第二大城市。

还扎上一条大皮带，上面镶嵌着烟斗、手枪和刀子。

“那你穿什么样的衣服进来呢？”那个声音对安德鲁斯先生说。

安德鲁斯先生想到自己最好的衣服，可是不想再穿了。最后他想起来了，就说：“穿长袍。”

“什么颜色什么式样的？”那个声音问。

安德鲁斯先生对这种事从来没有多想过。他迟疑地回答：“我想，是白色的吧，用柔软悬垂的衣料做的。”他立刻就得到了一件如他所描述的长袍。“我穿得合规格吗？”他问。

“你愿意怎么穿就怎么穿，”那个声音回答。“你还想要什么？”

“一把竖琴，”安德鲁斯先生说。“小的就行。”

一把小的金竖琴到了他手上。

“我还想要一片棕榈叶——不行，我不能要棕榈叶，因为那是对殉道者的奖赏；我的生活一直是平静而快乐的。”

“你想要棕榈叶的话，可以给你一片。”

可是安德鲁斯先生没接受棕榈叶，他穿着白长袍匆匆地去追赶那个土耳其族人，那人已进了天国。安德鲁斯先生经过天国敞开的大门时，一个穿着打扮像他一样的男人正经过大门往外走，还做着绝望的手势。

“他为什么不快乐呢？”他问。

那个声音没有回答。

“里边那些坐在宝座上和山上的都是谁呀？为什么有些很可怕，很悲伤，很丑陋？”

那个声音没有回答。安德鲁斯先生进了大门，然后他看出那些都是当时人们在地球上崇拜的神。每个神都有一群亡灵围着唱赞歌。可是那些神一点儿都不理会，因为他们正在倾听活着的人们祈祷，只有那些祈祷文给他们带来滋养。有时一种信仰会逐渐变弱，代表那个信仰的神也随着每天香火的减少而沮丧，萎缩，晕倒。有时由于宗教复兴运动或某个圣人的纪念日，或由于其它原因，一种信仰会逐渐变强，代表那个信仰的神也随之变得强壮。更经常的情况是，一种信仰会改变，代表它的神的面貌也随之改变，而且变得相反，可以从狂喜变得体面，或从温和仁爱变得恶意好斗。有的时候，一个神会裂变成两三个或更多的神，每个神都有自己的礼仪和数量不定的祈祷文。

安德鲁斯先生看见了菩萨、毗瑟孥、安拉、耶和华、埃洛希姆[1]。他看见了一些丑陋而坚毅的小神，几个野人围着他们，也给他们唱赞歌。他看见了新异教主义所崇拜的宙斯[2]那巨大阴暗的轮廓。那里有残忍的神、粗暴的神、受折磨的神，更糟糕的是，还有易怒的神、或欺骗的神、或粗俗的神。没有一种人类的热望得不到实现。那里甚至有一种中间状态，提供给那些希望处于这种状态的亡灵；还有一个地方是为基督教科学派[3]准备的，他们可以在那里表明他们没有死。

安德鲁斯先生只弹了一会儿小竖琴，就去寻找一个已故的朋友，

---

1 毗瑟孥，印度教主神之一，系守护神。安拉，伊斯兰教信奉的真主。耶和华，基督教信奉的上帝。埃洛希姆，犹太教信奉的真神。

2 新异教主义，企图复兴欧洲和中东地区古代多神教的宗教运动。宙斯，古希腊神话中的众神之王，统治宇宙万物的至高无上的主神。

3 基督教科学派，认为客观世界是不真实的，只有通过祈祷才能治愈疾病。该宗教派别是 1879 年由玛丽·贝克·艾蒂在美国波士顿创立的。

但没找到。亡灵们仍络绎不绝地进入天国，可是天国仍显得很空旷，这很奇怪。他虽然得到了他想要的一切，但没有感受到巨大的快乐，没有神秘地看到美，也没有神秘地与善结缘。没有什么能与他站在天国大门外的那一刻相比，那时他祈祷那个土耳其族人能进天国，而且听见那人也同样为他祈祷。他终于看见了这位伙伴，便大声跟他打招呼，表达了人类的欢乐。

那个土耳其族人正坐着沉思，他的周围坐着许多少女，七人为一组，正如《古兰经》里预言的那样[1]。

"啊，我亲爱的朋友！"他喊道。"到这儿来，我们永远不分离，这是我的快乐，也一定会是你的快乐。我的其他朋友在哪儿？我爱的人或我杀的人在哪儿？"

"我也只找到了你一个人，"安德鲁斯先生说。他在土耳其族人身边坐下，那些长得一模一样的少女用像煤块一样黑的眼睛色迷迷地看着他们。

"我得到了我想要的一切，"土耳其族人说，"但我并没觉得特别快乐。没有什么能与我站在大门外的那一刻相比，当时我祈祷你能进天国，而且听见你也同样为我祈祷。这些女郎就像我先前想象的那样美丽善良，但愿她们比现在更好。"

如他所愿，那些女郎的身材变得更加丰满，眼睛也变得更大更黑了。安德鲁斯先生也表达了性质类似的愿望，他的衣服变得更纯净、

1　伊斯兰教经典《古兰经》第 78 章第 31 节中，穆罕默德预言：到了天国后，"敬畏的人们必有一种收获 / 许多园圃和葡萄 / 和两乳圆润、年龄划一的少女 / 和满杯的醴泉"（引自马坚译本）。

更柔软，他的竖琴也变得更亮了。因为在那个地方他们的期望都实现了，但他们的希望却不能实现。

“我要走了，”安德鲁斯先生终于说。“我们渴求永恒，但无法想象它。我们怎么能期待上帝把它赐给我们呢？我从来没想象出过永远善永远美的东西，除了在梦里。”

“我跟你一起走，”土耳其族人说。

他们一起去找进来时走的那个大门。土耳其族人离开了他的少女们，抛弃了他最好的衣服；安德鲁斯先生也扔掉了他的长袍和小竖琴。

“我们能走吗？”他们问。

“如果你们想走，都可以走，”那个声音说，“可是要想想外面会有什么。”

他们一出大门，又感觉到“世界灵魂”的压力。他们手挽手站着抵制了片刻。然后他们就听任它的摆布了；他们自己，以及他们取得的一切经验、产生的一切慈爱和智慧，都汇入“世界灵魂”之中，使它变得更美好。

# 永恒的瞬间[1]

[英] 爱德华·摩根·福斯特

## 一

“你看见伊丽莎白帽子背后的那座大山了吗？二十年前，一个小伙子就是在那里那么浪漫地爱上我的。伊丽莎白，请你低一下头。”

“是，小姐，”伊丽莎白说，她往前趴到马车夫的座位旁边，像个软塌塌的玩偶。莱兰上校戴上夹鼻眼镜，看看那座大山——那小伙子恋爱的地方。

“他是个好小伙儿吗？”他笑着问，但是放低了声音，因为有女仆在场。

“我当时不知道。可是在我这样的年龄，那是一件值得回忆的令人愉快的事。谢谢你，伊丽莎白。”

“我可以问问他是谁吗？”

---

1　原载于《福斯特短篇小说集》，人民文学出版社，2009 年；上海译文出版社，2016 年。

“一个搬运工，”雷比女士用平常的语气回答，“他连持证导游都不是。只是一个受雇搬运行李的人，还把行李给掉地上了。”

“啧！啧！你当时怎么办了？”

“我做了有教养的年轻小姐该做的事。我尖叫，我说谢谢他求他别侮辱我。我跑开了，其实没必要，我摔倒了，崴了脚，又喊起来。他只得抱着我走了半英里，他是那么愧疚，我以为他会把我扔到悬崖外面去。我们就是在那样的情况下赶上了一位哈博特尔太太，我一看见她就掉了眼泪。可是她比我蠢得多，于是我很快就恢复了常态。”

“当然啦，你说过这事全是你自己的错？”

“我想是说过，”雷比女士更严肃地说。“哈博特尔太太像大多数人那样一贯正确，她事先警告过我要提防这小子；我们以前旅游就雇过他。”

“哦！我明白了。”

“不知道你是不是真明白。到那时候为止，他只认识自己待的地方。可是雇他太便宜了：他给我们干了很多活儿，超出我们付的报酬。你要知道，一个出身低贱的人这样做，是个不祥之兆。”

“可是这怎么会是你的错呢？”

“因为我助长了他的行为：我很喜欢他，不喜欢哈博特尔太太。他很英俊，而且按照我的说法是很讨人喜欢；他穿着漂亮的衣服。我们两人走在后面，他给我摘花。我伸手去接花——他没给我花，而是抓住了我的手，并发表了爱情讲话，那是他事先从《约婚夫妇》[1]里

1 《约婚夫妇》系意大利诗人、小说家曼佐尼（1785—1873）写的历史小说，被公认为世界文坛上的一部巨著。

找来的词。”

“啊！是意大利人。”

这时他们正在穿越国界。在枞树林中的一座小桥上立着两根柱子，一根涂着红白绿三色，另一根涂着黑黄两色[1]。

“他住在‘尚未收复的意大利’”[2]，雷比女士说。“可是我们准备逃到意大利王国去。要是我们真出逃的话，不知道会发生什么。”

“上帝啊！”莱兰上校说，突然现出厌恶的表情。伊丽莎白在车夫座上微微颤抖。

“那说不定会是很成功的婚配呢。”

雷比女士习惯用这种有点出格的方式谈话。莱兰上校容忍了她的妙语，尽量感慨地说：“对呀！是的，很对！”

她突然冲着他来了一句：“你认为我在嘲笑他吗？”

莱兰上校看上去有些不知所措，只是笑了笑，没有回答。现在他们的马车正绕着那座险恶的大山的山脚慢慢行进。公路就建在山体滑坡滚落的土石杂物上，而且山坡还会有土石落下；大山还用具有毁灭性的白石流冲击柏树林，留下一处处疤痕。可是雷比女士记得，再往上走，在坡度较缓的东山坡上，有一些寂静的空谷和鲜花覆盖的岩石，还有非常开阔的风景。她并不像她的这位同伴想的那样不分场合乱说俏皮话。那件事肯定是可笑的。可是她不知为什么能做

1 红白绿是意大利国旗的颜色。黑黄是奥地利帝国国旗的颜色。

2 “尚未收复的意大利”，指19世纪和20世纪初被奥匈帝国控制的有意大利人居住的特伦蒂诺和特里雅斯特地区，位于亚得里亚海北端。意大利在1870年统一后一直致力于收复两地。

到只嘲笑那件事而没太嘲笑演员或舞台。

“我宁愿让他愚弄，也不愿意把他看成傻瓜，”她过了很久才说。

“海关到了，”莱兰上校改换了话题。

他们来到了说德语的地方。雷比女士叹了一口气，因为她喜欢拉丁语系国家的人，正像每个不很忙的人一定会喜欢他们一样。可是莱兰上校是军人，他崇尚有条顿骑士传统的德国。

“七英里之内，人们仍然说意大利语，”雷比女士说，她像个孩子似的宽慰自己。

“再往前走,人们就说德语了,”莱兰上校回答。“所有的重要著作，无论涉及什么题材，都是用德语写的。”

“可是，所有的重要著作，无论涉及什么重要题材，都是用意大利语写的。伊丽莎白——给我说一个重要的题材。”

“‘人性’，小姐，”女仆说，态度半是羞涩，半是无礼。

“伊丽莎白是个小说家，像她的主人一样，”莱兰上校说。他转过身去欣赏风景，因为他不喜欢介入话题混杂的谈话。他注意到沿途的农场更繁荣了，乞讨现象没有了；注意到女人更丑了，男人更胖了；还注意到人们在路边小酒馆外面吃着更有营养的食品。”

“莱兰上校，我们是去阿尔卑斯山大酒店呢，还是去伦敦宾馆，还是去利比希膳宿公寓，还是去阿瑟利—西蒙膳宿公寓，还是去美景膳宿公寓，还是去老英格兰膳宿公寓，还是去比肖内旅馆？”

“我想你会喜欢比肖内旅馆的。”

“我倒不介意阿尔卑斯山大酒店。我听说这两家旅馆都是比肖内家族开的。他们已经发家致富了。”

“你应该受到隆重的接待——如果这种人懂得感恩的话。”

因为雷比女士的长篇小说《永恒的瞬间》使她成名，也给沃塔村带来了声誉。

“啊，他们已经用适当的方式感谢过我了。我那本书出版大约三年后，坎图先生给我写了一封信。我感觉信的口气有些凄凉，尽管村子已经很繁荣了；我不喜欢改变人们的生活。不知道他们一家现在是住旧房还是住新房。”

莱兰上校来沃塔村是为了陪伴雷比女士；可是他愿意与她分住不同的旅馆。她对如此微妙的细节不感兴趣，认为两人没有理由不住在同一个屋檐下，正如她不明白他们两人为什么不能乘坐同一辆马车旅行。另一方面，她讨厌高档的地方。莱兰上校已决定住阿尔卑斯山大酒店，她却渐渐倾向于住比肖内旅馆。这时，感到厌烦的伊丽莎白突然说：“我朋友的夫人正住在阿尔卑斯山大酒店。”

“啊！如果伊丽莎白的朋友住在那儿，问题就解决了：我们大家都去那儿吧。”

“太好了，小姐，”伊丽莎白说，她故意不露出感谢的表情。莱兰上校看到她缺乏约束，脸变得严厉起来。

当他们都下了马车步行上山的时候，他小声说：“你把她惯坏了。”

“军人说话了。”

“当然啦，我跟英国士兵打交道太多了，没法适应你们所谓的‘人际关系’。只要有一丝感伤情绪，全军就会崩溃。”

“我明白；但全世界并不是一支军队。所以我为什么要假装军官呢。你让我想起了我那些英裔印度籍朋友，他们看见我对一些原住民友好时是那么震惊。他们断然证明这对那些人不起作用，他们到现在都没明白他们的证据并不适用。在这里，运气不好的人总是试图领导运气好的人；这种情况必须杜绝。你一直运气不好；你一辈子都不得不指挥士兵，要求他们立即绝对服从，要求他们具有其他无益的美德。我运气好，我用不着做这些——也绝不会做。”

“那你就别做，”他笑着说。“可是你要当心，这个世界毕竟不是军队。你还要当心，别对那些运气不好的人不公正：比如说，我们对你钟爱的下层阶级就比较和善。”

“当然啦，”她心不在焉地说，好像莱兰上校根本没对她让步似的。“这正在变成寻常的事。可是他们把这看穿了。他们像我们一样知道，这个世界上只有一件东西值得拥有。”

“唉！是啊，”他叹着气说。“这是商业时代。”

“不对！”雷比女士恼怒地喊，伊丽莎白闻声回过头来看看出了什么事。“你很愚蠢。对人和善，给人金钱，都很容易做到。唯一值得献出的是自己的身心。你做过这样的奉献吗？”

“经常这样。”

“我的意思是，你在下级面前故意装过傻吗？”

“故意嘛，从来没有。”他终于明白她想说什么了。她常常主观地想象，只有这样暴露自己的弱点，才是有可能进行真正交际的基础，才是进入阶级分野的精神屏障的大门，她以此为乐。她的作品里就有一部写这个题材，读起来让人容易接受。“你怎么样？”他开玩笑地说。

“我也装过傻，但装得不好。到目前为止，我还没感觉自己是个真正的大傻瓜；可是当我真有感觉的时候，我希望把它明白地表达出来。”

“但愿我在场！”

“你大概不喜欢这种感觉，”她回答。“我跟男女朋友们在一起的时候，任何时刻都可能产生这种感觉。任何事都有可能让我开始这样感觉。”

“看呀，沃塔！”车夫喊道，打断了他们激动的谈话。车夫、伊丽莎白和马车都到了小山顶。黑杨树林到这里戛然而止；而后又出现在一个满坡碧草的山谷里，那些黑杨树涌动，低垂，相互融合，然而一直保持向上的趋势，因此一直绵延了两千英尺，到了岩石从草丛里冒出来形成大山的地方。那些兀立山顶的岩石在晚间纯净的天空中显得纤细秀美。

马车夫颇有重复话语的天才，他一再说：“沃塔！沃塔！”

在山谷更高处，有一个白色大村庄，在高低起伏的草场上晃动，像海上的航船；在船头处，傍着一个九十度角的斜坡，矗立着一座用新的灰石头砌成的雄伟塔楼。在他们看的时候，塔楼发出了声响，并以恢弘的气势对着群山讲话，群山做出了回应。

车夫再次告诉他们，这就是沃塔村，那是新盖的钟楼——很像威尼斯的钟楼，不过更为精致——那钟声就出自钟楼的一口新钟。

“谢谢你；确实如此，”莱兰上校说，而雷比女士为这个村子这么会利用繁荣机会而欢喜。她先前害怕回到这个自己曾那么热爱的地方，唯恐会发现什么新的东西。她从来没想到新的东西可能很美。那位建筑师确实去过南方寻找灵感，这座建在大山里的钟楼与以前曾矗立在潟湖旁边的钟楼很相似。可是大钟的产地却无法确定，因为钟声是不分国籍的。

他们乘马车进入那可爱的风景之中，非常高兴，但没有说话。那些欣赏他们的旅游者把他们当成一对很般配的夫妻。在雷比女士和善而有棱角的脸上，确实没有文人那种惹人厌烦的表情；莱兰上校的职业使他整齐利索而不是咄咄逼人。他们两人确实很像一对有教养的文雅夫妻，仿佛一生中都在观赏世界上数不胜数的美好风光。

快到村子时，他们先前没注意到的其他教堂——很小的教堂、丑陋的教堂、带南瓜般钟楼的粉红色教堂、带木质尖塔的白色教堂、完全隐藏在林中空地里或草场折皱里的教堂——都对钟声做出了回应，直到晚间空气里充满许多细碎的钟声，伴随着那口大钟的鸣响声。只有那座具有英格兰早期建筑风格的新建英国教堂保持着纯洁的静默。

钟声停止了，所有的小教堂都退入黑暗之中。取而代之的是敦促人们换装的锣声，和疲惫的旅游者急匆匆赶回去吃正餐的景象。一辆漆有“阿瑟利—西蒙膳宿公寓”的双排座活顶篷四轮马车赶着去迎接刚刚到达的公共马车。一个贵妇和她的母亲在谈论一件晚礼服。拿着羽毛球拍的小伙子们和拿着铁头登山杖的小伙子们在交谈。然后，一只火红的手指头在黑暗的夜空写下了“阿尔卑斯山大酒店”几个字。

“看那电灯！”车夫说，他听见了他的旅客的赞叹声。

“美景膳宿公寓”几个字在松树林的衬托下开始闪耀，“伦敦宾馆”在河边遥相呼应。“利比希膳宿公寓”和“洛勒莱膳宿公寓”分别用绿光和黄褐光宣示自己的存在。“老英格兰膳宿公寓”则以鲜红色光出现。这些灯光照亮了很大一片地方，因为最好的旅馆都集中在村子外面，矗立在较高的或浪漫的地点。在旅游季节，每天晚上都有这种灯光展示，但只是在公共马车到来的时候。等到最后一位游客穿好了正装，这些灯就熄灭了；旅店主们，无论是骂骂咧咧的还是兴高采烈的，都到一边吸雪茄烟去了。

“真讨厌！”雷比女士说。

“讨厌的人们！”莱兰上校说。

阿尔卑斯山大酒店是一座很大的建筑物，由于是木质的，给人的感觉像臃肿的瑞士农舍。可是一个豪华壮观的观景台纠正了这种印象。那个用方石块铺砌的观景台，在一英里以外都看得见；几条柏油小路从观景台延伸到附近的乡村，就像从一个大水库里流出的涓涓细流。他们的马车走上了一条专用车道，停在一个带穹顶的北美油松木柱廊下面。柱廊一头通向观景台，另一头通进一个带顶篷的休息室。那里有高级职员转来转去——穿着镶金边制服的男人、穿着镶着更多金边的制服的更神气的男人、没穿镶金边制服但神气得多的男人。伊丽莎白神态傲慢，费劲地提着一个稻草编的小篮子。莱兰上校表现出了十足的军人派头。雷比女士虽然阅历丰富，但大旅馆总让她感到局促不安。侍者匆匆忙忙地把她带进一间价格昂贵的客房，并劝她马上换正装，如果她想赶上吃套餐的话。

雷比女士刚才上楼时，看见餐厅里满是英国人和美国人，还有饥肠辘辘的德国富人。她平素喜欢与人交往，但今天晚上居然心情郁闷。她似乎看见了一个令人不快的幻象，其轮廓还不清晰。

“我要在房间里吃饭，”她告诉伊丽莎白。“你去吃正餐吧；我打开行李，整理整理衣物。”

她在房间里转来转去，看看住宿规定、价目表、短途旅游项目表，看看红色丝绒沙发、以及印有本地山景的茶缸和脸盆。在这一派奢华之中，叼瓷烟斗的坎图先生和披黄褐色披肩的坎图夫人住在哪儿呢？

当侍者终于把饭给她端来时，她问起店主坎图夫妇。

侍者用国际通用的英语回应说，他们两人身体都好。

“他们是住在这儿，还是住在比肖内旅馆？”

“当然住在这儿啦。只有穷游客才去比肖内。”

“那谁住在那边呢？”

“坎图先生的母亲。她跟这里没关系了，”他接着说，就像一个吸取过什么教训的人，“她跟我们彻底没关系了。十五年前是有的。可是现在，哪有比肖内旅馆的地位？如果有人把我们和比肖内相提并论，我求你务必反驳他。”

雷比女士平静地说：“我搞错了。请你通知一下，我不要这个房间了，叫他们马上把这行李送到比肖内旅馆去。”

“当然可以！当然可以！”受过良好训练的侍者说。他又恶毒地哼了一声说：“你得付钱。”

“没问题，”雷比女士说。

那台刚把她吸进去的精密机器开始把她排出去。她的箱子被搬到楼下，她来时坐的那辆马车被叫来了。伊丽莎白出现在大厅里，气得脸色煞白。她为她们两人还没睡的床和没吃过的饭付了款。那些穿着镶金边制服的高级职员仍在转来转去，他们希望在这么短的时间里找出一个借口来索要小费。雷比女士从他们中间穿过，走向大门。休息厅里的客人们饶有兴趣地看着她，他们得出结论：她嫌这家酒店太贵。

“怎么回事？到底是怎么回事？你觉得这儿不舒适吗？”莱兰上校穿着晚礼服追赶她。

“不是那回事；我弄错了。这个酒店属于那家的儿子；我必须去比肖内旅馆。他跟那老两口吵架了，我想他的父亲已经去世。”

“可是说真的——如果你在这儿挺舒适的——”

“我今天晚上必须弄清楚那是不是真的。我还必须”——她的声音发颤了——“弄清楚那是不是我的过错。”

“以老天的名义，怎么会——”

“如果是我的错，我要为此负责，”她轻声接着说。“我年纪大了，不能当悲剧女王，也不能当毁灭人的神魔。”

“她是什么意思？她到底是什么意思？”莱兰上校喃喃地说，一面看着雷比女士所乘马车的灯光往山下移动。“她做了什么伤害人的事？就算有的话，究竟是什么伤害？旅店主们总是吵架，这不关我们的事。”他默默地吃了一顿美餐。然后他的思绪转向了邮局刚给他送来的信件。

最亲爱的埃德温：我怀着最大的怯懦之心给你写信，我不是因为好奇才写这封信的，我知道你会相信我的话。我只要求你回答一个简单的问题。你跟雷比女士订婚了没有？从我年青时起，社会风尚已经发生了变化。可是尽管如此，订婚还是订婚，应该马上宣布，以免各方不愉快。你虽然身体不好了，放弃了你的职业，但你仍能维护我们家族的荣誉。

“蠢话！”莱兰上校喊。自从他认识雷比女士以来，他的眼光更尖锐了。他意识到他姐姐的这一段话没有别的，只有一种不假思索的传统道德观念。他看了并没受多少感动，正如姐姐写信时没动多少感情一样。

至于班农夫妇对我提到的那个女仆，她并不是一个年长女伴——不过是扔在世人眼前的一块蛋糕[1]而已。我可没说雷比女士一句坏话，我们还常读她的书呢。搞文学的人一向不讲求实际，我们相信她不知道这一点。也许我认为她不适合作你的妻子，不过那是另一码事。

我的小孩们都问你好（莱昂内尔也问你好）。孩子们目前给我们带来了巨大的欢乐。我只是担忧将来，到时候我们不得不考虑提供良好的教育所需要的巨额费用。

爱你的纳莉

他怎么能解释他与雷比女士关系的特殊魅力呢？他们两人从来没说过“结婚”一词，大概永远不会说一个“爱”字。如果他们不

---

1　此比喻借鉴了希腊神话中的一个典故：普绪喀等神祇用蛋糕等贿赂冥府看门狗刻耳柏洛斯，让它吃后熟睡，他们因此得以进出冥府。此处指女仆伊丽莎白起着障人眼目的作用，避免世人议论女主人与莱兰上校的关系。

是经常见面，而是天天见面的话，那会是作为熟知生活的智者伴侣，而不是作为利己主义的恋人，不会渴求自己无权要求也无力提供的永恒激情。他们两人都没有标榜自己是圣洁的人，也没有宣称自己不了解对方的局限性和反复无常。他们甚至很少谅解对方。容忍意味着持谨慎保留的态度，而知识则是平静交往的最大保障。莱兰上校有高尚的勇气：他不在乎他所了解的人的意见。纳莉和莱昂内尔以及他们的孩子是震惊还是恼火，随他们的便。雷比女士是作家，算是激进分子；他是军人，算是贵族。可是他们从事职业活动的阶段就要过去了；他打算停止战斗，她打算停止写作。他们既然能一起快乐地度过秋天，那么到了冬天也不大可能成为最差的伴侣。

莱兰上校太有心计，不肯承认自己愿意与每年两千英镑的收入结缘。可是这个愿望给他的思想增添了一种无法确认的馨香。他把纳莉的信撕得粉碎，从卧室的窗口扔进黑暗之中。

“古怪的小姐！”他喃喃地说，这时他朝着沃塔村看，想借助越来越亮的月光辨认出那个钟楼。“你为什么要到不舒适的地方去呢？你为什么要介入别人的争吵呢？那些人不能理解你，你也不理解他们。你认为争吵是你引起的，你多傻呀。你认为你写的一本书糟蹋了这个地方，使那些居民变得腐败卑鄙。我知道你是怎么想的。因此你要让自己不快乐，并着手纠正无法纠正的事。古怪的小姐！”

现在他能看见他撕的那封信的白色碎片就在下面不远的地方。在山谷里，那座钟楼显现了，从一缕缕银色水蒸气流中冒了出来。

“亲爱的小姐！”他小声说，并朝着村庄方向挥了挥手。

## 二

雷比女士的第一部小说《永恒的瞬间》是围绕着这样一个思想写的：人并非仅仅按时间来生活，一个逝去的夜晚在天庭里可能像一千年——这是梅特林克[1]后来从哲学角度阐述得更清楚的思想。现在她本人宣告，这部小说是令人讨厌的、做作的作品，书的标题暗示牙医的治疗椅。可是这本书是她在感觉年轻快乐时写的；那个阶段（而不是成年后），正是形成人生信念的时机。随着岁月的流逝，这信念可能变得更加坚实，但把它传达给别人的愿望和能力却随之减弱了。她最早的作品是她最雄心勃勃的作品，这并没有让她感到不快乐。

由于奇怪的命运，这本小说引起了很大轰动，特别是在那些缺乏想象力的人的圈子里。无所事事的人把它解读成“浪费时间没有害处”；庸俗的人把它解读成“朝三暮四没有害处”；虔诚的人则把它解读成对道德的攻击。这位女作家在上流社会逐渐有了名气，而她对社会地位较低的人表现的热情倒给她增添了魅力。就在那一年，安斯蒂勋爵夫人、赫里奥特太太、班伯格侯爵和很多别的人都深入到小说的背景地沃塔村。他们返回时都热情洋溢。安斯蒂勋爵夫人展示了她的水彩写生画；赫里奥特太太拍摄了照片，并在《滨河》杂

1 梅特林克（1862—1949），比利时诗人、剧作家、散文家，1911年获诺贝尔文学奖。他通过作品传达了自己的哲学观点。

志刊登了一篇文章;《十九世纪》杂志刊登了班伯格侯爵描述那个地方的长篇文章，题目是《现代农民及其与罗马天主教的关系》。

由于这些人的努力，沃塔村成了一个日渐兴旺的地方，喜欢僻静的人纷纷到那里去，并且给别的人指路。由于一系列偶发的小事，雷比女士一直没回沃塔村，尽管村子的兴旺与她的成名有那么密切的关系。她不时听说村子的发展情况。还有传言说，一个社会地位低的旅游者正在挑沃塔村的错。由于害怕发现那里有什么东西遭到破坏，雷比女士最后产生了一定程度的胆怯，不大敢再去那些给了她那么多快乐的景点。莱兰上校说服了她；他本人想去一个有益健康的凉爽地方消夏，在那里读书、聊天、寻找喜欢运动的慢性病人适合散步的小路。他们两人的朋友嘲笑他们；他们的熟人议论纷纷；他们的亲戚怒火中烧。可是他有勇气，她也不在乎非议。在伊丽莎白提供的些许保护下，他们成功地来到这里。

雷比女士的到达令人感伤。她看到一座座大旅馆排成一大圈，远离了本该是生活中心的村庄，她很不高兴。闪亮的旅馆名称在夜晚宁静的山坡上烙下的印记，仍然在她眼前晃动。巨大的阿尔卑斯山大酒店像噩梦一样，在她心头挥之不去。她在睡梦中常常回忆起那个酒店里的柱廊、豪华的休息室、锃亮的胡桃木办公桌、巨大的客房钥匙架、印有大山风光的陶制器皿、高级职员的制服，以及神气的客人散发的气味——对某些人的鼻孔来说，这种气味与穷人散发的气味同样令人抑郁。她对文明的进步没有热情。她从东方的经验得知，文明通常不会先迈出最好的一只脚，它常常先让野蛮人变得淫荡和邪恶，然后才显示它的补偿性品格。这里毫无进步可言：全世界需要向这个村庄学的东西，比这个村庄需要向全世界学的要多。

在比肖内旅馆，她确实没发现什么变化，只是体会到幸存事物的感染力。老房主已经去世，老夫人卧病在床，可是古老的精神尚未离去。在旅馆建筑的正面，木墙上仍画着那条吞噬小孩的龙——米兰的维斯孔蒂家族[1]的纹徽。坎图一家很可能是这个家族的后裔。因为这家小旅馆里有某种氛围，迫使富有同情心的客人崇尚贵族，无论如何在当时是这样的。一种不费吹灰之力就可获得的伟大行为方式主宰着一切。每间客房里都有三四个漂亮物件——一小块丝织挂毯、一块洛可可式[2]浮雕残片、几片蓝色瓷砖，镶嵌在镜框里，挂在粉刷过的白墙上。客厅里和楼梯边上挂着几张模仿卡洛·多尔奇[3]和卡拉齐兄弟[4]绘画风格的十八世纪油画——穿着蓝色长袍的“悲哀的圣母”、飘逸的圣贤、宽宏大度的亚历山大大帝[5]（他的下巴稍向后缩）。这种风格已经不被人看重了——权威人士和教科书这样说。然而，有的时候，它可能比一幅新买的安吉利科修士[6]的画更有新鲜感，更有意义。雷比女士以前拜访一些公爵家时就从未露出战战兢兢的样子，现在她走进了比肖内旅馆，她觉得自己很大胆，很现代。那

1 米兰，意大利北部一城市。维斯孔蒂家族，14 和 15 世纪在意大利北部的历史中占支配地位的一个家族，其统治一直延续到 18 世纪。

2 洛可可式，18 世纪初起源于法国、18 世纪后半期盛行于欧洲的一种建筑艺术装饰风格，其特点为精巧、繁琐、华丽。

3 卡洛·多尔奇（1616—1686），意大利画家、巴洛克佛罗伦萨画派代表人之一。

4 卡拉奇兄弟，指 16 世纪末意大利卡拉奇家族的三个画家。

5 亚历山大大帝（公元前 356—公元前 323），马其顿国王，即位后，先后征服希腊、埃及和波斯，并侵入印度，建立亚历山大帝国。

6 安吉利科修士（1395—1455），意大利文艺复兴前期佛罗伦萨画派的著名画家。

些最不起眼的东西——沙发靠垫、桌布、枕套——可能是用质次面料做的，而且不符合美学标准，但是仍让她产生了崇敬和谦卑的感觉。拿瓷烟斗的坎图先生和披黄褐色披肩的坎图夫人，以及巴托洛缪·坎图先生，即阿尔卑斯山大酒店现在的主人，都曾在这所洁净舒适的房子里走动。

第二天早晨，雷比女士坐下来吃早饭时情绪不好，她把这归咎于夜间的失眠和年龄的增长。她想，她从未见过谁比住在这里的游客更缺乏吸引力、更不值得尊重。一个眉毛很黑的女人喋喋不休地大谈爱国主义，还说英国游客有义务在外国表现得团结一致。另一个女人一直小声抱怨，像一个滴水的水龙头，水流不大但一刻不停；她抱怨食品、收费、噪音、云彩、尘土。她说，她喜欢到这个旅馆来，但不喜欢把它推荐给朋友：它就是让人产生这种感觉的旅馆。这里男性很少，需要男性干的活儿很多；一个小伙子在阵阵笑声中描述他采取了什么样的步骤使原住民惊讶。

雷比女士坐在一幅著名壁画对面，这幅画是房间里唯一的装饰品。壁画是在维修时发现的；虽然画面有损毁之处，但颜色依然鲜艳。坎图夫人一会儿说那是提香[1]的作品，一会儿又说是乔托[2]的作品，并声称没有人能解读其中的意蕴；许多教授和画家苦苦思索也没解读出来。她说这话，是因为她高兴这样说；其实壁画的意蕴很清楚，已经有人多次给她解释过。画上的四个人物是女预言家，她们拿着关于耶稣诞生的预言。当初为什么把她们画在山里这么高的地方，画在

1　提香（1490—1576），意大利的伟大画家，在意大利和世界艺术中占有崇高地位。
2　乔托（1266—1337），意大利画家，一直被尊崇为意大利第一位艺术大师。

意大利艺术的最远边界上，原因不甚清楚。不管怎么说，她们现在成了很有用的谈资；由于她们适时出现在这面墙上，使许多人得以结识，使许多争论得以避免。

“那些圣贤倒是挺诡秘的！”一个美国贵妇说，她随着雷比女士的目光看着壁画。

贵妇的父亲嘟嘟囔囔地说着有关迷信的事。他们两个都是伤心之人，最近刚从圣地巴勒斯坦回来。他们在圣地曾遭无耻之徒欺骗，因此对宗教的态度不那么好了。

雷比女士尖刻地说，那些圣贤是女预言家。

“可是我不记得在《圣经》的《新约》或《旧约》里有女预言家，”贵妇说。

“那是神甫们发明出来欺骗农民的，”那位父亲悲伤地说，“他们的教堂也是这样；用金属箔冒充真金，用棉布冒充丝绸，用粉饰灰泥冒充大理石；他们的仪式队列也是这样，他们的——（他骂了一句）——钟楼也是这样。”

“我的父亲，”贵妇凑近雷比女士说，“他确实有失眠症。你想想每天早晨六点敲钟！”

“是啊，太太；这回你得到好处了。我们制止了这种做法。”

“制止了清晨敲钟？”雷比女士喊。

人们抬起头来看她是谁。有人小声说，她是写书的。

那位父亲回答说，他大老远到这儿来是为了休息，如果休息不了，就要搬到另一个中心去。英国游客和美国游客已经合作了，迫使那些旅店主采取行动。现在神甫们只在晚餐时敲钟，这让人还能忍受。

他相信，只要“合作”，什么事都能做成：对那些农民也是这样。

“游客们怎么干涉农民的事呢？”雷比女士问。她越来越生气，浑身颤抖。

“我们说了同样的话；我们是来休息的，我们就得休息。他们每星期都喝得烂醉，唱歌唱到凌晨两点。这样下去合适吗？”

雷比女士说：“我记得他们中间有些人没喝醉。可是我也记得他们是怎么唱歌的。”

“是啊。唱到两点啊，”他顶嘴道。

他们两人恼怒地分开了。雷比女士走后，贵妇的父亲还在喋喋不休地说，有必要创立一种崇尚露天生活的统一新宗教。他头顶上方的四位女预言家虽笨拙粗陋，但慈祥宽厚，每个人都拿着一个牌匾，上面写着具体的救赎承诺。如果说那些旧宗教确实不适应人类的需要，那么美国似乎也不可能产生出一种合乎需要的替代宗教。

如果雷比女士现在就按承诺去拜访坎图夫人，为时尚早。伊丽莎白也不是个能陪她去的伴侣，因为她一夜之间变得很粗鲁，现在又表示懊悔，让人厌烦。旅馆外面有几张小桌子，几个女人坐在那里喝啤酒。有几颗修剪过树冠的栗子树为她们遮阴；一道低矮的木栏干把她们与村庄的街道隔开。雷比女士坐在栏干边沿，因为从那里她能看见那座钟楼。一个有批评眼光的人可以发现钟楼建筑有很多缺点，可是她看重的是钟楼的整体，越看越高兴，这里面也掺杂着某种感恩的成分。

旅馆的德国女侍者走出来，很有礼貌地建议她找一个更舒服的坐位，“这里是下层阶级的人吃饭的地方；你去客厅好吗？”

“谢谢你，我不去；你们按出身来区分客人有多少年了？”

“好多年了。这很有必要，”那位可钦佩的女侍者回答。她又回到了那所充满肉味、充满常理的房子里。这是很多迹象中的一个，表明在这个有争议的山谷里，条顿民族就要超越拉丁民族了。[1]

紧跟着走出来的是一个头发灰白的妇人，她一面手搭凉棚遮挡太阳，一面哗啦啦地晃动一张《晨邮报》。她和善地看了雷比女士一眼，擦了擦鼻子，有礼貌地先道歉后说话，她说：

“不知道你是不是听说了，今天晚上有一场音乐会，是为了帮助英国教堂安装彩色拼花玻璃窗而举办的。我可以劝你买几张票吗？正如我刚才说的，英国人应该有个集会地点，这很重要，是不是？”

“非常重要，”雷比女士说；“可是我希望这个集会地点是在英格兰。”

头发灰白的妇人笑了笑。随后显得很困惑。后来她意识到自己受了侮辱，便摇晃着《晨邮报》离开了。

“我太没礼貌了，”雷比女士沮丧地想。“我对一个像我一样傻、像我一样头发灰白的妇人很没礼貌。今天我不适合跟别人谈话。”

她的生活一直很成功，总的来说是幸福的。她很少如此沮丧，这种情绪虽然被人们称为“抑郁”，但是肯定让她的眼界更开阔但更灰暗。那天早上她的人生观有所改变。她在村里走了一圈，几乎没

---

1 条顿人是古代日耳曼民族中的一个分支，中世纪的条顿人是现代德国人的祖先。中世纪的拉丁人是现代意大利人、西班牙人、法兰西人的祖先。条顿民族和拉丁民族在历史上就常有矛盾和争斗。这里雷比女士看到德国女侍者对客人区别对待很反感，因此发出如此感慨。她使用“条顿民族”和“拉丁民族”这两个历史名称，颇有深意。

注意到那些依然环绕着村子的群山，也几乎没注意到仍然照耀村子的太阳那不变的光芒。可是她完全意识到了某种新的东西；意识到了大批人走过之后所产生的说不清的腐败。

即便在那个钟点，空气中也充满酒肉的浓烈气味，还加上尘埃和烟草的烟雾，以及疲惫的马匹散发的气味。马车挤在教堂的墙边，一个女人在钟楼下看管一排自行车。这个季节不宜于登山；一群群穿着漂亮的诺弗克西装的小伙子悠闲地走来走去，等着游客雇他们当导游。在邮局对面有两个很大的廉价旅店，店前有许多小桌子，一直摆到街道上。在这里，餐饮服务从凌晨就开始了，会一直持续到深夜。顾客主要是德国人，他们搂着自己妻子的腰，大喊大笑，以振作精神。然后他们沉重地站起来，排成一行向某个景点走去；在那个景点有一面红旗，表明下一顿饭可以在那里吃。全村的人都受到雇佣，就连小女孩都有活儿干，她们纠缠客人，兜售带有图片的明信片和雪绒花。沃塔村已经做上旅游生意了。

一个村庄必须有某种行业；而这个村子一向充满活力和能量。它过去鲜为人知，但快乐幸福；它把饱满的精力用在奋力向土地讨生计上，并从中得到了一定程度的尊严、祥和，以及对他人的爱。文明并没有放松对这些精力的控制，而是将其引导到别的方向；因此本来能帮助治愈世界创伤的一切宝贵品质都遭到了毁灭。家庭亲情、社群感情、明智的乡村美德——这一切都消亡了，在人们建造象征这些宝贵品质的钟楼的过程之中消亡了。这事不是坏人干的，而是善良、富有、经常很聪明的女士们和绅士们干的——他们认为（如果他们考虑过这件事的话）他们正在给自己曾有意停留过的地方带来商业利益和道德益处。

雷比女士过去从未意识到这种普遍的错误做法。她回到了比肖内旅馆，感到身心交瘁，她想起了那段颇有正义意味的可怕经文："可是要让犯罪的人遭受痛苦。"[1]

坎图夫人躺在一楼的一个阴暗房间里，有些过分激动。那个房间的墙上空荡荡的，因为所有漂亮的装饰品都挂到了客房里，她爱她的客人，就像一个好女王爱她的臣民。房间的墙壁也很脏，因为是坎图夫人自己的房间。可是哪个宫殿都没有这么漂亮的天花板，因为木房梁上悬吊着许多铜制器皿，是一整套嫁妆，有水桶、大锅、水罐等，颜色从发亮的黑色到最浅的粉红色都有。老夫人抬头看看这些家道兴旺的象征，很是高兴。最近，有一个美国贵妇没能买下这些东西，离开时与其说是生气，不如说是困惑不解。

坎图夫人与雷比女士没有什么共同之处，因为坎图夫人是个固守己见的贵族。她若是一个生活在那个伟大世纪里的伟大贵夫人，会很快上断头台的，而雷比女士则会大叫着表示赞成。现在坎图夫人头发稀疏，卷在烫发纸里，还披着那条黄褐色披肩。她给这位知名女作家讲述在比肖内旅馆住过或可能再来的其他知名人士的情况。她起初语气很庄重。可是没有多久就谈起了村子里的新闻，语气里开始透出几分愤懑。她以一种带忧伤的自豪的心情讲起先后去世的人们。她自己老了，喜欢思索命运女神是多么公平，命运没有放过她的同代人，也常常不放过比她年轻的人。雷比女士不习惯这样寻

---

1　此引语出自《圣经·新约全书》的《马太福音》第 18 章第 7 段，系转述的耶稣的话。

求安慰。她自己也在变老，可是如果别人能永葆青春她会更高兴。她虽然记不清那些死者，但是死亡具有象征意义，正如一朵鲜花的凋零可能象征整个春天的逝去。

坎图夫人接下来讲述了自己遇到的不幸事；她先讲一次小规模山体滑坡如何毁了她的小农场。在那个山谷里，滑坡从来都不是急速的。水通常在绿草皮底下汇集，正如脓液在皮肤下面生成。在有坡度的草场上会有一块地方隆起，然后爆裂，释放出一股缓慢流淌的泥石流。然后整个地区似乎塌陷了；所有山坡上的草地都受到挤压，折叠成了怪异的皱褶，树木歪了，谷仓和农舍坍塌了，所有美的东西逐渐变成了无法分辨的糊浆向山下滑动，最后被某条小河冲走。

她们两人从农场又谈到其他苦衷，雷比女士感到太压抑，几乎无法表示同情了。这个季节生意不好；客人们不理解这个旅馆的管理方式；仆人们不理解客人；有人说她应该雇一个前台接待员。可是前台接待员有什么好处呢？

“我不知道，”雷比女士说，她感觉没有任何前台接待员能让比肖内旅馆恢复财运。

“人们说前台接待员可以去迎接公共马车，把新来的客人引诱到这边来。我从引诱来的客人那里会得到什么快乐呢？”

“别的旅馆就是这么干的，”雷比女士伤心地说。

“是啊。每天都有一个男人从阿尔卑斯山大酒店到这儿来。”

现场出现了尴尬的静寂。到目前为止她们一直避免提那个人的名字。

“他把客人都拉走了，”坎图夫人突然激动地接着说。“我儿子把我所有的客人都拉走了。他拉走了所有的英国贵族、最阔气的美国人和我所有的米兰老朋友。他在这山谷里到处诬蔑我，说我这里的下水管道都坏了。旅店主们不向游客推荐我的旅馆；他们把客人都打发到他那里去，因为每转送一个人，他就给百分之五的回扣。他给马车夫钱，给搬运工钱，给导游钱。他给乐队钱，因此乐队几乎不在村里演奏。他甚至给小孩子钱，让他们说我的下水管道坏了。他和他的妻子，还有那个前台接待员，他们想毁了我，他们想看着我死。”

“你别——你别说这些事了，坎图夫人。”雷比女士开始在屋里一边转悠一边说话，这是她的习惯，她说的是大实话，而不是容易懂的话。“尽量不要对你儿子那么生气。你不知道他得跟什么竞争。你不知道是谁让他成了这样的。也许该责备的是别人。不管该责备的是谁——你可以在祈祷的时候记起他们。”

“当然啦，我是个基督徒嘛！”气愤的老夫人喊道。“可是他不能毁我呀。我看着很穷，可是他借走了我的钱——太多的钱。那个旅馆会倒闭的！”

雷比女士接着说，“也许，世界上并没有那么多的邪恶。我们见到的大多数邪恶都是由许多小错误造成的——是愚蠢或虚荣造成的。”

“我甚至知道是谁让他这么干的——他的老婆，还有现在给他当前台接待员的那个人。”

“这种说话的习惯，表达自己的习惯——似乎很痛快，很必要——但确实会伤害——”

她们两人都受到街上巨大声响的干扰。雷比女士打开窗户，一团灰尘带着浓重的汽油味飘了进来。原来是一辆过路的汽车碰上了一张桌子。地下洒了很多啤酒，还有一点儿血迹。

坎图夫人听见巨响后恼怒地叹了口气。她的坏脾气使她疲惫不堪，她躺在床上闭着眼睛，一动不动。在她的头顶上方，两个铜花瓶在突然刮来的阵风中轻轻碰撞，叮当作响。雷比女士正准备做一次富有戏剧性的重大忏悔，做一次令人感动的宽恕请求。她把话都想好了；她的话永远是准备好的。可是她看看坎图夫人闭着的眼睛和承受着痛苦的虚弱身躯，她知道自己没有权利要求并奢望得到原谅。

在她看来，她的生命随着这次会见已经完结了。她已经做了一切可能做的事。她以前做过许多邪恶的事。她现在能做的只是双手合十等待，直到她的丑恶和无能像美貌和力量一样消逝。她的眼前浮现出莱兰上校那令人愉快的面孔，她可能跟他一起与世无争地度过最后的岁月。他不会令人振奋，但她似乎并不渴望振奋。如果她的感官确实关闭，如果她的大脑和舌头的无意识活动逐渐麻木，那就更好。因为她平生第一次动了心，很想变老。

坎图夫人仍旧在谈论她的儿媳妇和前台接待员；谈儿媳妇的庸俗和职员的不知感恩。很久以前，那个接待员刚从意大利流浪到这里时还是个没人认识的小伙子，她曾对他很慷慨。现在他却和她儿子站在一起与她作对。这就是慈善的回报。

"他叫什么名字？"雷比女士心不在焉地问。

"费奥·基诺里，"她回答。"你不会记得他的。他过去是搬——"

新钟楼突然传来一阵钟声，屋里的铜器也随之震响。雷比女士抬起双手，不是去捂耳朵，而是去捂眼睛。在她的虚弱状态下，大钟颤动的音符有一种奇怪的效果，好像血液回到了已冻僵的静脉里。

“那个人我记得很清楚，”她最后说，“我今天下午要去看他。”

## 三

雷比女士和伊丽莎白一起坐在阿尔卑斯山大酒店的休息厅里。她们刚从比肖内旅馆走上山坡，来这里见莱兰上校。可是莱兰上校显然已下山到比肖内找她们去了，所以她们只能等待，为了不白等，她们点了一些小吃。于是雷比女士喝着下午茶；而伊丽莎白则像地道的贵妇那样吃着冰激凌，偶尔发现无人注意，会把调羹柄叼在嘴里。低级侍者们把茶杯和玻璃杯从餐桌的大理石台面上清走，穿着带金边制服的高级职员们把藤椅重新摆放成两三个一组，以吸引游客。这边或那边还有游客守着吃剩下的面包渣迟迟不肯离去；一位俄国亲王已经熟睡，姿态不雅，很显眼。可是大部分人已经开始了晚餐前的散步，或者去打网球，或者拿着书坐在树下。天气宜人，太阳的威力已大大减弱，阳光有了灵性，让照到的一切呈现出新的质地和新的颜色。从座位上，雷比女士可以看见前一天路过的巨大悬崖；她可以看见悬崖后方的意大利——四月山谷、塞奈斯山谷，以及她称为“南方野兽”的山峦。那些大山一整天都不显眼——不过是远处的白石片或灰石片而已。可是夕阳使它们变了形，它们矗立在南方的天空下，像紫色的熊。

“伊丽莎白，你不出去遛遛可太不应该了。尽可能找你的朋友，让她跟你一起出去吧。你要是看见莱兰上校，告诉他我在这儿。”

“就这些吗，小姐？”伊丽莎白喜欢这个有怪癖的女主人，而且她的心已被冰激凌软化了。她看出雷比女士脸色不好。也许恋爱的道路有了坎坷。的确，对待绅士们必须有策略，特别是在双方关系发展良好的时候。

“还有一件事：别给孩子们硬币。”

那些客人已经不见了，高级职员也明显少了。从后面的大厅里传来两个很可恶的人的假斯文的窃笑，一个是坐在办公桌后面的年轻姑娘，一个是负责领新来的客人进房间的穿长礼服的小伙子。几个搬运工站在离他们有一段恰当距离的地方，和他们一起窃笑。最后，休息室里只剩下雷比女士、俄国亲王和前台接待员。

那个接待员是个能干的欧洲人，四十岁上下，能流利地讲各种语言，有些语言还讲得很好。他仍然很活跃，显然肌肉曾经很发达。但无论是他的生活还是他生活的时代对他的身材都很无情：再过几年他肯定会很肥胖。他的面部表情不大容易猜测。无庸置疑，他正在忙着履行职责，因此这不是自我披露的时机。他打开窗户，他把火柴盒装满，他用掸子掸着小桌子，还不时看看大门，以防有人没拿行李就进来，或有人没付钱就出去。他按了一个电铃，一个侍者飞跑进来把雷比女士用过的茶具收拾走。他又按了一个电铃，派一个小伙计去打扫从一个客房窗户落下来的纸屑。然后，随着一声“对不起，小姐！”他已俯身拾起了雷比女士的手帕。他似乎对她头天晚上突然离去并无芥蒂。也许她往他手里塞了小费。也许他不记得她曾去过那里。

他把手帕还给她的姿态让她依稀想起了什么，使她感到不安。

她还没来得及谢他，他已回到门口侧身站立，这样一来他那有点弧形的肚子轮廓在外面风景的衬托下显现出来。他在对一个身体健壮但面带忧郁的男青年说话，那青年一直在柱廊外面晃来晃去。“我告诉过你百分比的，”她听见接待员说，“如果你刚才同意这个百分比，我就推荐你了。现在太晚了。我的导游已经够了。”

我们的慷慨常常让很多人受益，比我们想到的要多。我们给出租汽车司机小费，一部分钱就落到吹口哨召唤他的人手里。我们给点燃镁丝、照亮钟乳石溶洞的人小费，一部分钱就落到带我们进溶洞的船夫手里。我们给饭店的侍者小费，一部分钱就从侍者的工资里扣除了。有一台巨大的机器，我们很少意识到它的存在，它一直在促进我们分配财富。接待员回来时，雷比女士问：“百分比是多少？”

她这样问，肯定是想让他难堪，倒不是因为她冷酷，而是因为她想发现这个表面客气能干的人有什么潜在的好品质（如果他有的话）。她这样问是出于感伤，而不是出于科学态度。

如果她跟一个受过教育的人这样讲，有可能成功。受过教育的人在试图回答她的问题时会透露出点什么。可是这个接待员没有理由顾忌谈话的逻辑。他回答：“是啊，小姐！今天的天气实在太好了，适合我们的游客，也适合晒干草。”然后便匆匆忙忙去照应一个正在挑选明信片的主教。

雷比女士并没有从道德角度去总结下层阶级的卑劣心计，而是承认了自己的失败。她看着接待员把明信片一张张摆开，既热心又不讨人嫌，既留意又不乏敬意。她看着他如何让主教改变初衷，买下更多的明信片。这就是那个曾在山上对她大谈爱情的男人。可是到目前为止他只是通过几个偶然的、与生俱来的手势暴露出他的身份。要与士绅阶级谈话，必须有一些新的品质——彬彬有礼、知识渊博、沉着冷静。还是过去的答案：士绅阶级对他负有责任。我们应该彼此承担责任，这是不可避免的，也是可取的。

如果你因为费奥的世故圆通——因为他的庸俗本质——而责备他，是荒唐的。他并非自己要这样。他从一个健壮的小伙子变到了现在这个样子——油亮的粗壮身躯、垂到前额的黑卷发、打过蜡的八字胡、像某种原始生命形态那样自行分裂增殖的下巴。如果你因为他的变化而感到惋惜，那就更荒唐了。大约二十年前，她在英格兰就改变了他的身形，也改变了他的性格。他是她的小说《永恒的瞬间》的一个产物。

她深感一种切肤之痛，就像一个技术生疏的工匠看到自己创造的世界很糟糕而感到悲哀。她想请求她创造的人物宽恕她，尽管他们造得不好，无法对她表示宽恕。她当天早晨在坎图夫人床前压抑下去的忏悔愿望又爆发出来，像肉体的欲望那样强烈。那个主教走后，她又继续谈话，尽管改变了话题，她说："是啊，天气确实不错。我刚从比肖内旅馆走上来，感觉很好。我住在那边！"

他看出她愿意谈话，于是愉快地回答："比肖内一定是很好的旅馆，很多人都有好评。那幅壁画漂亮极了。"他太精明了，不惜说好话表示一点点宽容。

"这儿有多少新旅馆啊！"她压低了声音，以免打扰俄国亲王，有亲王在场她奇怪地感觉焦虑不安。

"啊，小姐！确实是这样。我还是个年轻小伙子的时候——对不起，请等一会儿。”

一个美国姑娘，看来是初到此国，拿着一把硬币走过来，沮丧地问费奥：“这些都值多少钱？”他给她解释，并给她换了零钱。雷比女士不能肯定他给那姑娘的零钱是否足数。

“我还是个年轻小伙子的时候——”他的话又被打断了，他得赶紧去送两个要走的客人。一个客人给了他小费；他说：“谢谢你”。另一个客人没给他小费；他仍说：“谢谢你”，可是口气不一样。很显然，到目前为止他还没有记起雷比女士。

“我还是个年轻小伙子的时候，沃塔村是个很穷的小地方。”

“但它是个怡人的地方？”

“非常怡人，小姐。”

“便宜！”俄国亲王说，他突然醒了，把他们两人吓了一跳。亲王把毡帽扣到头上，快速跑出去进行保健散步。大厅里只剩下雷比女士和费奥两个人。

到了那时候，雷比女士才不犹豫了，她决心提醒费奥他们以前见过面。她一整天都在寻找生命中的一个火花，现在她依稀看到了另一团火，就在她走过的路途的远端，在她青年时代的大山高处，她如果指向那团火就有可能唤来这个火花。如果他也看见了这团火，他会怎么样呢，她不知道；可是她希望他会活跃起来，无论如何会逃避她先前给这个地方和这里的人们所准备的普遍厄运。在他们两人同时思考的时候，她要做什么呢，她甚至不予考虑。

如果这一天里她感受到的痛苦没有让她心肠变硬的话，她是不会冒昧行动的。经历了许多痛苦之后，名望变得很可笑。她只需克服一个思想障碍，即“费奥是男人”，而不是“费奥是前台接待员”。她从来不遵从“对社会地位低的人在精神方面要有所保留”的原则，而这一原则现在却很平常。

“我是第二次来这儿，”她大胆地说。“二十年前我住过比肖内旅馆。”

他显示出第一个动感情的迹象：他一听说比肖内旅馆就很恼火。

“有人告诉我，我应该上山来找你，”雷比女士接着说。“我还记得你。你那时候带我们过山口。”

她专注地看着他的脸。她并没期待他的脸会放松到张大嘴微笑。“哎呀！”他说，同时摘下尖顶帽子，“我太记得你了，小姐。再见到你多高兴呀，如果允许我这样说的话！”

“我也很高兴，”雷比女士疑惑地看着他说。

“小姐，你跟另一个女士一起，是不是？她叫——小姐。”

“是哈博特尔太太。”

“对呀；我给你们搬过行李。我常记起你们的善意。”

她抬起头来。他站在一个打开的窗户旁边，整个神话世界在他身后延伸。她失去了理智，轻轻地说：“如果我说我也一直没忘记你的善意，你会误解我吗？”

他回答：“是你们有善意，小姐；我只是尽了我的责任。”

“责任？”她喊道；“责任怎么样？”

“你和哈博特尔小姐是那么慷慨的人。我记得很清楚，我当时是多么感激：你们付给我的钱总是比价目表上规定的要多——”

这时她意识到他把一切都忘了，忘了她，忘了发生过的事，甚至忘了他自己年轻时是个什么样子。

“别假装有礼貌了，”她冷冷地说。“我上一次看见你的时候你可没礼貌。”

“我很抱歉，”他突然惊恐地喊。

“转过身去。看看那些大山。”

“是，是。”他那双狡猾的眼睛紧张得直眨。他摆弄着西服坎肩褶皱里的怀表链子。他跑开去警告几个穿得很破的小孩子，叫他们离开观景台。他回来后，她仍坚持让他看大山。

“我必须告诉你，”她用就事论事的冷静语气说。“看看那座大山，就是公路往南绕过的那座山。看看半山腰，在东坡上——有鲜花的地方。你在那里曾经奉献过自己。”

他目瞪口呆地看着她，很害怕。他想起来了。他感到无法形容的震惊。

正在这个时候，莱兰上校回来了。

雷比女士走到他跟前说：“这就是我昨天谈到的那个男人。”

“下午好；什么男人？”莱兰上校局促不安地说。他看见她脸红了，得出的结论是：有人对她态度粗暴。由于他们两人的关系不大为人所知，他更要求别人尊重她。

“就是年轻时爱上我的那个男人。”

“这不是真的！”尴尬的费奥喊，他立刻看清了她给他设下的陷阱。“那是小姐想象出来的。先生，我敢说——我当时没有什么意思。我是个年轻人。我那时还没学会怎样做才得体。我简直忘了这事。是她提醒了我。是她打扰我。”

“上帝啊！”莱兰上校说。“上帝啊！”

“先生，我会丢掉我的职位的；我有老婆孩子。我会毁了。”

“够了！”莱兰上校喊。“不管雷比女士有什么样的动机，她都不想毁你。”

“你误解我了，费奥，”雷比女士轻轻地说。

“多不凑巧啊，我们两人刚才走岔了，”莱兰上校说，他本想表现得满不在乎，但他的声音在颤抖。“晚饭前我们去散散步好吗？我希望你能停一下。”

她没有理会。她在观察费奥。费奥已经不惊慌了；他显示出一种新的感情，在她看来更不让人喜欢了。他挺起肩膀，露出一种不可抗拒的微笑；当他发现她在看他而莱兰上校没看时，朝她挤了挤眼。

这是一个可怕的景象，也许是她在沃塔村见到的所有事物中最令人沮丧的景象。可是它却给她留下了难忘的印象。这个景象让她全面地看到了这个人二十年前的情况。她能看见他的衣服或头发的最小细节、他手中的鲜花、他手腕上的擦伤、他为了能轻松自如地说话而从背上卸下的沉重行李包。她能听见他的声音，既不粗鲁又不羞怯，绝不带威胁口气，也不带道歉口气；他起先用从书本里学来的文辞敦促她，然后，随着激情的发展，他逐渐前言不搭后语，喊着说她必须相信他，必须爱他作为回报，必须跟他私奔到意大利，他们会在那里生活下去，永远幸福，永远年轻。她当时像一个有教养的年轻小姐应该做的那样大声叫喊，并谢谢他，求他别侮辱自己。现在她人到中年，又叫喊起来，因为突然的震惊和鲜明的对比给了她一个启示。“别以为我现在爱你！”她喊道。

因为她意识到自己只是现在才不爱他；她意识到二十年前在山上发生的那件事一直是她生命中很重要的一个瞬间——也许是最重要的瞬间，肯定是最恒久的瞬间；她意识到自己已从中吸取了无法确知的力量和灵感，正如树木从地下泉水中汲取了生命力。她再也不会认为那是自己成长过程中的一个半幽默的事件了。在后来的多年间，那事件使她得以成功，取得了各种成就。与她所有的成就相比，那事件更为真切，更有现实意义。尽管她一贯行为正确而且表现得像有教养的贵妇，但她确实爱过费奥，而且后来再没有那么炽烈地恋爱过。一个自负的小伙子曾把她带到天堂的大门口；她虽然不愿跟他一起进去，但永远忘不了那个幻景，这永恒的记忆似乎使她的生活变得能够忍受，变得美好。

莱兰上校站在她身边，唠唠叨叨地谈论名声，试图把这情况当成正常情况。他在挽救她，因为他十分喜欢她，当她犯傻时他感到痛心。可是她对费奥说的最后一句话让他害怕；他开始觉得必须挽救自己了。现在大厅里不光有他们三个人。那个坐在办公桌后面的女职员和那个文雅的小伙子在屏住呼吸听他们谈话，搬运工们在耻笑他们上司的尴尬处境。一个法国贵妇在客人中散布了令人感兴趣的新闻：一个英国男人无意中发现自己的妻子跟这里的前台接待员谈情说爱。在外面的观景台上，一个母亲挥手让女儿们躲开。那位主教很悠闲地准备去散步。

可是雷比女士对这些全然不知。“我太无知了！”她说。“我到现在才知道，我爱过他，但从来没有告诉过他，那纯属偶然——一点隐忧，一个怪念头。”

她有一个习惯，就是把脑子里想的事说出来；现在没有激情干扰她或阻止她这样做。她仍然冷静超然，仍然在回顾大山上的那团火，赞叹它那渐强的亮度，但是因为离得太远感觉不到它的热度。非常可悲的是，她相信只要把自己想的事说出来，就容易被人理解。对莱兰上校来说，她的话很粗野，简直无法形容。

“可是这些美好的想法是拙劣的，对不对？”她接着对费奥说。费奥那种对女子殷勤的神态逐渐消失，他变得不知所措。“年龄大了，光有这些美好的想法是不够的。我想，如果我能重新捕捉一个素材，如果我能更换一个被我毁掉的人物，我会奉献出全部想象力和全部文字技巧。”

“是啊，小姐，”他回应道，眼睛看着地。

“我在这儿要是能找到一个愿意理解我并听我忏悔的人，我会更高兴的。我给沃塔村带来了那么多伤害，亲爱的费奥——”

费奥抬起眼睛。莱兰上校用拐杖敲击拼花地板。

“——最后，我想还是跟你谈谈吧，说不定你能理解我。我记得你曾对我很友善——是啊，友善，没有别的词。可是我也伤害了你，你怎么能懂呢？”

“小姐，我完全懂，”那接待员说，他的情绪已好了一点，决心结束这场让人痛苦的争吵；他的名声受到了威胁，所以他必须把被激发出的自负感打下去。“是你想错了。你根本没有伤害我。你让我得到了好处。”

“太对了，”莱兰上校说。“这就是整件事的结论。雷比女士造就了沃塔村。”

“太对了，先生。小姐的书出版以后，外国人来了，旅馆建起来了，我们大家都富了。我第一次来这儿的时候还是个无知的普通搬运工，我扛着行李过山口；我干活，我找各种机会，我对游客们好——你看现在！”他突然控制住自己。“当然啦，我仍然是穷人。我的妻子和孩子们——”

“孩子们！”雷比女士喊，她突然看到了一条救赎之路。“你有什么样的孩子？”

“三个可爱的小男孩，”他回答，没有丝毫热情。

“最小的多大了？”

“五岁了，小姐。”

“让我收养那个孩子吧，”她高调地宣称，“我要把他抚养大。他将会生活在富人当中。他将会明白，富人并不像他想象的那样可恶，并不是总要人崇敬和尊重，也不是总想用金钱来买崇敬和尊重。富人是善良的人：他们会同情也会爱，他们喜欢真理，他们之间相处的时候是很聪明的。你的儿子将会明白这一点，他将会努力把这教给你们。他长大以后，如果上帝对他仁慈的话，他将会教育富人；他将教他们不对穷人做愚蠢事。我自己已经努力这样做了，人们买我的书，说这些书不错，笑一笑，把书放下。可是我知道这样一个道理：只要这种愚蠢存在，不仅我们的慈善机构、传教团和学校起不了作用，而且我们整个文明制度都起不了作用。”

莱兰上校听到这样的措辞感到痛心。他再一次努力挽救雷比女士。“*我求您不要——*”，他用法语生硬地说，然后停住了，因为他想起那个接待员一定懂法语。可是费奥并没留意，他当然也没留意那女人的预言。他在想他是否能说服妻子放弃最小的孩子，如果能的话，他们该向雷比女士要多少钱才不至于让她反感。

她接着说："如果我能从我做了那么多恶的地方带出来一点善，这将是对我的救赦。对于回忆往事，我已经厌倦了，尽管那些回忆很美好。现在，费奥，我想让你给我另一样东西：一个活生生的男孩。我将永远让你困惑，我没有别的办法。自从我们相识以来，我已经变了那么多，我也改变了你。我们两个都是崭新的人了。你要记住这一点；因为我在和你分别前想问你一个问题，我认为你没有理由不回答。费奥！我要你注意听。"

"请原谅，小姐，"接待员说，他已从先前的算计中清醒过来了。"我能为你做什么吗？"

"你回答'是'或'不是'；那天你说你爱上了我——是真的吗？"

他是否会回答，他现在对那天的事是否有任何看法，都值得怀疑。可是他没想回答。他再次明白，他受到一个丑陋干瘪的上年纪女人的威胁，这个女人竭力破坏他的声誉和他平静的家庭生活。他往莱兰上校那边退缩，并支支吾吾地说："小姐，你必须原谅我，可是我宁愿你不见我的妻子；她是那么厉害。你对我的小孩非常仁慈；可是，小姐，不行，她永远不会答应的。"

"你侮辱了一个贵妇人！"上校喊道，并像骑士保护贵妇一般发起了攻击。从他们身后的大厅里传来恐惧的叫喊和期待的感叹。有人跑去叫经理。

雷比女士走到他们两人中间说："他永远不会认为我值得尊敬了。"她看着衣衫不整的费奥，他很胖，冒着汗，没有魅力；她悲伤地笑了笑，嘲笑自己的愚蠢，而不是嘲笑他的愚蠢。再跟他说话已经没有用了；她的谈话已经把他的能力和礼貌都吓跑了，几乎什么都没有剩下。他不比一只恐惧的兔子强多少。“可怜的人，”雷比女士喃喃地说，“我只是惹他烦了。可是我多希望他会把那男孩给我啊，多希望他会回答我的问题啊，哪怕只是出于怜悯。他不懂是什么让我活下来的。”她看着莱兰上校，发现他也心烦意乱。她只能注意和她谈话的人，而不管什么样的人在旁听，这是她的特殊习惯。“我也让你烦恼了，我太傻了。”

“你这会儿才想起我，有点晚了，”莱兰上校板着面孔说。

雷比女士想起了他们昨天的谈话，马上就明白了他的意思。可是她没有给他详细解释，也没有温柔地表示同情。这个男人出身高贵，受过很好的教育，具有一切所谓有利的条件，他想象自己颇具洞察力和文化修养，对人类非常了解。费奥则不具备任何有利的条件，他贫穷而且变得很庸俗，他早年的美德已被情势毁灭，他的男子汉气质和纯朴本性已在为富人服务的过程中丧失了。莱兰上校已证明他在精神方面水平跟费奥相同。如果莱兰上校也相信她现在还爱着费奥，她不会尽力解释以消除误会。说实在的，她也会发现那是不可能的。

从越来越暗的山谷里传来钟楼发出的第一个强劲音符，雷比女士以一种充满爱怜的动作从两个男人身边转向钟楼。可是这一天非要在挫败了所有的希望之后才肯结束。钟声激励费奥谈话，在大山发出回响的时候，他说：“先生，你说这是不是坏运气？今天早上一个绅士去看了我们精美的新钟楼，他相信下边的土地正在一点点下滑，新钟楼会倒塌。当然啦，这伤害不到我们山上的人。”

他的话很有效果。激烈的争吵突然平静地结束了。雷比女士趁他们不注意，已经拿起她的《贝德克尔旅游指南》[1]离开了他们，没有任何悲伤的表示。在这最终失败的一瞬间，上苍赐予她一个关于她的幻象，她看见自己生活得很有价值。她意识到自己战胜了经验，战胜了尘世的种种事实，取得了胜利，这是一个辉煌的、冰冷的、几乎非人性的胜利，只有她自己能推测出这个胜利的存在。她从观景台看着下面山谷里正在消失的和可能消失的美景，虽然她仍爱这美景，但它似乎无限遥远，就像星星上的山谷。在那个瞬间，即便有慈爱的声音从旅馆召唤她，她都不会回去。"我想这就是老了吧，"她想。"老龄并不那么可怕。"

在现实中并没有人召唤她。莱兰上校本来会那么做的，因为他知道她一定不快乐。可是她对他伤害得太深了；她对另一个阶级的男人袒露自己的想法和欲望。不仅仅是她，连他自己和所有跟他们地位相同的人都因此丢了面子。她把他们赤裸裸地揭示给了那个异己分子。

客人们纷纷进来，准备换衣服去吃正餐和参加音乐会。从大厅里许多情绪激动的仆人推推搡搡地走了出来，站满了休息厅，就像歌剧的合唱队员站满舞台，他们宣告经理就要来了。现在想装作什么事都没发生已经不可能了。这件丑闻会扩大，必须在最恰当的时机把大事化小。

莱兰上校虽然不喜欢触摸别人，还是拉住了费奥的胳膊，然后很快抬起一个手指头摁住他的额头。

---

1　贝德克尔（1801—1859），德国出版商，以出版导游书册而闻名。

“太对了，先生，”那个前台接待员小声说。“我们当然明白——哎呀，谢谢你，先生，太谢谢了，真是太谢谢了！”

# 失落在水中的秘密[1]

［加］洛克·卡里埃

我上小学以后，父亲变得少言寡语。我陶醉于学习拼写，把它当作新颖的游戏。而父亲对此却几乎一窍不通（我家的信都由母亲执笔），他觉得我不会再有兴趣听他讲述他在离家远走的漫长日子里遇到的奇事。

可是，有一天，他忽然对我说：

“该给你看一样东西了。”

他叫我跟他走。我走在他后面，一语不发，这已成为我们的习惯。他在田野里一个枝繁叶茂的灌木丛前面停了下来。

“这叫桤木，”他说。

“我知道。”

“你要学会挑选，”父亲指出。

“你要挑一根好的、十全十美的，像这根一样。”

我看了看，那根枝条和别的并没有什么两样。

1　原载于《世界文学》1988 年第 3 期。

父亲打开折叠小刀，割下那根精心挑选的枝条。他剥掉上面的叶片，露出赤裸的枝子，那枝子呈完美的 Y 字形。

“你看，”父亲说，“这枝子有两条臂，现在你用两手攥住这两臂，用力挤压。”

我按照他的吩咐，握住 Y 形枝的两杈，那枝杈比铅笔还细。

“闭上眼睛，”父亲命令道，“再使点劲挤……别睁眼！你觉出什么了吗？”

“枝子在动！”我惊讶地喊道。

桤木枝在我紧握的手指间扭动，宛如一条受惊的小蛇。父亲看出我想扔掉它。

“攥住，别动！”

“枝子在扭动，”我又说一遍，“我听见一种声音。像小河流水！”

“睁开眼，”父亲命令。

我猛地一惊，好像从梦中被他唤醒。

“这是怎么回事？”我问父亲。

“这就是说，在我们脚下，就在这里，有个小小的淡水泉。如果我们挖下去，就能喝到泉水。我刚才是教给你怎么样找泉水。这是我父亲教我的，你在学校里根本学不到。再说这本领绝不会没有用：人不写字不做算术能过日子，可要是没有水就不行。”

很久以后，我才发现父亲在这一带颇有名气，因为人们说他有一种“天生的才能”。他们打井之前总要请教我父亲。他们总是看着他闭着双眼，紧握桤木枝的两杈，在田野或山岗四处奔走，探测水源。父亲停在什么地方，他们就在那里划上记号，然后向下挖掘，清泉水就会从那里喷涌出来。许多年过去了，我又上过几所学校，到过一些国家，生儿育女，撰文著书，而我可怜的父亲此时已长眠地下，安息在他多次找到过清泉的地方。

有人着手摄制一部纪录我的村庄和乡亲的影片。正是从乡亲们那里，我悄悄地搜集到那么多的写作素材。我和摄制组的工作人员一起去访问一位农场主，以便抢怕下他伤心的形象：他花费了毕生精力为子女准备下一份遗产——当地最好的农场，可是他们却不愿意继承。在技师们安放摄影机和扩音器的时候，农场主搂住我的肩膀说：

"我过去和你父亲很熟呢。"

"噢！我知道。村里的人都互相熟识……谁也不觉得是外人。"

"你知道你脚下是什么吗？"

"是地狱吧？"我笑着问。

"你脚下有一眼井。打井之前我请来农业部门的专家。他们调查了一番，还分析了一锹泥土，最后写出报告，说我的地里没有水。我有一大家子人，有牲口，有庄稼，我需要水啊。看到那些专家什么都没找到，我就想起你的父亲，于是请他来一趟。他起初不肯来；我知道他是厌烦我，因为我先请了专家没请他。最后他还是来了。他走进地里，割下一根枝条，然后闭着眼睛在四处转了一阵。他忽然停下来，注意听一种我们听不见的声音，然后对我说：'你就在这儿挖吧，水有的是，足够你饮牲口用，还够淹死那些专家的。'我们挖下去，找到了水，而且是没有污染过的净水。"

摄制组已做好准备，他们招呼我就位。

"我要给你看一样东西，"农场主说，示意我不要走。"你在这里等着。”

他钻进一间一直用来存放杂物的小屋，然后拿着一根树枝走回来，他把树枝递给我。

“我从来不扔东西。我一直留着你父亲帮我找水时割下的桤木枝。我真不明白，它竟然没有干。”

我抚摸着主人出于一种莫名的虔诚保存下来的树枝（它确实没有干枯），心情十分激动，觉得父亲就站在我身后看着我。我站在父亲发现的水泉之上，紧闭双眼，等待枝子扭动。我希望耳边能响起潺潺的水声。

桤木枝在我手中纹丝不动。地下的泉水也拒绝歌唱。

在从童年的村庄开始的生活道路上，不知从哪里开始，我忘却了父亲教我的本领。

“别难过，”农场主说，他肯定是联想起自己的农场和自己的童年，“现在父辈有什么东西都难传给下一代了。”

随后，他从我手中拿走了桤木枝。

## 第二编

# 长篇小说（节选）

## 导读

《达洛维太太》是英国著名女作家弗吉尼亚·吴尔夫（1882—1941）的成名作。小说的直接背景是1923年6月的伦敦。情节的主线描述英国下议院议员理查德·达洛维的太太克拉丽莎一天的生活，从她早晨上街买花直到午夜家庭晚会结束为止，展现了她在此期间的见闻和所思所想。作者创造性地使用了意识流手法，特别是内心独白和自由心理联想，来描写人物的内心世界。通过人物“瞬间的反应、即逝的情感、短暂的刺激、游离的思绪”（安德鲁·桑德斯，《简明牛津英国文学史》，1996：515）等揭示出人物多年间的生活经历和感情纠葛，反映了第一次世界大战后人们心中的惶惑、焦虑、恐惧和渴求。克拉丽莎是一个受到男权社会压抑的女性，她一生中完全遵循上流社会的道德规范，不得不以牺牲个人的尊严和爱情为代价来获取较高的社会地位和安逸的生活。她感到困惑和痛苦，常有危机感和恐惧感。她从塞普蒂莫斯的自杀事件得到了启示，认识到自己缺乏坚决维护人格尊严的精神，这是她觉醒的开始。

原著没有明显的章节之分，只在各部分之间以空行标示。这里选的是第一部分和第四部分。

第一部分描写克拉丽莎，展现她步行去买花时的所思所想。从中可了解到她青年时代在伯尔顿村的生活，以及她与丈夫理查德·达洛维、朋友休·惠特布雷德、初恋情人彼得·沃尔什等人的关系。

第四部分描写彼得·沃尔什，展现他在拜访克拉丽莎及其女儿伊丽莎白之后走在大街上的各种联想和回忆。从中可了解到他的浪漫性格和社会民主主义思想倾向、他在印度的经历、他与克拉丽莎的恋情等。

意识流小说翻译起来比较困难。书中人物触景生情，浮想联翩，因此译者必须努力跟上其意识的流动，并从其思绪的碎片中理出头绪，再用能让读者明白的语言去传译。对于作者大量使用的代词，有时需要下一番功夫去识别其所指。对于作者广泛使用的比喻和意象，也需要用生动的语言表达。

# 达洛维太太

## （第一部分）

达洛维太太说她要自己去买鲜花。

因为她已给露西安排了很多事做。几扇屋门将从合页上卸下；伦佩尔马耶尔甜品店的人要来。再说，克拉丽莎·达洛维想，今天早晨多么清新啊，好像是专为海滩上的孩子们准备的。

多有意思！多么痛快！因为她过去总有这样的感觉。每当随着合页吱扭一声——她现在还能听见那合页的轻微声响——她猛地推开伯尔顿村住宅的落地窗置身于户外的时候。早晨的空气多么清新，多么宁静，当然比现在要沉寂些；像微浪拍岸，像浮波轻吻，清凉刺肤然而（对于当时的她，一个十八岁的姑娘来说）又有几分庄严肃穆；当时她站在敞开的落地窗前，预感到有某种可怕的事就要发生；她观赏着鲜花，观赏着烟雾缭绕的树丛和上下翻飞的乌鸦；她站着，看着，直到彼得·沃尔什说："对着蔬菜想什么心事呢？"——是那么说的吧？——"我感兴趣的是人，不是花椰菜。"——是那么说的吧？这一定是他在那天吃早餐的时候说的，在她走到屋外的台地之后——彼得·沃尔什。他过些天就要从印度回来了，是六月还是七月，她记不清了，因为他的来信总是那么枯燥无味；倒是他常说的几句话让人忘不掉；她记得他的眼睛、他的折叠小刀、他的微笑、他的坏脾气，还有，在忘掉了成千上万件事情之后，还记得他说过的关于卷心菜的诸如此类的话——多奇怪呀！

她站在人行道的石沿上挺了挺身子，等着达特诺尔公司的小货车开过去。一个有魅力的女人，斯克罗普·派维斯这样评价她（他了解她的程度就跟威斯敏斯特区的居民了解自己紧邻的程度差不多）；她有几分像小鸟，像只樫鸟，蓝绿色，体态轻盈，充满活力，尽管她已年过五十，而且自患病以来面色苍白。她站在人行道边上，从未看见过他，她在等着过马路，腰背直挺。

由于在威斯敏斯特住了——有多少年呢？二十多年了——克拉丽莎相信，你即使在车流之中，或在夜半醒来，总能感觉到一种特殊的寂静，或者说是肃穆；总能感觉到一种不可名状的停顿，一种挂虑（但那有可能是因为她的心脏，据说是流行性感冒所致），等待着国会大厦上的大本钟敲响。听，那深沉洪亮的声音响了。先是前奏，旋律优美；然后报时，铿锵有力。那深沉的音波逐渐消逝在空中。我们是如此愚蠢，穿过维多利亚街时她这样想。因为只有老天爷才知道一个人为什么如此热爱和如此看重大本钟，人们发明了它，把它建造在自己周围，打乱它，又每时每刻重新创造它，然而那些衣着最为平俗的女人，那些坐在门前台阶上（酗酒自毁）的最最痛苦沮丧的人们，对它同样情有独钟；她相信就连议会的法案都无法改变这种心态，原因只有一个：他们热爱生活。在人们的目光里，在疾走、漂泊和跋涉中，在喊叫声和喧嚣声中——那些马车、汽车、公共汽车、小货车、身负两块晃动的牌子蹒跚行走的广告夫，那些铜管乐队、转筒风琴，在欢乐声、铃儿叮当声和天上飞机的奇特呼啸声中都有她之所爱：生活、伦敦、这六月的良辰。

因为现在是六月中旬。战争[1]已经结束，但对福克斯克罗夫特太太这样的人例外。昨晚她在大使馆心事重重，十分悲痛，因为她的好儿子战死了，这样一来那所古老的庄园宅邸就定得归一位堂兄弟了。又如贝克斯伯拉勋爵夫人，听说她在主持慈善义卖开幕式的时候手里拿着电报，她最心爱的儿子约翰战死了。然而战争毕竟结束了，感谢老天爷，终于结束了。现在是六月，国王和王后都在白金汉宫。虽然时间还早，但到处都能听到有节奏的声响、马蹄疾驰的嘚嘚声、球板击球的啪啪声。洛德板球场、阿斯科特赛马场、拉内拉赫俱乐部和其他一切，都包裹在晨曦构成的蓝灰色轻柔细网之中，但是随着时光的推移，这网将会逐渐展开，将它们显现出来；同时在草坪和球场上将会出现奔腾的马驹，它们前蹄触地，立即跃起，还有旋转击球的小伙子，以及穿薄透布衣裙的嘻笑的姑娘们，她们在彻夜狂舞之后仍不忘带着怪异的长毛狗出来散步。就在这么早的时辰，小心谨慎的贵族遗孀们已经坐着自己的汽车匆匆去完成神秘的使命。店主们拿着人造的和天然的钻石在橱窗里忙个不停，他们把惹人喜爱的海绿色胸针摆在十八世纪的背景上以吸引美国人（但是

1　指第一次世界大战。

你必须注意节省，不要轻易给伊丽莎白买东西）。而她则以一种不合常理的、执着的热情像以往那样爱着这一切；她本人就是这一切的组成部分，因为她的前辈曾在几代乔治国王的宫中担任过朝臣；就在今天晚上她自己也要点燃灯火，主持晚会。可是多么奇怪呀，一进圣詹姆斯公园，那么寂静，那薄雾，那嗡嗡声，那缓慢浮游的快乐鸭群，那长着喉囊的水鸟摇摆而行。是谁正向这边走来，背向政府办公楼，恰如其分地提着绘有皇家盾形纹徽的公文箱？那不是休·惠特布雷德吗，她的老朋友休——令人爱慕的休！

“你早啊，克拉丽莎！”休很随便地打着招呼，因为他们两人从小就相识，“你这是到哪儿去啊？”

“我喜欢在伦敦散步，”达洛维太太说，“真的，比在乡下散步舒服。”

他们刚进城——可惜——是来求医的。别的人进城来看电影，看歌剧，带女儿见世面，而惠特布雷德夫妇却来“看医生”。克拉丽莎到疗养院去过不知道多少次，探望伊夫琳·惠特布雷德。“伊夫琳又病了吗？”“伊夫琳身体很不好。”休说，同时努着嘴，挺挺他那着装得体的、具有高度男性美的、十分丰满的身体（他几乎总是穿得过于讲究，大概不得不如此，因为他在宫廷里有个小差事），暗示他的太太有点儿内科病，对此老朋友克拉丽莎·达洛维是了解的，就不用他细说了。是啊，她确实了解，多讨厌的病啊！但与此同时，克拉丽莎不知为什么像小妹妹似的意识到自己头上的帽子。这帽子不适合清晨戴，是吗？因为休总使她产生这种感觉，当休一面快步前行，一面下意识地提提帽子并说克拉丽莎真的像个十八岁的姑娘，还说他本人当然会出席她的晚会，伊夫琳坚决主张他去，他可能要晚到一会儿，因为他必须先带吉姆的一个儿子去参加宫中的晚会，云云，——她和休在一起时总感觉自己个子变小了，像个中学生；可是她爱慕休，固然因为早就认识他，但她确实认为休是有个性的好人，尽管理查德差点儿被他气疯，至于彼得·沃尔什，至今没有原谅她，就因为她喜欢休。

她还记得在伯尔顿时的一幕幕往事——彼得大怒；休无论如何不是他的对手，但也绝不是彼得说的那种傻瓜，不仅仅是理发师的发型木模。当休的老母亲让休放弃打猎，或要他陪伴去巴斯市的时候，休二话不说，绝对从命；他确实不自私，至于像人家说而且彼得也认为的，休没心没脑，除了英国绅士的礼貌和教养以外一无所有，这只不过是她亲爱的彼得在盛怒之下说的气话；休可能执拗，可能难对付，但是他可爱，值得在这样的早晨与之一起散步。

（六月已给树木披上绿装。宾里科一带的母亲们在给婴儿喂奶。新闻从舰队街传送到海军部。繁忙的阿灵顿街和皮卡德利街好像温暖了公园里的空气并使树叶发热发亮，使它们升腾于神圣活力的气浪之上，这活力是克拉丽莎所热爱的。去跳舞，去骑马，她一向喜爱这些活动。）

因为他们也许分别了好几百年，她和彼得；她没写过一封信，而他的信就像干柴棍。可是突然间她会想到，如果他现在和我在一起会说些什么呢？——有的日子、有的景物会把彼得平静地带回她的心里，全然没有往日的苦涩，这也许是关心别人得到的回报吧。许多往事重又涌上心头，在一个晴朗的早晨，在圣詹姆斯公园中央——

它们确实再现了。然而彼得——无论天气多么好，无论树木、青草和穿粉红色衣裙的小女孩多么漂亮——彼得全都视而不见。他会戴上眼镜，如果她叫他戴的话，他会看上两眼。他真正感兴趣的是世界局势，还有瓦格纳[1]的音乐、蒲柏[2]的诗歌、人们的性格等永恒的话题。还有她自己灵魂的瑕疵。彼得责备她时是何等严厉！他们争论得何等激烈！她会嫁给一个首相，站到楼梯之上；他叫她完美的女主人（她为此曾在卧室里大哭一场），她是个当完美女主人的材料，彼得这样说。

于是她在圣詹姆斯公园里仍然不知不觉地继续这场争论，依然假定她当初没有嫁给彼得是对的——当时确实是对的。因为在婚姻关系中，对于同居一室朝夕相处的两个人来说，必须有一点个人的自由，必须有一点独立性。理查德给了她这种自由，她对他也是如此。（比如，他今天上午在哪里？在某个委员会吧，她从不详细打听。）可是和彼得在一起就什么都得公开，所做的每一件事都必须公开。这实在让人难以容忍，而当小花园喷泉边的那一幕发生时，她不得不与他决裂，否则他们就毁了，两个人都会毁掉，她确信这一点；尽管此后多年她忍受着利剑穿心般的哀伤和痛苦，而且后来当她在一次音乐会上得知彼得娶了他在去印度的船上邂逅的女子为妻时，她又经历了一番震惊。她永远不会忘掉这些！冷漠、无情、伪君子，彼得这样批评她。她始终不明白彼得到底在乎什么。可是那些印度女人大概明白——那些愚蠢、漂亮、脆弱的傻瓜们。不过她白可怜

1　瓦格纳（1813—1883），德国作曲家、音乐教育家。

2　蒲柏（1688—1744），英国19世纪前期最重要的讽刺诗人。

彼得了，因为他过得还幸福，他让她相信他过得十分幸福，尽管他从未做成与她谈过要做的事；他此生无所作为。这仍使她感到愤慨。

她已来到圣詹姆斯公园门口。她驻足片刻，看着皮卡德利街上来往的公共汽车。

现在她不愿意对世界上的任何人评头品足。她觉得自己非常年轻，与此同时又不可言状地衰老。她像一把锋利的刀穿入一切事物的内部，与此同时又在外部观望。每当她观看那些过往的出租车时，总有只身在外、漂泊海上的感觉；她总觉得日子难捱，危机四伏，这并不是因为她自作聪明或自恃出众。她究竟是如何靠丹尼尔斯小姐传授的那点支离破碎的知识度过这半生的，连自己也不明白。她什么都不懂，不懂语言，不懂历史；她现在很少读书，除了在床上读些回忆录；然而对她来说，这里的一切，那些过往的出租车，绝对有吸引力；她不愿对彼得评头品足，也不愿对自己说三道四。

她唯一的天才是几乎完全靠本能来了解别人。她一面走一面想。如果你让她和某个人一起待在屋子里，她会像猫一样弓起后背，或像猫那样高兴得低声叫起来。德文希尔公爵府、巴斯侯爵府、带有瓷鹦鹉的府邸，她曾见过所有这些地方灯火辉煌；她记得西尔维娅、弗莱德、萨莉·西顿——诸如此类的许多人，以及彻夜跳舞；她还记得那些马车缓缓地经过这里驶向市场，记得乘车穿过这公园回家；她记得有一次曾把一先令硬币扔进海德公园的蛇形湖里。但是每个人都会记得的；而她所爱的则是此时此地，她眼前的一切，是出租车里那个胖胖的女人。那么这要紧吗？走向邦德街时她问着自己，她的生命必须不可避免地终止，这要紧吗？所有这一切在没有她的情况下必须继续存在，她对此生气吗？相信死亡绝对是个终结，难道不令人感到欣慰吗？然而在伦敦的大街上，在世事沉浮之中，在这里，在那里，她竟然幸存下来，彼得也幸存下来，他们活在彼此心中，因为她确信她是家乡树丛的一部分，是家乡那座确实丑陋、凌乱、颓败的房屋的一部分，是从未谋面的家族亲人的一部分；她像薄雾飘散在她最熟悉的人们中间，他们用自己的枝杈将她扩散，正如她曾见树木散开薄雾一般，然而她的生命、她的自我飘散得何等遥远。但是当她观看哈查兹书店的橱窗时究竟在梦想着什么呢？她在努力寻觅着什么呢？乡间白茫茫的黎明是一种什么意象，这时她正读着那本打开的书上的诗句：

无须再怕骄阳酷暑
也不畏惧肆虐寒冬[1]

这个世界最近所经历的事情在他们所有的人——无论男人还是女人——的心中孕育了一汪泪水。泪水和忧伤，勇气和忍耐力，一种完全正义和坚忍的态度。例如，想想她最钦佩的女人，那个主持慈善义卖开幕式的贝克斯伯拉勋爵夫人。

这里陈列着乔洛克斯的《野游和欢宴》[2]；这里有《索比·斯庞吉》[3]，

1　见莎士比亚《辛白林》第四幕第二场中的一首挽歌。
2　指英国小说家瑟蒂斯（1805—1864）的幽默故事集《乔洛克斯的野游和欢宴》。
3　似指瑟蒂斯的小说《斯庞吉先生的狩猎之旅》。

有阿斯奎斯夫人[1]的《回忆录》，还有《尼日利亚狩猎记》，这些书都是打开的。这里总有那么多书，可是似乎没有一本适合带给住疗养院的伊夫琳·惠特布雷德。没有任何东西能使她快乐，没有任何东西能使那个瘦小枯槁得无法形容的女人在克拉丽莎进门时哪怕表现出一瞬间的热情友好，在她们坐下开始谈论妇女的疾病这一无尽无休的老话题之前。她多么希望在她进门时人们会显得愉快些，克拉丽莎想着，同时回过身来又向邦德街走去。她很烦恼，因为干点事情总要找些别的理由是非常愚蠢的。她宁愿自己是理查德那样的人，干什么都为自己，她一面等着过马路一面想，而她有一半时间干事情则不那么单纯，不像他们那样为自己，而是为了让人们这样想或那样想。她知道这完全是愚蠢的（现在警察举起了手），因为从来没有人上过当，哪怕是一秒钟。唉，如果她能再活一次该多好！她一面想着，一面踏上人行道，那她就会是另一个样子了！

首先，她会像贝克斯伯拉勋爵夫人那样肤色稍深，皮肤像皱起的皮革，还有一双漂亮的眼睛。她会像贝克斯伯拉勋爵夫人那样动作缓慢而庄重，身材高大，像男人一样关心政治，拥有一幢乡间宅邸，非常有尊严，非常诚恳。但她却不具备这些，她只有像豌豆秧一样瘦弱的身体、滑稽的小脸、像鸟喙一样的嘴。诚然，她姿态优雅，还有好看的手和脚，而且穿着讲究，尽管花钱不多。可是现在她的身体（她停下来看一幅荷兰绘画），这个身体及其一切功能似乎变得无足轻重——都化为乌有了。她有一种最奇怪的感觉，觉得自己成

1　阿斯奎斯夫人（1864—1945），全名为玛格特·阿斯奎斯，英国作家。

了隐身人，不为人所见，不为人所知。现在她不会再结婚再生育了，只能以令人吃惊的和相当庄重的方式与芸芸众生一同前行，走上邦德街。这就是达洛维太太，她甚至不再是克拉丽莎，而是理查德·达洛维太太。

邦德街使她着迷，这个季节清晨时分的邦德街，它那招展的旗帜，它那许许多多的店铺，毫无张扬，毫无辉耀；一卷苏格兰粗呢展示在她父亲五十年间常去选购西装的那家商店；几粒珍珠；一方冰冻鲑鱼。

"就是如此，"她注视着水产店自言自语。"就是如此，"她重复了一遍，在一家手套店的橱窗前停留片刻，战前你可以在这里买到近乎完美的手套。她的老威廉叔父过去常说：淑女以鞋和手套为标志。战争期间他在一天清晨卧床自尽了。他曾说："我已经活够了。"手套和鞋；克拉丽莎对手套倒是情有独钟，可是她自己的女儿，她的伊丽莎白，对手套和鞋一点儿都不感兴趣。

一点儿都不感兴趣，克拉丽莎想，一面沿着邦德街走向一个小店，每次开晚会店家都为她预留鲜花。伊丽莎白真正最关心的是她的小狗。今天早晨整个房子弥漫着焦油皂的气味。尽管如此，可怜的小狗格里泽尔也比基尔曼小姐好得多。犬瘟热、焦油皂以及别的什么东西都比关在令人窒息的卧室里捧着本祈祷书强！她简直想说，什么都比这强。但这可能只是一个阶段，正如理查德所说，是所有女孩子必然经历的阶段。有可能是相恋。可为什么和基尔曼小姐呢？当然基尔曼的境遇不佳，人们必须理解；而且理查德说她很能干，真正有历史头脑。不管怎么说，这两个女子形影不离；她自己的女儿伊丽莎白竟然去参加了圣餐仪式。她倒一点儿也不在乎伊丽莎白如何穿戴，如何对待前来吃午饭的客人，因为她的经历告诉她，宗教的狂热常使人们变得冷酷（事业也是如此），使他们缺乏感情，如基尔曼女士为俄国人什么事情都愿意干，还为奥地利人忍饥挨饿，但私下里却给人带来真正的折磨，她是那么麻木不仁，总穿着件绿色防水布上衣。她成年到头穿着那件上衣；她大汗淋漓；她进屋没有五分钟就使你意识到她的长处和你的短处；她是多么贫穷，你是多么富有；她是怎样住贫民窟的，没有靠垫、床、地毯或别的什么东西；她的整个灵魂被穿透其间的怨言所锈蚀，她在大战期间遭学校解雇——可怜的痛苦不幸的人！因为人们憎恨的不是她，而是她的思想，毫无疑问，其中有许多是从别处搜集来的，不是她本人的思想；她已变成人们夜间与之争斗的那些幽灵中的一员，成为那些岔开双腿站在我们身体之上吸干我们一半生命血液的幽灵——即统治者和暴君——中的一员；因为毫无疑问，如果再掷一回骰子的话，如果是黑色的一面朝上而不是白色的一面朝上的话，克拉丽莎会喜爱基尔曼小姐的！但在今生今世则不可能。绝不可能。

然而她总感到刺痛，因为这个野蛮的魔鬼在她心中翻搅！因为她听见树枝咔嚓作响并感觉到魔鬼的蹄子踏入枝叶繁茂的树林深处，即灵魂的深处；因为她从来没有感到过比较满意或比较安全，那是由于“仇恨”这个野蛮的魔鬼无时无刻不在她心中翻搅；特别自她得病以来这仇恨产生了巨大的力量，使她感到被擦伤，感到脊柱受损；不仅带给她肉体的疼痛，而且动摇、震颤、扭曲了她从美景、友谊、健康、爱恋和美化家园当中得到的乐趣，似乎真的有一个魔鬼在刨根，似乎表面的心满意足不过全是自爱的表现！如此这般的仇恨！

无稽之谈，无稽之谈！她对自己喊道，一面推开马尔伯里花店的弹簧门。

她向前走去，轻盈，修长，腰板挺直，马上受到脸庞像纽扣的皮姆小姐的欢迎。皮姆的双手总是通红通红的，好像一直浸在凉水里摆弄鲜花来着。

店里满是鲜花：有翠雀花、麝香豌豆花、成束的丁香花；有康乃馨，许许多多的康乃馨。还有玫瑰花，还有鸢尾花。是啊，很多很多——于是她在站着和皮姆小姐谈话的同时呼吸着这带泥土味的花园的馨香；皮姆曾得到过她的帮助，认为她很仁慈——要知道她多年前确实仁慈——非常仁慈，可今年她显得老了些。她站在鸢尾花、玫瑰花和一簇簇点头摇摆的丁香花丛中半闭着眼睛，头一会儿转向这边，一会儿转向那边，在经历了街上的喧哗之后深深地吸着那芳香的气味和那清幽的凉意。然后，她睁开了眼睛，那些玫瑰花显得多么新鲜啊，真像刚从洗衣房送来叠放在藤托盘里的带饰边的家用亚麻布制品；红康乃馨颜色略深且排列整齐，高高地昂着头；所有的麝香豌豆花在盆中向外蔓延，浅紫的、雪白的、苍白的——仿佛现在是晚上，穿着薄布衣裙的姑娘们出来采摘麝香豌豆花和玫瑰花，在晴朗的夏日白昼连同它那几乎变得深蓝的天空以及它的翠雀花、康乃馨、马蹄莲隐退之后。现在是六点转变为七点的瞬间，每一朵花——玫瑰、康乃馨、鸢尾、丁香——正烂漫辉煌，白色、蓝绿色、红色、深橙色；每朵花仿佛都在雾蒙蒙的花坛里单独燃烧，柔和而纯洁；她是多么喜爱那些灰白色的蛾子啊，它们旋转着飞进飞出，飞过香水草，飞过晚樱草！

当她开始和皮姆小姐一起从一个花罐走向另一个花罐挑选鲜花的时候，她自言自语道：无稽之谈，无稽之谈，声音越来越轻，仿佛眼前这美景、这香气、这颜色，以及皮姆小姐对她的好感和信任是一阵海浪，她任其冲遍全身，让它降服"仇恨"那个魔鬼，彻底降服它；这海浪将她向上托起，突然间——哎呀，外面街上响起了枪声！

"天啊，那些汽车，"皮姆小姐说，手里正捧着一大把麝香豌豆花，她走到窗前看看，又走回来抱歉地笑笑，好像那些汽车和汽车轮胎的问题都是她的过错。

## （第四部分）

别忘了我的晚会，别忘了我的晚会，彼得·沃尔什走上大街时有节奏地自言自语着，与大本钟那直截了当的半点报时声流相合拍。（那深沉的音波逐渐消逝在空中。）啊，这些晚会，他想，克拉丽莎的晚会。她为什么要举办这些晚会呢，他想。他并不是责备她，也不是责备这个正在向他走来的像纸人一般的男人，这人穿着燕尾服，纽扣孔里插着一朵康乃馨。世界上只有一个人可能像他这样在恋爱。他就在那里，这个幸运的人，就是他自己，映照在维多利亚街一个汽车制造商的玻璃窗上。整个印度横卧于他的身后，平原、高山，霍乱瘟疫，面积相当于两个爱尔兰的区域，他曾独自做出的那些决定——他，彼得·沃尔什；他现在是平生头一次真正在恋爱。克拉丽莎变得冷酷了，他想；除此之外还有一点感伤，他猜想，一面看着那些名牌汽车的功能——

用多少加仑汽油能跑多少英里？因为他倒是有些机械方面的才能；他在自己管辖的区里曾发明过一种犁，还从英国订购过一些手推车，但那些苦力却不肯使用，所有这些克拉丽莎一点儿都不知道。

她说“我的伊丽莎白来啦”——这种措辞使他恼火。为什么不简单地说“伊丽莎白来啦”？她那样说一点儿都不真诚，连伊丽莎白都不喜欢听。（那巨大深沉的钟声的余音仍在他周围的空中震荡；半点钟，时间还早，才刚刚十一点半。）因为他理解年轻人，喜欢他们。克拉丽莎身上总有一种冷漠，他想。她总是有那么一点儿怯懦，就是在做姑娘时也如此，到了中年，这种怯懦变成了因循守旧，然后一切都完了，一切都完了，他沮丧地注视着橱窗玻璃的深处时想，并思索着刚才在那个时间去拜访是否惹恼了她；他突然为自己刚才做了傻事而羞耻，他刚才痛哭流涕，大动感情，把一切都告诉了她，和以往一样，和以往一样。

像一朵彩云飘过太阳，寂静降临到伦敦城，也降临到人们的心头。一切努力都停止了。时间在桅杆上呼啦啦地飘扬。我们在那里停下；我们在那里站立。只有习惯势力的僵硬骨架在支撑着人的身体。其实里面一无所有，感情被掏空了，内心极度空虚，彼得·沃尔什对自己说。克拉丽莎拒绝了我，他想。他站在那里沉思，克拉丽莎拒绝了我。

啊，圣玛格丽特教堂的钟声说，犹如一个女主人在报时的钟声响起时走进客厅，发现客人都已经到了。“我没来晚。我没来晚，现在刚好十一点半，”她说。尽管她完全有理，但她的声音，女主人的声音，还是不愿意彰显其个性。对过去的某种哀伤，还有对现在的某种担忧抑制了它。她说现在是十一点半，而圣玛格丽特的钟声滑进心灵的深处，在一圈又一圈的声波中将自己埋葬，就像一种有生命的东西，想袒露自己，想扩散自己，想带着一阵喜悦去休息——就像克拉丽莎本人在正点的钟声响起时穿着白衣裙走下楼梯，彼得·沃尔什想。这钟声就是克拉丽莎本人，他想，满怀着深情和对她的异常清晰又困惑的回忆，似乎这钟声在多年以前就传入过他们两人坐着共享亲密时刻的那个房间，并且在穿过了一个个房间后离去，犹如一只采集花蜜的蜜蜂，满载着那一瞬间的收获。可那究竟是哪一个房间呢？是哪一个瞬间呢？他为什么会在这个钟敲响时产生如此巨大的幸福感呢？而后，在圣玛格丽特教堂的钟声逐渐减弱时，他想，她一直有病，这阵钟声表达了衰弱和痛苦。她有心脏病，他想起来了；那突然加大的最后一响是报丧的钟声，死神在生命的中途骤然而至，克拉丽莎就在她站着的地方倒下了，在她的客厅里。"不可能！不可能！"他大喊。"她没有死！我还不老，"他喊道，一面迈着大步沿着白厅街走去，似乎他的未来正朝着他滚滚而来，充满活力，无穷无尽。

他还不老，也不顽固，一点儿都不冷漠。至于说他们——达洛维夫妇、惠特布雷德夫妇，还有他们圈子里的人——如何议论他，他一点儿都不在乎——一点儿都不在乎（尽管他偶尔确实不得不考虑理查德是否能帮他找个工作）。他迈着大步，瞪大眼睛，怒视着剑桥公爵的雕像。他曾被牛津大学开除，这是事实。他曾是个社会主义者，在某种意义上是个失败者，这也是事实。然而人类文明的前途却掌握在那样的年轻人手里，他想，像三十年前的他那样的年轻人；他们喜欢抽象的原则；他们让人千里迢迢把书从伦敦给他们寄到喜马拉雅山的一座山峰上；他们阅读科学书籍，阅读哲学书籍。未来掌握在那样的年轻人手里，他想。

从他身后传来一阵急速的轻拍声，犹如林中树叶的飒飒声，还伴着一种窸窣的有规律的啪啪声，这声响从他身边经过时敲击着他的思绪，与行进的节拍完全同步，不知不觉地把他的思绪带到白厅街。穿着军装的小伙子们扛着步枪在行进，双目直视，步伐整齐，他们臂膀僵挺，他们面部的表情体现了刻在一座雕像底座的文字所赞扬的：尽职、感恩、忠诚、热爱英格兰。

彼得·沃尔什开始跟上他们的步伐，他想，他们训练得不错。可是他们的体质看起来不很强壮。大多数人瘦弱，都是十六岁的小伙子，他们有可能明天就站到摆在柜台上的一碗碗米饭和一块块肥皂后面。现在他们脸上的表情是肃穆的，丝毫没有肉欲的快感和日常的忧虑，这肃穆感来自他们从芬斯伯利街带来放到那座空空的坟墓上的花圈。他们刚刚宣过誓。来往的车辆对此表示尊重；小货车被禁行。

我跟不上他们的步伐，彼得·沃尔什想，此时他们继续沿着白厅街齐步前进，毋庸置疑地超过了他，超过了所有的人，他们稳步前行，仿佛有一个统一的意志指挥着他们的腿和胳膊一致行动，而丰富多彩的、不甘沉默的生命则被放到满是纪念碑和花圈的街道底下，并被纪律麻醉成一具虽僵挺但仍在凝视的尸首。你不得不尊重它；你可能发笑，但不得不尊重它，他想。他们往那边走了，彼得·沃尔什想，一面在人行道边停下歇脚；所有那些尊贵人物的雕像，纳尔逊[1]、戈登[2]、哈夫洛克[3]，所有那些伟大军人的黝黑雄壮的形象站立着向前瞻望，似乎他们也曾同样宣誓克己尽忠（彼得·沃尔什觉得自己也曾将此视为重大的承诺），也曾受到同样的诱惑的摧残，最终才得到了雕刻在大理石上的凝视。但这是彼得·沃尔什一点儿都不想为自己争取的，尽管他能尊重别人的凝视。他能尊重小伙子们凝视的目光。他们还不懂得肉欲的烦恼，当那些行进的年轻人沿着河滨街方向逐渐消逝的时候他想——他们还没经历过我所经历的一切，他想，一面穿过马路来到戈登雕像下，他在孩提时代曾崇拜过的戈登；戈登孤独地站着，一腿抬起，双臂抱肩，——可怜的戈登，他想。

正因为除了克拉丽莎以外还没有人知道他来伦敦，而且在乘船旅行之后陆地对他来说仍像个岛屿，他为自己活着但不为人所知并且在十一点半钟独自站在特拉法尔加广场这一奇特的处境而激动不已，这是怎么回事？我是在哪儿？一个人究竟为什么要这样做呢？他想，离婚的事好像是极其愚蠢又不现实的。他的心沉下去并扩展开来，像一片沼泽；有三种激烈的情感征服了他，那就是理解、博大的仁爱，最后是一种不可抑制的极度的快乐，后者似乎是前两者的结果；仿佛在他的脑子里有另一只手拉动了绳索，打开了百叶窗，而他虽与此无关，却仍站在许多无尽头的街道的起点处，如果他愿意的话可以沿着它们漫步下去。他多年来从未感觉过这么年轻。

---

1 纳尔逊（1758—1805），英国著名海军统帅，受人爱戴的民族英雄。

2 戈登（1833—1885），英国将军，因镇压中国太平军和守卫喀士穆时被苏丹起义者杀死而出名。

3 哈夫洛克（1795—1857），英国将军。

他已经逃脱了！他完全自由了——这种情况在习惯势力衰败的时候经常发生，人的心像一个没有灯罩保护的火苗前后摇曳，似乎马上要从灯台上迸出去。我多年来没有感觉过这么年轻啦！彼得想，他正在逃离现在的他（当然才一个小时左右），他感觉自己像个跑到外面的孩子，一边跑一边看见老保姆在一个并非正对着他的窗口招手。可是她格外漂亮，他想，就在他穿过特拉法尔加广场向干草市场街方向走去的时候，迎面过来一个年轻女人，她走过戈登雕像时仿佛在摘掉一层又一层面纱，彼得·沃尔什想（因为他极易动感情），最后她变成了他一直放在心上的那个女人，年轻而庄重，愉快而谨慎，黝黑而动人。

他挺直身子，暗自摸着口袋里的小折刀，跟了上去，尾随这个女人，追寻这种激情；似乎这激情即使在背向他时仍会射出光芒照亮他，把他们两人联系在一起，使他突出，仿佛那车流的任意喧嚣声已经通过拢在一起的双手轻声喊着他的名字，不是喊彼得，而是喊他在想心事时自己对自己的秘密称呼。“你”，她说，只有一个“你”字，她戴着白手套拢着双肩喊道。然后在她走过科克斯波街的丹特商店时，她那薄薄的长斗篷被风掀动飘了起来，传达出一种铺天盖地的慈爱，一种哀伤的柔情，宛如一双手臂，会张开去拥抱那疲倦的人——

然而她是个未婚女人，她年轻，很年轻，彼得想，早在她穿过特拉法尔加广场时他就看见她戴着一朵红色康乃馨，现在这红花又一次在他眼里燃烧，使她的嘴唇变得通红。但是她在人行道的石沿上等待。她身上有一种尊严。她不像克拉丽莎那么世俗，也不像克拉丽莎那么富有。她是否人品端正呢，当她又开始走的时候他想。

她谈吐机智，口舌之快如同壁虎，他想（因为你必须想象，必须允许自己有一点点消遣），她是个能冷静等待的有才智的人，一个有敏锐才智的人，而且从不喧嚷。

她向前走去，穿过马路，他跟着她，他最不愿使她尴尬。然而假如她停下来的话，他会说："过来吃个冰激凌吧。"而她会非常简单地回答："好吧。"

但是街上的行人走到了他们两人中间，挡住了他。遮住了她。他追赶着；她变幻着。她面颊绯红，眼神嘲讽；他是个冒险家，他想，鲁莽、敏捷、大胆，的确是个浪漫的海盗（他确实是昨天晚上从印度来此登陆的），他毫不关心所有这些该死的礼仪规范，这些展示在商店橱窗里的黄色晨服、烟斗、钓鱼竿，也毫不关心名誉、地位、晚会和那些在西服背心里穿着白色套衫的整洁的老先生们。他是个海盗。那女人继续前行，穿过皮卡德利广场，走上摄政街，走在他的前面，她的斗篷、她的手套、她的肩膀，连同橱窗里展示的带穗花边、饰带和羽毛围巾构成了一种华贵艳丽又光怪陆离的精神，它越变越小，从那些商店飘到人行道上，正如夜间一盏灯的光芒颤悠悠地散射到黑暗中的灌木篱上。

她兴奋地笑着，已经穿过牛津街和大波特兰街，拐进一条小马路，现在，就是现在，伟大的时刻正在到来，因为她现在放慢了脚步，打开手提包，朝他的方向瞥了一眼，但不是看他；她以这告别的一瞥总结了整个局势，并得意扬扬地将它永远置之脑后；她已插入钥匙，打开大门，不见了！克拉丽莎说"别忘了我的晚会，别忘了我的晚会"的声音在他的耳边回响。这所房子是那些门前挂着花篮的红色平房中的一所，似非正经之地。这一幕到此结束。

哈，我已从中得到了快乐，得到了快乐，他想，一面抬头注视那些摇曳着的浅色天竺葵花篮。然而他的快乐立刻被击得粉碎，因为它有一半是假想出来的，他知道得非常清楚，这一跟踪姑娘的恶作剧是虚构出来的，是假想出来的，正如一个人常常假想生活中较好的部分，他想——假想自己，也假想她，创造一种极度的兴奋以及更多的感受。但奇怪的是，这一切从来不能与他人分享，确实如此——这一切已被击得粉碎。

他转过身，走上大街，想找个地方坐坐，一直坐到该去林肯律师协会——去胡珀-格雷特利事务所的时候。他现在究竟去哪儿呢？无所谓。就沿着这条大街走吧，去摄政公园。他的皮靴在人行道上敲击出“无所谓”的节奏，因为时间还早，还很早呢。

今天上午又是那样晴朗。生命直接敲击着条条街道，像一个健全的心脏在搏动。没有一点儿失误，没有一点儿犹豫。此时此刻，一辆汽车疾驰而来，急转弯后准确地、适时地、无声地停在门口。一个姑娘走下车来，她穿着高筒丝袜，戴着羽毛头饰，很快就消失了，但这姑娘对他并没有什么吸引力（因为他刚刚恣情放纵过），彼得通过敞开的大门看见那些令人羡慕的男管家、黄褐色的松狮犬、镶嵌着黑白菱形图案并飘着白窗帘的大厅，他对这一切表示赞同。其本身不失为一种辉煌的成就，伦敦，夏季，文明。事实上，他出生于一个有声望的久居印度的英国人家庭，他家至少有三代人参与管理一片大陆的事务（很奇怪，他想，我对此竟有如此感情，尽管他不喜欢印度，不喜欢帝国，不喜欢军队）。由于他的家庭背景，他有时在刹那间会觉得文明（即使是这种形式的文明）似乎像一件私人财产那样宝贵；他有时在刹那间会为英格兰，为管家们，为松狮犬和过着安逸生活的姑娘们感到自豪。这够可笑的，但这种感觉确实存在，他想。那些医生、商人、干练的女人四处奔忙，遵守时间，机敏而健壮；在他看来他们是完全值得钦佩的，他们都是好人，你会把自己的生命托付给他们，他们都是生活艺术中的伴侣，会帮助你渡过难关。由于这样那样的原因，他刚才见到的那一炫耀的场面的确是可以容忍的；他想坐到树荫下抽烟。

摄政公园到了。是啊。他小时候就在摄政公园散步——真奇怪，他想，童年的往事不断涌上心头——也许是见到了克拉丽莎的结果，因为女人通常比我们更加怀旧，他想。她们对地方有感情，对她们的父亲有感情——女人总是为自己的父亲感到骄傲。伯尔顿是个好地方，非常好的地方，但是我和那个老头儿一向合不来，他想。有一天晚上曾发生过争吵——争论什么事情，具体是什么他记不起来了。大概与政治有关。

是啊，他记得摄政公园，那长长的笔直的小路，左面是让你们常去买气球的小屋，什么地方还有座刻着碑文的可笑雕像。他在寻找空座位。他不想被问询钟点的人打扰（他真的感觉有些困了）。一个头发灰白的年长保姆，还有一个在童车里熟睡的婴儿——这是他的最佳选择，就挨着这位保姆坐在长椅的另一头吧。

她是个长相古怪的女孩，他想，突然回忆起刚才伊丽莎白进屋后站在她母亲身边的样子。她长大了，成熟多了，不大漂亮，可以说很健美，而且最多不过十八岁。大概她和克拉丽莎相处得不好。“我的伊丽莎白来啦”——诸如此类的话——为什么不简单地说“伊丽莎白来啦”？——想掩盖事情的本来面貌，像大多数母亲那样。她过于相信自己的魅力，他想。她做得太过分了。

浓烈宜人的雪茄烟雾旋转着进入他的喉咙，带来一丝凉意；他又将烟吐了出来，一个个烟圈刹那间勇敢地推开周围的空气，蓝色，圆形——今天晚上我要设法和伊丽莎白单独谈一谈，他想——那些烟圈开始游移着转化成古代计时沙漏的形状，然后逐渐消逝；它们的形状真怪，他想。他突然闭上眼睛，吃力地抬起一只手，扔掉雪茄烟的粗头。一把巨大的刷子平稳地掠过他的心头，横扫过去，移开树枝、孩子们的说话声、沙沙的脚步声，移开过往的行人、嗡嗡的车流、此起彼伏的车流。他往下陷啊陷啊，陷进了睡眠的羽毛堆里，最后什么声音都听不见了。

## 导读

《幕间》是英国著名女作家弗吉尼亚·吴尔夫的绝笔之作。她于1941年2月26日完成手稿，但遗憾的是，她还没来得及做最后的修改，便于3月28日投水自尽了。

《幕间》的背景是第二次世界大战即将爆发之时，讲的是1939年6月的一天发生在英格兰一个有五百多年历史的村庄里的故事。小说展现了乡绅巴塞罗缪·奥利弗一家人的喜怒哀乐以及对未来的隐忧，也表现了露天历史剧编导拉特鲁布女士的创新试验和失败后的苦恼。作者以村民演出和观看露天历史剧为中心，把人与自然、过去与现在、历史与现实、艺术与人生、舞台戏剧与人生戏剧巧妙地结合在一起，引人深思。

作者写《幕间》时，写作技艺已达到炉火纯青的程度，她在先前几部小说里使用过的各种手段和技巧几乎全在这部小说里有所体现。《幕间》中有许多生动的情节描写和风趣的人物对话，也不乏人物的内心独白。翻译时需要注意如何表达不同人物的个性化语言。此外，作者还使用了许多经典文学的引语和典故，还有童谣和成语，动笔翻译之前要认真查找出处，领会其中的寓意。

原著没有明显的章节之分，只在各部分之间以空行标示。这里节选的是第十部分、第十一部分和第三十三部分。

第十和第十一部分主要描述乡绅巴塞罗缪·奥利弗及其家人对两位不速之客到访的反应。客人曼瑞萨太太狂放不羁的形象给人留下深刻的印象。

第三十三部分讲述戏剧编导拉特鲁布女士反思自己的失败，但毫不气馁，立即开始构思下一部剧作。

# 幕间[1]

## （第十部分）

在大厅的另一边，一扇门打开了，传来一个人的声音，又一个人的声音，第三个人的声音，像微波细语，像鸟儿啭鸣：粗哑的是巴特的声音，发颤的是露西的声音，音调适中的是伊莎的声音。他们那急躁的、厌烦的、抱怨的声音传到了大厅这一边，他们说的是："火车晚点了""接着热肉菜吧""不行，坎迪什，我们不愿意，我们不愿意等了"。

这些声音出了书房，到了大厅便戛然而止。它们显然遇到了障碍，是一块大石头。就是在乡野的中心都不能独处吗？实在令人震惊。震惊过后，他们围着那块大石头赛跑，并且接受了它。这样做虽然很痛苦，但很有必要。有必要进行社交。他们走出了书房，使他们既痛苦又快乐的是，他们碰上了曼瑞萨太太和一个不认识的小伙子，那人长着亚麻色头发，面部有些扭曲。躲避是不可能的；碰面不可避

1　原载于《幕间》，人民文学出版社，2003 年 4 月北京第 1 版。

免。这两位是随意来串门的，既没收到邀请，也没事先通知；他们开车驶离公路是因为受到一种本能的驱使，这种本能与绵羊和奶牛总想凑到一起的本能是一样的，于是他们就来到了这里。可是他们带来了一个午餐篮子，就在这儿。

“我们看到路标上有你家的姓氏时，简直没法抗拒了，”曼瑞萨太太用长笛般柔和清晰的高音说，“哦，这是一个朋友——威廉·道奇。我们本来要到田地里单独坐一会儿的。我看见了那块牌子，就说：‘为什么不去求我们亲爱的朋友给个地方坐一会儿呢？’在餐桌旁边给个座位——我们只需要这个。我们有自己的饭食。我们有自己的杯子。我们不求别的，只求——”与人交往，那是很明显的，与像她一样的人在一起。

她向奥利弗老先生挥了挥手；她戴着手套，里面好像戴着戒指。

老先生向她深深地一鞠躬，头部低垂到她的手的上方；要是在一百年前，他会去吻她的手的。在这些欢迎、解释、道歉和再欢迎的声音当中，存在着一丝寂静，来自伊莎贝拉，她正静静地观察那个不认识的小伙子。他肯定是个有教养的人，他的短袜和长裤就是证据；他很聪明——他的领带上有斑点，西服背心没有扣上；他是个城里人，从事专业工作，那是油灰的颜色，不健康；他很紧张，突然被人介绍时身体轻轻地颤动了一下；从根本上讲，他极度自负，因为他不满意曼瑞萨太太的过分热情，然而他毕竟是她的客人。

伊莎对他颇有敌意，然而又觉得好奇。可是当曼瑞萨为了消除尴尬而补充说“他是画家”的时候，当威廉·道奇纠正她说“我是个办公室文员”的时候（她想他提到了“教育部”或“萨默塞特宫”[1]），她注意到他的脸部肌肉紧缩了，几乎到了眯眼的程度，而且肯定是抽动了；她看出了个中的奥妙。

随后，他们进去吃午饭，曼瑞萨太太神采飞扬，很高兴自己不费吹灰之力便驾驭了这个小小的社交危机——让他们在餐桌旁加了两个座位。因为她不是绝对相信血液和肉体吗？我们所有的人不是都由血和肉组成的吗？再说计较小事多傻啊，因为我们大家的皮肤下面都是血和肉——男人女人都是如此！但是她更喜欢男人——这很明显。

“要不然你的几个戒指是干什么用的？还有你的手指甲，还有那顶确实让人喜爱的小草帽？”伊莎贝拉在心里默默地对曼瑞萨太太说，从而以沉默参与谈话，让沉默起了不可误解的作用。曼瑞萨太太的帽子、她的戒指、她那像玫瑰一样红又像贝壳一样光滑的手指甲都是明摆着的，大家都看得见。但她的来历可不是谁都了解的。他们大家所知道的不过是她生活中的一些碎块和片段，大概没包括威廉·道奇；她在公开场合称威廉为“比尔”[2]，这大概是个迹象，说明他比他们更了解她的来历。有些他知道的事他们当然也知道——她午夜时分穿着绸睡衣在花园里散步，她通过扩音器播放爵士乐，还有鸡尾酒酒吧间的事。可是他们不知道她的任何隐私，不知道她确切的生平。

1　萨默塞特宫，在伦敦市，原为萨默塞特公爵府，后来一度成为重要政府机构的办公楼。

2　比尔，威廉的昵称。

她出生在塔斯马尼亚岛[1]，但这仅仅是传闻；她的祖父在维多利亚时代中期被输出到国外，因为某件丑闻；是渎职吧？然而这传闻并没有新的进展，伊莎贝拉唯一的一次听别人讲这事时，没有得到更多的信息，仍然是“被输出到国外”，因为那位健谈的夫人——格兰其农庄的布伦科太太——她的丈夫很刻板，对“被输出到国外”的说法表示愤慨，他说“被流放到国外”似乎更合适，但还不够确切，那个确切的词就在嘴边，可是他想不起来。因此这件传闻渐渐被人淡忘了。有的时候，曼瑞萨太太提起一位当主教的叔叔，可是人们认为那人不过是英属殖民地的主教而已。在那些殖民地，人们很容易忘掉过去的事，也很轻易地宽恕别人。还有人说，她的钻石和红宝石都是她的一位“丈夫”（不是拉尔夫·曼瑞萨）亲手从地里挖出来的。拉尔夫是个犹太人，他着意打扮自己，装得像个刚到殖民地的绅士，他靠着管理几个市属公司提供了成吨的金钱——这是肯定的；还有，他们夫妇俩没有孩子。可是，当然啦，如今是乔治六世在位的时代了，打探别人过去的隐私成了老派的做法，就像被蛀虫咬过的皮毛、小号、浮雕珠宝饰物和黑边记事本那样，已经不时兴了吧？

“我所需要的，只是一个瓶塞钻。”曼瑞萨太太一面说，一面对坎迪什做了个媚眼，好像他是个真正的男人，而不是草心人。她有一瓶香槟酒，但没有瓶塞钻。

“比尔，你看呀，”她勾起大拇指继续说——她正在开酒瓶——“看看那些油画。我不是说过你会大开眼界的吗？”

---

1　塔斯马尼亚，澳大利亚东南部的小岛。

她的姿态很粗俗，她整个人都很粗俗，外出野餐竟如此风流，如此打扮。然而那是多么令人向往的、至少是宝贵的品质啊，因为她一开口说话大家都感觉到："她说了。她做了，而我却没有"；大家都可以利用她违背礼仪的机会，利用这一股刮进来的新鲜空气去效仿她，像一群跳跃的海豚跟在破冰船的后面。她不是让巴塞罗缪回忆起他的产香料的群岛了吗？不是使他感觉年轻了吗？

"我告诉过他，"她继续说，并对巴特做着媚眼，"他看了你家的东西以后，就不愿意看我们的东西了。"（其实他们自己的财产都堆成了山）"我还向他保证，你们会给他看——那——"此时瓶子里的香槟酒冒了出来，她执意先给巴特斟酒。"你们这些有学问的先生们谈论什么来着？拱门？诺曼人？撒克逊人？谁是最晚从学校毕业的？是贾尔斯太太吗？"

现在她对伊莎贝拉做媚眼，赐予她青春活力；可是她平时对女人说话时总要蒙上眼睛，因为她们都是她的同谋者，能一眼看穿她的挑逗。

于是，她通过一次又一次的出击，借助香槟酒和挑逗的眼神，公开宣称自己是大自然的野孩子，闯进了——她确实偷偷地笑了笑——这个避风港；这确实让她浮现出笑容，在离开了伦敦之后；然而这也确实是对伦敦的挑战。因为她继续往下说，给他们讲了自己生活中的一段往事；虽然都是些闲言碎语，很无聊，但她尽量让这些话发挥作用。她讲上星期二她如何坐在某某人身边，然后很随便地说出一个人的教名，然后又说出昵称；那个男人说——由于她是个微不足道的人，人们跟她说话没有顾忌——"要严格保密，这就不用我说了，”她告诉他们。他们都竖起耳朵听。然后，她用两只手做了个手势，好像把那散发着臭气的“在锅底下烧得噼啪响”的伦敦生活扔到了船外——就这样——她喊道：“去它的吧！……我到这儿来干的第一件事是什么呢？”他们昨天晚上刚来，一路上开车穿过六月里的小巷（大家都明白车上只有她和比尔），离开了伦敦，突然变得放荡了，也肮脏了，就这么坐下来吃正餐了。“我常干什么？我可以大声讲吗？斯威辛太太，你允许吗？是啊，在这房子里说什么都行。我脱下了紧身衣，”（她边说边抚摸自己的腰部——她长得很壮）“然后在草地上打滚。打滚——你们会相信的……”她畅快地大笑起来。她已不再注重保持体型，因而得到了自由。

“她说的是实话，”伊莎想。很真实。还有她对乡村的热爱也是真的。拉尔夫·曼瑞萨必须待在城里的时候，她常独自来这里；她戴着一顶旧的园艺帽，她教给村妇们的不是如何腌咸菜或做蜜饯，而是如何用彩色麦草编制花里胡哨的篮子。她说她们想要的是快乐。如果你来串门，经常能听见她在蜀葵花丛里一会儿用真嗓一会儿用假嗓唱着：“嗬伊提　梯　多伊提　梯　来哆……”

她是个十足的好人。她让老巴特感到年轻。巴特举起酒杯的时候，眼睛的余光看见花园里有个白的东西一晃而过。有人路过此地。

## （第十一部分）

一个在厨房干粗活的女仆趁着盘子端出来之前来到睡莲池边，

清凉一下她的面颊。

池塘里长年有睡莲，都是风刮落的种子自然生长起来的，红色和白色的花朵躺在盘状绿叶上，浮在水面。几百年来，水带着泥沙流入这个空洞，积存下来，有四五英尺深，底下是一层乌泥，像软垫一般。这片浓绿的池水下面，无数鱼儿——金色的、带白斑块的，还有带黑色条纹或银色条纹的——遨游在以自我为中心的世界里，闪烁着亮光。它们默默地游弋在水的世界里，浮游在有蓝天映像的一片水面，或者无声地冲到池边，那里有野草抖动，像频频点头的阴影构成的流苏。蜘蛛在水道里印上娇小的足迹。一颗麦粒掉了，旋转直下；一片花瓣掉了，浸满了水，沉了下去。这情景让一队身体像小船的鱼儿停了下来，一动不动，带上装备，穿上铠甲，然后摇摆起伏，闪亮而去了。

那位贵妇人就是在那深邃的池心，在那黑暗的中心投水溺亡的。十年前，人们清理过池塘的淤泥，找到过一块大腿骨。唉，那是绵羊骨头，不是女人的骨头。而且绵羊没有幽灵，因为它们没有灵魂。可是，仆人们仍然说，绵羊一定有幽灵，那幽灵一定是个贵妇的幽灵，她是为爱情而自溺身亡的。所以没有一个仆人会在夜间走过睡莲池，只是现在才肯去，因为这时太阳高照，而且乡绅一家仍坐在餐桌边。

花瓣沉下去了；那个女仆回到厨房；巴塞罗缪啜着红酒。他像小孩一样兴高采烈，又像老人一样毫无顾忌；这是一种不寻常的、令人愉快的感觉。他搜肠刮肚想找恰当的话对那位可爱的夫人讲，于是他选择了想起来的第一件事——关于绵羊腿的事。他说："仆人们一定有他们的幽灵。"厨房女仆们一定有她们的溺水贵妇人。

“可是我也一定有！”大自然的野孩子曼瑞萨太太喊了起来。她突然变得像猫头鹰一样庄重。她说，她知道（一面捏了点面包以示强调）拉尔夫在战争[1]中不可能在她没见到他的情况下阵亡——“不管我在哪儿，不管我在做什么，”她补充道，一面摆动双手，让钻石戒指在阳光下闪亮。

“我感觉不到有幽灵，”斯威辛太太摇着头说。

“是啊，”曼瑞萨太太笑着说，“你不会感觉到的，你们都不会感觉到的。你们知道，我和……”她停了一下，等着坎迪什退出去，然后接着说：“和仆人们在一个水平上。我不像你们那么成熟。”

她露出一丝骄傲的神情，为自己保持着青春而自豪。是对还是错呢？一股感情的泉水潺潺地流过她的泥土。他们已经用一块块的玉石铺盖了自己的泥土。在他们看来，绵羊骨就是绵羊骨，而不是厄敏特鲁德勋爵夫人的遗骸。

“你属于哪个阵营？”巴塞罗缪转过身来问那位不认识的客人，“是成熟的人呢，还是不成熟的人？”

伊莎贝拉张开了嘴，希望道奇也能张嘴说话，这样她就能知道他是哪一类人了。可是他坐在那里瞪着眼。“对不起，先生，请再说一遍，”他说。他们都注视着他。“我刚才在看画。”

那幅画无视任何人。它把他们拖进了沉默的小路。

露西打破了沉默。

“曼瑞萨太太，我想请你帮个忙——今天下午如果出现了紧急情

---

1　指第一次世界大战。

况，你能不能唱个歌？”

今天下午？曼瑞萨太太颇为震惊。是要演露天历史剧吗？她做梦都没想到会是今天下午。他们两人是不会冒昧闯来的——如果他们知道是今天下午的话。像往常一样，钟声又响了，伊莎听见第一下钟声，第二下，第三下——如果下雨的话，就在谷仓里演，如果晴天的话，就在台地上演。天气会怎么样呢？是下雨还是晴天？他们都往窗外望去。这时门开了。坎迪什说，贾尔斯先生已经回来了。贾尔斯先生一会儿就下来。

## （第三十三部分）

拉特鲁布女士终于可以直起腰来了。她刚才故意多弯了一会儿腰，以免引起人们的注意。钟声已经停止；观众已经走了；演员们也走了。她可以挺起腰板了。她可以伸展胳膊了。她可以对全世界说话了。你们已经得到了我的礼物！荣耀感占有了她——但仅仅是一瞬间。可是她赠送的是什么呢？地平线上，一片云彩融入另一片云彩。她的成功在于给予。而这成功逐渐失色了。她的礼物没有任何意义。如果他们看懂了她的寓意，如果他们了解自己扮演的角色，如果演出用的珍珠是真品而且经费不受限制的话——那就会是件更好的礼物了。现在它已加入了其它礼物的行列。

“失败了。”她痛苦地说，一面弯下腰收拾唱片。

随后，许多椋鸟突然袭击了她先前藏身的大树。它们成群地冲击大树，活像许多带翅膀的石块。整棵树伴随着它们疾飞的呼呼声发出哼哼唧唧的声音，似乎每一只鸟都在弹拨一根琴弦。呼呼声、嗡嗡声从那棵充满鸟鸣的、被鸟儿颤动的、被鸟儿遮黑的大树上升腾起来。大树变成了一首狂想曲、一阵微颤的不和谐音、一片呼呼声和共鸣的狂喜之声，树枝、树叶、小鸟用不和谐的声音按着节奏歌唱生命、生命、生命，没有节制，没有停顿，简直要把大树给毁了。然后，鸟儿飞上了天！都飞走了！

是什么打扰了它们？是查默斯老太太，她悄然走过草丛，捧着一束鲜花——显然是粉红色的——准备插到她丈夫坟头上的花瓶里去。冬天插的是冬青，或常春藤。夏天插的是一种鲜花。是她吓走了那些椋鸟。现在她走过去了。

拉特鲁布女士把唱片箱的锁头碰上，把沉重的箱子扛上肩头。她穿过台地，停在那棵刚才聚集了许多椋鸟的大树旁边。她就是在这里承受了成功、羞辱、狂喜、绝望——没有任何意义。她的鞋跟已经把草地轧出了一个坑。

天渐渐黑了。由于天上没有云彩添麻烦，蓝色显得更蓝了，绿色显得更绿了。已经看不见风景了——看不见霍格本的怪楼，也看不见博尔尼教堂。只能看见大地，不是什么特别的土地。她放下唱片箱，站在那里看着大地。然后有什么东西浮上表面。

"我应该把他们分成小组。"她喃喃自语，"就在这儿。"那将是子夜时分。将出现两个人的身影，被一块大石头挡住了一半。大幕将要升起。第一句台词将是什么呢？她想不起任何词语。

她又举起了沉重的箱子，扛上肩头。她大步穿过草坪。波因茨宅处于休眠状态；在树木的衬托下，一缕炊烟越变越粗。很奇怪，大地，连同所有那些灿烂的鲜花——睡莲、玫瑰，以及一簇簇白色的花朵和鲜绿的灌木——竟然还是那么硬挺。一股股绿水似乎从大地涌出来，越涨越高，没过了她的头顶。她离开岸边去远航，并且举起手去摸大铁门的门闩。

她要把箱子从厨房窗户放进屋里，然后接着往坡上走，去小旅店。她跟那个住她的房子、花她的钱的女演员闹翻之后，越来越需要喝酒了。还有她对孤独的恐惧。总有一天她会违抗——哪一条村规呢？戒酒律？禁欲律？还是会拿走不该属于自己的东西呢？

在街角，她碰到刚从墓地回来的查默斯老太太。老太太低头看着手中已枯萎的花，没有搭理她。那些住在种有红天竺葵的农舍的女人总是这样。她自己是个被抛弃的人。大自然不知怎的把她和她的同类区分开了。然而她曾在手稿的边缘草草写下过“我是观众的奴隶”。

她把箱子从炊具室的窗户推了进去，然后继续向前走，在街角处看见直棂窗的红窗帘以后才停下来。那里会有遮风避雨的地方，有说话声，有被人遗忘的环境。她转了转酒馆的门把。欢迎她的是陈旧的啤酒的刺鼻气味，还有人们说话的声音。他们不说了。刚才他们一直在谈论“专横”，那是他们给她取的绰号——那没关系。她开始一根接一根抽烟，并透过烟雾观赏一幅粗糙的玻璃画，看着画上牛棚里的奶牛，也看公鸡和母鸡。她把玻璃杯举到嘴边，喝起酒来，并且倾听着。一些单音节词落进泥土里。她昏昏欲睡；她不时点着头。泥土变得肥沃了。词语往上升，升得很高，超越了那几头驮着难忍的重负艰难前行的无言的公牛。没有意义的词语——神奇的词语。

廉价的时钟在滴答作响；烟雾遮蔽了那些画。烟雾在她的上牙膛里变得酸涩。烟雾遮蔽了烤土豆的土黄色外皮。她看不见它们了，但它们给她滋养。她两臂交叉坐在那里，面前放着酒杯。子夜时分的高地出现了；还有那块大石头；还有两个难以辨认的人影。突然间，许多椋鸟冲击那棵大树。她放下酒杯。她听见了第一句台词。

## 导读

威廉·萨默塞特·毛姆（1874—1965）是英国著名小说家、戏剧家。《月亮与六便士》是他继长篇小说《人性的枷锁》后创作的又一力作。

这部小说主要讲述了一个画家的故事：英国伦敦的证券经纪人查尔斯·斯特里克兰于四十岁时离家出走，去巴黎追求自己的绘画梦想，后隐居于南太平洋的塔希提岛，创作出许多杰作，最终悲惨地客死他乡。与此同时，小说也描写了一个涉世未深、自视清高、善于思考的青年作家，即第一人称叙事者“我”，展现了他的成长和创作过程。他偶然结识了斯特里克兰一家，作为熟人和旁观者了解到他们的生活，后来又采访了一些与斯特里克兰相识的人，通过回忆和想象，勾勒出斯特里克兰的艺术人生，并对天才与艺术的关系、艺术与爱情的关系、艺术与社会生活的关系进行了哲理性思考。整部小说文字简洁、描述生动、主题深刻。评论家谢尔丹·利布曼认为，《月亮与六便士》是二十世纪最优秀的虚构作品之一（参见罗伯特·考尔德写的英文版《序言》）。

这里节选的是该书第七章、第五十七章、第五十八章。

在第七章里，第一人称叙事者“我”简要介绍了查尔斯·斯特里克兰一家富足而温馨的生活，但也暗示这种井然有序的生活会发生变化。

在第五十七章里，“我”多年后在塔希提岛与曾给斯特里克兰治过病的库特拉医生谈话，了解到斯特里克兰隐居作画、惨死异乡的情景，并亲身感受到画家一幅作品的魅力。

第五十八章是全书结尾，部分内容与第七章形成呼应和对照。“我”讲述回伦敦后拜访斯特里克兰的遗孀及子女的情况。家人对斯特里克兰的遭遇所做出的反应耐人寻味。

由于毛姆的语言简洁而富于深意，翻译时必须仔细领会并谨慎措辞。有个别多义词需要结合语境斟酌其词义。

# 月亮与六便士[1]

## 第七章

夏季日渐式微，我认识的每一个人都在安排外出。斯特里克兰太太准备带全家到诺福克郡海岸去，这样孩子们可以到海边玩，丈夫也能打高尔夫球。我们互相告别，并安排秋天再相会。可是，我在城里待的最后一天，当我从陆海军百货商店出来时却碰见了她和她的儿女；她和我一样，在离开伦敦之前出来购买最后一批东西。我们又热又累。我建议一起去圣詹姆斯公园吃冰激凌。

我想，斯特里克兰太太很高兴让我看看她的孩子们，因此她立刻高兴地接受了邀请。两个孩子比照片上的更漂亮，她为他们骄傲是理所当然的。我比较年轻，孩子们不感到拘束，他们快乐地谈论着这事那事。他们是特别懂事、特别健康的孩子。树荫底下凉爽宜人。

一个小时后，他们母子三人挤进一辆公共马车回家去了，我便悠闲地朝着我的俱乐部走去。也许我感到有点孤独，就想起了曾经

---

1　原载于《月亮与六便士》，人民文学出版社，2016 年 7 月北京第 1 版。

瞥见这家人的快乐生活，不禁生出一丝嫉妒之情。他们看来是相亲相爱的。他们有自己的玩笑话，外人听不懂，而他们则被逗得大笑。如果以能说隽言妙语作为首要标准来衡量，查尔斯·斯特里克兰也许是乏味的；可是他的才智足以应对他的环境，这就是一张通向适度成功的通行证，更是通向幸福的通行证。斯特里克兰太太是个有魅力的女人，她爱她的丈夫。我想象他们的生活状况：他们没有因盲目冒险而招致麻烦，因此他们的生活是诚实而体面的；他们有两个规矩可爱的孩子，显然一定会传承他们的种族和地位的一贯传统，因此他们的生活绝非毫无意义。他们夫妇俩会在不知不觉中逐渐变老，会看到一双儿女长成通情达理的大人，并适时婚配——一个会娶一位漂亮的姑娘，那姑娘将成为母亲，生育健康的孩子；另一个会嫁给一位英俊阳刚的男子，显然是个军人。他们夫妇两人会生活富足，有尊严地退休，受到子孙的爱戴，在度过了幸福而有益的一生后，最终天年而殁，隐入坟墓。

这一定是无数对夫妻共同的故事，它提供的生活范式有一种纯朴的优雅。它让你想起一条平静的小河，平缓地流过绿色牧场，受到可爱树木的荫蔽，最后流入浩瀚的海洋；但大海是那么平静，那么寂寥，那么冷漠，你突然被一种莫名的不安所困扰。我的天性中有怪癖的成分，即便在当时也十分强烈；也许只是由于怪癖，我才感觉这种大多数人都过着的生活有些缺陷。我承认这种生活的社会价值。我虽然看到了它那种井然有序的幸福，可是我沸腾的热血需要更狂野的渠道恣肆流泄。在我看来，那种轻易得来的快乐中似乎有某种令人惊恐的东西。我内心渴望过一种更惊险的生活。只要我能经历变化——变化，以及不可预知的事物带来的刺激——我倒是准备去攀爬嶙峋的岩石，闯荡危机四伏的浅滩。

## 第五十七章

正在这个当口，访友归来的库特拉太太出现了，打断了我们的谈话。她进了屋，像一艘鼓满风帆的船。她是一个给人印象深刻的人，高大壮硕，胸部丰满，肥胖的上体裹在直身紧身衣里，令人惊讶。她有突出的鹰勾鼻子和三重下巴。她的身姿是直挺的。热带气候具有让人疲惫的魔力，但她却丝毫没受影响；正相反，她比住在温带气候区的人们所想象的更为活跃，更为世故，更为果断。她显然是个健谈的人，滔滔不绝地讲起了见闻，并加以评论，说得气喘吁吁。她让我们刚才的谈话显得遥远而不真实。

库特拉医生很快转向我。

“斯特里克兰送给我的画还在我的**办公室**[1]里呢，”他说。“你愿意看看吗？”

“愿意。”

我们站起来，他领着我走到环绕房子的游廊上。我们停留了一会儿，欣赏花园里怒放的绚丽鲜花。

“很久以来，斯特里克兰在他房子墙壁上画的那幅很特别的装饰

1 原文为法语。

画，总是出现在我的脑海里，我没法摆脱，”他若有所思地说。

我也一直在思考那幅壁画。在我看来，斯特里克兰终于在这幅画里充分表达了自己的思想。他默默地作画，知道这是他最后的机会。我想象，他一定通过壁画说出了他对生活的全部理解和他凭直觉预见到的一切。我想象，他也许在画里终于找到了宁静。控制他的魔鬼终于被赶走了，随着壁画的完成（他一生都在痛苦地为此做准备），他那远离尘嚣的、饱受折磨的灵魂终于得到了安息。他愿意赴死，因为他的目的已经达到了。

“壁画的主题是什么？”我问。

“我不太清楚。那壁画很奇怪，很荒诞。它描绘的是世界之初的图景，伊甸园吧，有亚当和夏娃——我怎么知道呢[1]？——那是对男女人体之美的赞美诗，是对崇高、冷漠、可爱、残酷的大自然的赞歌。它让你感觉到空间的无垠和时间的无限，让你产生敬畏。因为他画了许多我每天都能在周围见到的树木，椰子树、榕树、凤凰木、鳄梨树等，所以此后我对这些树的看法就不一样了，仿佛它们有灵魂，也有奥秘；我总是差一点就捕捉到这些灵魂和奥秘，但它们总是溜走。壁画的色彩虽然是我熟悉的，但又有所不同。它们各有独特的意义。那些赤裸的男人和女人也是如此。他们属于尘世，是用泥巴捏的，但同时又有某种神性。你看到了赤裸裸的、显露原始天性的人类，你感到害怕，因为你看见了自己。”

库特拉医生耸了耸肩，笑了笑。

1　原文为法语。

“你会嘲笑我的。我是个物质主义者，我是个粗鲁、肥胖的人——像福斯塔夫[1]，是吧？——我不像一个会抒情的人。我常惹人发笑。可是我以前从来没见过给我印象这么深的壁画。嗨[2]，这种感觉跟我去罗马的西斯廷教堂的感觉是一样的。在那里，我也对那个创作穹顶画的人的伟大成果感到敬畏。那是天才之作，气势恢宏，魅力无穷。我感觉自己很渺小，微不足道。但你对欣赏米开朗琪罗的伟大作品还是有思想准备的。而对于这里的壁画给我带来的巨大惊喜，我却没有丝毫思想准备；没想到在这个远离文明世界的地方，在塔拉沃上方的山沟里，在一个土著人的小房子里，竟然能看到这样的壁画。再说，米开朗琪罗理智健全，身体健康。他的那些伟大作品有‘崇高’[3]的肃穆品质；可是这幅壁画除了美之外，还有某种令人不安的东西。我不知道是什么。它让我不得安宁。就像你坐在一间屋子里，知道隔壁屋子是空的，尽管你身边有人，你还是无缘无故地害怕。你责怪自己，知道是你的神经在作怪——然而，然而……过了一小会儿，你就有无法抗拒袭来的恐怖感了，你陷入了看不见的恐怖的掌心而不能自拔。斯特里克兰的壁画给我的就是这样一种印象。是啊，我承认，听说那些奇异的杰作被毁时，我感到的并非只有遗憾。”

“毁了？”我喊道。

---

1 福斯塔夫，莎士比亚戏剧《亨利四世》和《温莎的风流娘儿们》中的人物，一个肥胖、诙谐、爱夸口的爵士。

2 原文为法语。

3 “崇高”（the sublime），西方美学名词，其特点是：美处于主客体的矛盾激化中，具有一种压倒一切的力量和强劲的气势。在形式上表现为粗犷、激荡、刚健、雄伟，给人以惊心动魄、激奋昂扬的审美感受，让人产生景仰、敬畏、赞叹的情怀。

"是啊[1]；你不知道吗？"

"我怎么知道？我以前确实没听说过这幅壁画；可是我以为它也许已经落入私人收藏者手中了。即使现在，斯特里克兰的画作也没有一个准确的目录呢。"

"他失明以后，常常待在有壁画的两间屋子里，一坐几个钟头，用失明的眼睛瞪着他的作品，也许他那时期能看见的比他一生中看见的东西都多。爱塔告诉我，斯特里克兰从来没有抱怨过自己的命运，从来没有丧失过勇气。一直到最后，他的心都是平静、镇定的。但他要求爱塔答应，把他埋葬以后——我告诉过你吗，是我亲手给他挖的墓穴，因为土著人谁都不愿意靠近那所被病菌污染的房子，我们埋葬了他，我和爱塔，我们把三块帕利欧缝在一起包裹他的尸体，把他埋在那棵芒果树底下——他要求她答应放火烧那所房子，要看着它彻底烧光，连一根木棍都不剩，然后才能离开。"

我半天没有说话，我在沉思。然后我说：

"这么说，他到死也没变。"

"你明白吗？我必须告诉你，我当时认为我有责任劝爱塔不要烧房子。"

"即便在你说的那些情况发生以后吗？"

"是啊；因为我知道这里有天才的画作，我认为我们没有权利不让世人拥有它。可是爱塔不肯听我的话。她做出过承诺。我不愿意待在那里看着这件野蛮的事发生，所以只是在事后才听说她都做了

---

1　原文为法语。

什么。她把煤油倒在干燥的地板上和露兜草垫子上，然后点了一把火。一会儿功夫，房子就烧光了，只剩下闷燃的余烬，一件伟大的杰作就这样消失了。”

“我想斯特里克兰知道那是杰作。他已经得到了他想要的东西。他的生命圆满了。他创造了一个世界，并且看见它很美好。然后，他怀着骄傲和鄙夷的心情把它毁灭了。”

“可是我必须给你看我收藏的那张画，”库特拉医生一面说着一面往前走。

“爱塔和她的孩子怎么样了？”

“他们去了马克萨斯群岛。她有亲戚在那儿。我听说那个小伙子在一艘喀麦隆的双桅帆船上干活。人们说他长得很像他的父亲。”

库特拉医生在游廊通往他的诊疗室的门旁停下来，笑了笑。

“那是一幅水果静物画。你会认为它很不适合医生的诊疗室，可是我的太太不让我挂在客厅里。她说，那幅画实在很淫秽。”

“水果静物画还淫秽！”我惊奇地喊道。

我们进了诊疗室，我的目光立刻落在那幅画上。我看了它很长时间。

画面上是一堆水果，有芒果、香蕉、橘子，还有一些我不知道的水果；第一眼看上去，这幅画平淡无奇。如果把它放到后印象主义的画展上，粗心的人会认为它是那个流派的一个优秀的但并非很突出的范例；但也许这幅画后来会回到这个人的记忆里，他会奇怪为什么会这样。我认为他不可能完全忘掉它。

画的着色是那么怪异，你几乎无法用语言描述那些颜色给人的不安的情感。画里有暗淡的蓝色，像一个用青金石雕刻的精美深盘似的不透明，然而它又有一种颤动的光泽，令人想到神秘生命的悸动；画里有紫色，像难看的生肉那样令人厌恶，然而又带有一种闪亮的、性感的激情，勾起了人们对亥里俄嘉巴鲁斯[1]统治下的罗马帝国的依稀记忆；画里有红色，鲜艳刺目，像冬青树的小红果——你联想起英格兰的圣诞节，还有漫天的飞雪、欢快的气氛、孩童的乐趣——然而由于某种魔法，红色变得柔和了，最后像鸽子胸脯那样娇嫩，令人痴迷；画里还有深黄色，以一种不自然的热情渐渐淡化成一种绿色，那绿色像春天一样芬芳，像山间小溪中泛着光的流水一样纯净。谁能说明是什么样痛苦的幻想创造出了这些水果？它们属于赫斯珀里得斯三姐妹[2]看守的一个波利尼西亚花园。这些水果有某种奇特的生机，仿佛是在地球的隐秘历史中万物尚未定型的阶段创造出来的。它们很丰硕。它们带有强烈的热带气味。它们似乎独具忧郁的激情。这是被施了魔法的水果，品尝它们会开启一扇大门，这门通向灵魂的秘密，通向想象力的神秘宫殿。它们是阴沉的，带有不知何时会降临的危险。要是把它们吃下去，人会变成野兽，或者变成神仙。一切健康而自然的事物，一切依附于幸福的人际关系和纯朴人的纯朴快乐的事物，都沮丧地逃避了它们；然而它们又有令人畏惧的吸引力，就像伊甸园里的“分辨善恶树”的果实那样，带有未知世界的多种可能性，很可怕。

---

1　亥里俄嘉巴鲁斯（约 205—222），罗马皇帝，以具有怪癖著称。

2　赫斯帕里得斯三姐妹，希腊神话中的林泽仙女，负责看守该亚送给赫拉的金苹果。

最后我离开了这幅画。我感觉斯特里克兰把他一直保守的秘密带进了坟墓。

“来吧，勒内，我的朋友，”[1] 库特拉太太的快乐喊声传了过来。“你们这半天都在干什么呢？开胃酒[2]准备好了。问问先生[3]愿不愿意喝一小杯金鸡纳杜本内酒。”

“我愿意，夫人，”[4] 我说，一面走到外面的游廊上。

那幅画的魔力被打破了。

## 第五十八章

我离开塔希提的时候到了。按照岛上的好客习俗，我偶然结识的那些人送给我很多礼物——用椰子树叶编的篮子、用露兜草编的垫子、扇子等；蒂阿瑞送给我三颗小珍珠，和她用一双胖手做的三罐番石榴酱。一艘从惠灵顿开往旧金山的邮务轮船途经塔希提时已停留了二十四个小时，当轮船鸣起汽笛，召唤旅客上船时，蒂阿瑞把我搂进她那宽大的胸膛里，我仿佛陷入了波浪起伏的海洋，她还把红唇贴到我的嘴唇上。她的眼里闪着泪花。我们的轮船冒着蒸汽，缓缓地驶出潟湖，小心谨慎地穿过珊瑚礁的豁口，驶进汪洋大海。

1 原文为法语。
2 原文为法语。
3 原文为法语。
4 原文为法语。

这时，我突然感到忧郁。微风吹过，仍带来陆地上的宜人气息。塔希提岛已经很远了，我知道我再也见不到它。我生命史的这一章已经翻过去了，我觉得自己离不可避免的死亡又近了一点。

大约一个月之后，我来到了伦敦；我安排好几件需要立即关注的事情之后，就给斯特里克兰太太写了一封信，我想她也许愿意听听我了解到的她丈夫最后几年的情况。我从大战尚未开始前就没见过她了，只得从电话簿上找她的地址。她定了会面的时间，我如期赴约，她现在住在坎普登山[1]一所整齐的小房子里。这时她快六十岁了，但保养得很好，谁都以为她还不到五十岁。她的脸较瘦，没有多少皱纹，是那种优雅地变老的女人的脸，令你认为她年轻时的样子比实际上的要漂亮得多。她的头发还不太白，梳理得恰到好处，她的黑色长袍很合时尚。我记得曾听说她的姐姐麦克安德鲁太太比她的姐夫晚去世两年，给斯特里克兰太太留下了一笔钱；从这所房子和给我开门的衣着整洁女仆来判断，那笔钱足以让这位寡妇过上比较舒适的生活。

我被请进客厅后，发现斯特里克兰太太已有一个客人。当我弄清楚他是谁时，我猜想斯特里克兰太太让我在这个时间来并非没有目的。那位客人叫范·布舍·泰勒先生，是美国人。斯特里克兰太太给我详细介绍他的情况，并对他嫣然一笑，表示歉意。

“你要知道，我们英国人是那么孤陋寡闻。如果我有必要解释一下，你一定要原谅我。”然后她转向我。“范·布舍·泰勒先生就是

---

1　坎普登山，伦敦西部一地势较高的区域。

那位著名的美国评论家。如果你从来没读过他的著作，那么你受的教育有所欠缺，应当感到羞愧，你必须立刻补上这一课。他正在写有关亲爱的查理的文章，他来问我是否能帮忙。”

范·布舍·泰勒先生是个很瘦的男人，他的头很大，已经秃顶，颧骨突出，泛着亮光。在半圆的大头顶下面，他那皱纹很深的发黄的脸显得很小。他很安静，格外有礼貌。他说话有新英格兰地区的口音，他的举止有些冷漠刻板。这让我问自己，他到底为什么那么热衷于查尔斯·斯特里克兰的事。斯特里克兰太太在提到她丈夫的名字时语气温柔，我觉得有点好笑。在他们两人谈话时，我打量了一下我们坐在其中的这间屋子。斯特里克兰太太真是与时俱进。这里没有了莫里斯式壁纸，没有了古朴的印花装饰布，墙上也没有了她曾用来装点阿什利花园旧居客厅的阿伦德尔[1]风景图片。现在这间客厅充满奇幻的绚丽色彩。我怀疑，她是否知道，她为了追求时尚而采用的那些多重色调，来源于一个居住在南太平洋小岛上的贫穷画家的梦想。她本人给了我答案。

“你这些靠垫多漂亮啊，”范·布舍·泰勒说。

“你喜欢吗？”她笑着说。“你要知道，是巴克斯特[2]设计的。”

然而墙上挂的是几幅斯特里克兰最优秀画作的彩色复制品，是一个柏林出版商的创新产品。

“你在看我的画吧，”她说，眼睛跟随着我的目光。“当然啦，这些画的原作我弄不到，可是有了这些也很欣慰了。是那个出版商主

1　阿伦德尔，英国南部一小镇。

2　巴克斯特（1866—1924），俄国艺术家，对舞台剧的服装和布景设计进行了革新。

动派人送来的。这些画对我来说是很大的安慰。”

“每天看着这些画，一定很快乐吧，”范·布舍·泰勒先生说。

“是啊，它们的装饰效果是那么好。”

“这正是我的一个最深刻的信念，”范·布舍·泰勒说，“伟大的艺术总是有装饰性的。”

他们的目光停留在一个正给婴儿喂奶的裸体女人身上，那女人身旁跪着一个姑娘，正伸出手递过去一朵花，而那婴儿却无动于衷。有一个满脸皱纹、瘦得皮包骨头的老妇人在一边看着他们。这是斯特里克兰版的“圣家族”[1]油画。我这样猜测,是因为画中的人物都是在塔拉沃村上边的山沟里住在斯特里克兰家的人，那个裸体女人是爱塔，那个婴儿是他们的第一个孩子。我问自己，斯特里克兰太太对这些事是否有所耳闻呢？

谈话继续进行。我对范·布舍·泰勒的圆通感到惊奇，他回避了所有可能令人感到一丝尴尬的话题；我对斯特里克兰太太的狡黠也感到惊奇，她虽然没说一句假话，但暗示出了她和先夫的关系一直很完美的假象。范·布舍·泰勒先生终于站起来要走了。他握住女主人的手，说了一番感谢的话，虽很文雅，但也许有些过分造作。说完后他便离开了我们。

“我希望他没让你厌烦，”房门在他身后关上时，斯特里克兰太太说。“当然啦，这种事有时很讨厌，可是我觉得我绝对应该向人们

1　“圣家族”是基督教对耶稣、圣母玛利亚和约翰的合称，有时也指耶稣和其他家庭成员的组合。“圣家族”是西方艺术的一个传统题材，常见于教会建筑的内部装饰和绘画、雕塑等陈设艺术品。此处叙述者的话颇有幽默意味。

提供我所了解的查理的情况。作为一个天才艺术家的遗孀，我理应承担一定的责任。”

她用一双讨人喜欢的眼睛看着我，这双眼睛仍像二十多年前那样真诚，那样善解人意。我不知道她是不是在愚弄我。

“当然啦，你已经放弃了你的生意吧？”我说。

“啊，是啊，”她很随便地回答。“我经营那个打字所是出于爱好，而不是别的什么原因。我的孩子们劝我把它卖掉，他们认为我在透支我的精力。”

我看得出来，斯特里克兰太太已经忘记她曾干过自谋生计那么屈尊的事。她有那种好女人的真正本性，认为只有依赖别人的钱财生活才是真正体面的。

“他们都在这儿呢，”她说。“我想他们愿意听你讲他们父亲的情况。你记得罗伯特吧，对不对？我很高兴地告诉你，他已经被推荐为军功十字勋章的人选了。”

她走到门旁召唤他们。一个很高的男人进来了，他穿着卡其制服，佩戴着牧师的硬领，长得很英俊，有些粗壮，但他的眼睛很真诚，还是我记忆中他小时候的样子。他的妹妹跟在他后面。她一定跟我最初见到的她的母亲年龄相仿，而且长得很像她。她同样给人这样的印象：她年轻时长得一定比实际长相更漂亮。

“我猜你一点都认不出他们了，”斯特里克兰太太骄傲地笑着说。“我的女儿现在是罗纳德森太太了。她的丈夫是炮兵部队的少校。”

“他是从一流的士兵被提拔起来的，你知道吗，”罗纳德森太太愉快地说。“所以他现在只是少校。”

我还记得很久以前我就预言她会嫁给一个军人。那是必然的。她具备当军人妻子的一切品德。她虽然很和气，富于感情，但无法掩盖内心的信念：自己与众不同。罗伯特很轻松愉快。

“真是幸运，你这次来，我正好在伦敦，”他说，“我只有三天假期。”

“他还急着回去，”他母亲说。

“是啊，我可以承认，我在前线过得很好。我交了很多好朋友。那是一流的生活。当然啦，战争是可怕的，所有与它相关的事都是可怕的；可是战争确实让人表现出了最优秀的品质，这是不可否认的。”

随后我给他们讲了我所了解到的查尔斯·斯特里克兰在塔希提的情况。我认为没必要谈爱塔和她生的男孩，其他情况我都尽可能准确地讲了。我讲到他的惨死时，停了下来。有一两分钟，我们都没有说话。然后罗伯特·斯特里克兰划了一根火柴，点了一支香烟。

“上帝的磨盘转得很慢，但是研磨得格外细腻。”[1] 他说，有些故作庄重的样子。

斯特里克兰太太和罗纳德森太太都低下了头，脸上现出虔诚的表情，我相信这说明她们认为这句话引自《圣经》。说实在的，我相信罗伯特·斯特里克兰并非没有她们这种错觉。不知为什么，我突然想起了爱塔给查尔斯·斯特里克兰生的儿子。据说他是个快乐无

---

1　此引语似出自 19 世纪美国诗人朗费罗（1807—1882）翻译的 17 世纪德国讽刺诗人洛高（1604—1655）的诗《报应》，相关诗句如下：“上帝的磨盘转得很慢，但是研磨得格外细腻；上帝站着耐心地等待，但它精确地研磨一切。”实际上，这种说法由来已久，最早见于希腊哲学家、怀疑论者塞克杜斯·约皮里柯（约 160—210）的著作《驳数学家》。

忧的青年。我可以想象他在一艘双桅帆船上干活，只穿着一条蓝粗布工装裤。夜晚时分，帆船在微风推动下轻松地前行，水手们都聚集在上甲板上，船长和押运员坐在躺椅上抽着烟斗，这时，我看见他跟另一个小伙子一起跳舞，和着手风琴奏出的喑哑乐曲，跳得很疯狂。他们的头上是深蓝的天空，还有星星，他们的周围是浩瀚苍茫的太平洋。

一句《圣经》引语来到我的嘴边，但我管住了自己的嘴，因为我知道牧师认为俗教徒侵入他们的领域是亵渎上帝的行为。我的亨利叔叔在惠特斯特布尔[1]当了二十七年牧师，每逢这种场合他总是说，魔鬼总可以引用《圣经》来达到自己的目的。他还记得以前用一先令硬币[2]就能买到十三只本地产大牡蛎的日子。

---

1 惠特斯特布尔，英格兰肯特郡一港口城镇，以盛产牡蛎闻名。镇上有皇家地产牡蛎商店。

2 先令，英国 1971 年前的货币单位，相当于十二便士，即二十分之一英镑。

## 导读

《老人与海》是20世纪美国著名作家厄内斯特·海明威的著名作品，出版于1952年。他曾因此小说及其他成就荣获1954年诺贝尔文学奖。

小说描写古巴老渔夫圣地亚哥出海捕鱼的故事。他连续八十四天一无所获,遂在第八十五天独驾小帆船去远海捕鱼。在两天半的时间里，他历经磨难，终于捕到一条巨大的枪鱼。后来又与多条抢食枪鱼肉的鲨鱼搏斗，直至精疲力尽，终于把枪鱼的巨大骨架带回渔港。作者用现实主义手法再现了大海的波澜壮阔和海鱼的机灵敏捷，生动地描绘了渔民的艰险生涯；另一方面，又用现代主义手法展现了主人公的内心独白，揭示出其丰富的内心世界。

这部作品既是一部描写个人捕鱼经历的小说，又是一则宣示人类命运的寓言，讴歌了人类坚忍、坚毅、坚韧不拔的伟大精神。老人说的“人生来不是为了被打败的”和“一个人可以被毁灭,但不能被打败”已成为警世名言。

由于此书内涵丰富，已有前辈翻译家的多种译本，要完成重译的任务实属困难。因此还是要从小说文本出发，细读文本，并参考学术文献，按照自己的理解来翻译，力求译出自己的特点。此处仅举一例：过去有些译者把马诺林这个 boy 解读为十二三岁的少年，根据这部小说改编的电影里出现的也是一个少年。经查阅《剑桥海明威指南》(*The Cambridge Companion to Hemingway*) 得知，海明威研究专家比克福德·塞尔维斯特 (Bickford Selvester) 考证，马诺林是个二十二岁左右的男青年，这也解释了他为什么搬得动成卷的渔线、手钩、鱼叉等。因此本译文中将马诺林称为“小伙子”。

另外，在译文的行文方面，要力求贴近原文的语言精练和句式简明的风格，并用中国读者习惯的方式明晰表达。涉及航海、渔业方面的词汇，尽量使用汉语中常见的说法来翻译。

这里节选的部分讲述老人如何在体力严重透支的情况下捕获一条巨大的枪鱼，并在拖带其回渔港途中与鲨鱼搏斗。

# 老人与海[1]

自从他出海以来，太阳已经是第三次升起了，这时大鱼突然开始绕圈子。

只凭渔线的倾斜程度，他还看不出大鱼在绕圈子。为时尚早。他只是感觉渔线的压力稍微小了，他开始用右手轻轻地拉。渔线像往常那样绷紧，可是当他拉到要断的关头，渔线开始往里进了。他让肩膀和头部从渔线底下轻轻地钻出来，开始平稳地、小心地回收渔线。他用两只手轮换着拉，身体左右摆动，尽可能用身体和两腿的力量。他的老腿和肩膀随着拉拽的摆动而左右转动。

“这可是个很大的圈子，”他说。“可它到底绕圈子了。”

随后渔线再也拉不进来了，他攥住它，直到看见上面有水珠在阳光下跳动。然后渔线开始往外溜，老人跪下去，不情愿地任它溜进幽暗的水里。

“大鱼在往最远的那头转，”他说。我必须尽全力拉住渔线，他想。渔线拉紧了，鱼转的圈子就会一次比一次小。也许过一小时我就能

---

1　原载于《老人与海》，天津人民出版社，2013 年。2021 年 4 月修改。

看见它了。现在我一定要让它信服我，过后我一定要杀死它。

然而大鱼一直在慢慢兜圈子，两小时后，老人浑身是汗，累到了骨子里。可是大鱼兜的圈子小多了，他从渔线的倾斜度就能看出，大鱼已经平稳地往上游了。

有一个小时，老人总看见眼前有许多黑点，带盐分的汗水浸湿了他的眼睛，也浸湿了他前额上眼睛旁边的一个伤口。他并不担心出黑点。他拉渔线那么紧张，眼前出些黑点很正常。可是他曾两次感觉眩晕，这让他担心。

“我不能对不起自己，就这样死在一条鱼的手里，”他说。“我既然让它那么漂亮地过来了，上帝帮助我坚持下去吧。我要念一百遍‘我们的天父’，念一百遍‘万福玛利亚’。可是现在不能念。”

就当念过了吧，他想。过后我一定补念。

正在这时，他感觉自己双手攥着的渔线突然被撞并被拉了一下。这一下又猛，又狠，又重。

它在用它的长标枪撞铁丝前导线，他想。这是肯定要发生的。它不得不那样做。尽管这样做可能让它跳起来，我宁愿它现在继续兜圈子。它需要跳起来呼吸空气。可是在这之后，它每跳一次都会加大钓钩造成的伤口，有可能甩掉钓钩。

“鱼啊，你别跳，”他说。“你别跳。”

大鱼又撞了几次铁丝前导线，它每次摇头，老人都放出一小段渔线。

我必须把它的疼痛控制在原来的部位，他想。我疼点不要紧。我可以控制疼痛。可是它疼极了会发疯的。

过了一会儿，大鱼不撞前导线了，又开始慢慢地绕圈子。现在老人平稳地回收渔线。可是他又感觉头晕了。他用左手撩起海水泼在头上。随后又泼了些海水，并揉了揉脖颈。

“我没抽筋，”他说。“它很快就会浮上来，我能坚持。你必须坚持。这根本不用说。”

他靠着船头跪下，一下子就把渔线轻轻地放回了背上。趁鱼往外绕圈子，我先休息会儿，等它游回来，我再站起来对付它，他这样决定。

让大鱼去兜圈子，他在船头休息，不回收一点儿渔线，这是多美的事啊。可是当渔线的张力说明大鱼已转身向小船游来时，老人站起来，开始转动身子，两手交替着拉渔线。他已拉上来的渔线都是用这种方法回收的。

我从来没有这么累过，他想，现在又刮起了信风。不过，刮信风有好处，对我带鱼回港有利。我太需要这风了。

“大鱼再转弯往外游时，我要歇一会儿，”他说。“我感觉好多了。它再绕两三圈，我就要捕到它了。”

他的草帽滑到了后脑勺上，他感觉到大鱼转弯时，便顺着渔线的拉势瘫坐到船头里。

鱼啊，你先干活儿吧，他想。等你转过弯来，我就抓住你。

海潮涨了不少。可是风不大，是顺风，他必须借着这风驾船回家。

“我只要让船往西南方向走就行，”他说。“男子汉在海上永远不会迷失方向，再说那是个很长的岛。”

大鱼转到第三圈时，他才头一次看见它。

他起初只看见一个黑影，那黑影用了那么长时间才从小船底下通过，他简直不相信那鱼有那么长。

"不对，"他说。"它不可能那么大。"

可是它确实那么大，它在快绕完这一圈时游到海面，离小船只有三十码远。老人看见鱼尾出水。这鱼尾比长柄大镰刀的大刀片还要高，呈很浅的紫色，竖在深蓝色的海面上。鱼尾向后扫，掠过海面。当大鱼游到紧靠水面处时，老人能看见它的巨大身躯和紫色环身条纹。它的背鳍倒伏，两个巨大的胸鳍张得很开。

在这一圈上，老人能看见大鱼的眼睛和围着它游的两条灰色鲫鱼。有时鲫鱼吸附着大鱼。有时它们突然游开。有时它们在大鱼的影子里轻松地游。每条鲫鱼都有三英尺多长，它们游得快时，像鳗鱼那样甩动身子。

老人现在出汗了，除了因为日晒，还有别的原因。每次大鱼平静地转弯时，他都收回一些渔线。他相信，大鱼再转两个弯，他就有机会把鱼叉扎进去。

可是我必须让它靠近，靠近，再靠近，他想。我不能扎它的头。我必须刺进它的心脏。

"老头儿，要冷静，要坚强，"他说。

大鱼绕下一圈时，露出了脊背，可是它离船还是有点太远。下一圈它还是离得太远，但出水的部位高了些；老人相信，再收进些渔线就能把它拽到船边。

在这之前，老人早已把鱼叉安装好了，拴鱼叉的那卷细绳装在一个圆篮子里，一头拴在船头的系缆桩上。

大鱼这一圈游过来了，它很安静，看起来很漂亮，只有硕大的鱼尾在摆动。老人使出全身力气拽，要把它拽得近一点。它仅在一瞬间身子有点倾斜。然后它又直起身来，开始绕下一圈。

“我拉动它了，”老人说。“我刚才拉动它了。”

现在他又觉得头晕，但是他使出全身力气攥紧渔线，控制着这条巨大的雄枪鱼。我拉动它了,他想。也许这次能把它拽过来。手啊，拽吧，他想。腿啊，要站稳。脑子啊，要为我挺住。为我挺住。你从来不开小差。这次我一定要把鱼拽过来。

可是，他没等枪鱼游到船边便开始竭尽全力拽它，它被拉过来一段距离，然后纠正了方向，游开了。

“鱼啊，”老人说。“鱼啊，你怎么着也得死。你非得把我也弄死吗？”

这样下去什么都做不成，他想。他的嘴干得说不出话来，可是他够不着水瓶。这次我一定要把鱼拽到船边，他想。它再多转几圈我可顶不住了。不，你顶得住，他告诉自己。你永远顶得住。

枪鱼下一次转弯时，他差点逮着它。可是枪鱼又纠正了方向，慢慢游开了。

鱼啊，你这是在杀我，老人想。可是你有权利这么做。兄弟，我还从来没见过谁比你更伟大，更漂亮，更冷静，或更高贵。来吧，杀我吧。我不在乎谁杀死谁。

现在你的脑子要乱了，他想。你必须保持头脑清醒。保持头脑清醒，你就知道该怎么样吃苦，像个男子汉。或者像一条鱼，他想。

“头脑，清醒吧，”他用自己几乎听不见的声音说，“清醒吧。”

枪鱼又转了两个圈，情况和以前一样。

我不明白，老人想。他每次都觉得自己就要晕过去了。我不明白。可是我要再试一次。

他又试了一次，他把枪鱼拉倒时感觉快要昏迷。鱼扳正了身子，又慢慢地游开去，硕大的鱼尾在空中摇摆。

我要再试一次，老人许诺说，尽管他的双手已磨烂，眼睛只是瞬间看得清。

他又试了一次，情况依旧。于是他想（他还没开始就感觉晕了），我要再试一次。

他把自己的一切疼痛、剩余的力气和丧失已久的自尊心都调动起来，用这股力量去对付枪鱼的痛苦挣扎。枪鱼侧翻过来，侧着身子温顺地游动，它的长吻几乎碰到小船的木外壳。它开始从小船旁边游过，它很长，很宽，吃水深，银白色，带紫色条纹，在水里没完没了地移动。

老人放下渔线，用一只脚踩住，尽可能高地举起鱼叉，使出全力，使出他刚调动起来的更大力量，狠刺进枪鱼身侧那翘得高达老人胸部的胸鳍后面。他感觉到铁叉扎了进去，于是他全身倚在鱼叉上，往深处扎，然后用全身的重量压下去。

这时垂死的枪鱼又活了起来，它高高跳出水面，展示出全部的长度和宽度，全部的力量和美丽。它似乎悬在空中，悬在船中老人的头顶之上。然后它扑通一声跌入水中，激起的浪花溅了老人一身，溅满整个小船。

老人感到头晕恶心，眼睛也看不清了。可是他清理了系鱼叉的细绳，让它慢慢滑过自己脱了皮的双手。当他能看清时，他看见枪鱼脊背朝下，银白色的肚子朝上。鱼叉柄从鱼肩戳了出来，与鱼肩形成一个角度；海水因枪鱼心脏流出的殷红鲜血而改变了颜色。起初那血是暗的，像一群鱼游在蓝色海水中，那海水有一英里多深。随后血像云彩般散开去。枪鱼呈银白色，一动不动，随着海浪漂浮。

老人在视力正常的瞬间仔细观察。然后他把鱼叉上的细绳在船头的系缆桩上绕了两圈，并用双手托住头。

"让我的头脑保持清醒吧，"他靠在船头的木板上说。"我是个累坏了的老人。可是我已经杀了这条鱼，它是我的兄弟，现在我必须干苦力活了。"

现在我必须准备绳套和绳索，好把它捆到船边，他想。就算我们有两个人，能把船灌满水，把鱼装进来，再把水舀出去，这小船也盛不下它。我必须把一切准备好，然后把它弄过来，捆绑结实，再竖起桅杆，扬起船帆驶回家。

他开始拉枪鱼，把它拉到船边，这样他就能把绳子穿进它的腮，从嘴里穿出来，把它的头紧紧绑在船头旁边。我要看看他，他想，还要碰碰它，摸摸它。它是我的财富，他想。可这并不是我想摸它的原因。我想我感觉到了它的心脏，他想。那是在我第二次往下推鱼叉柄的时候。把它拉过来捆牢，用绳套去套它的尾巴，再用一个绳套去套它的身体中段，把它绑到小船上。

"干活儿吧，老头儿，"他说。他喝了很小一口水。"战斗停止了，就有很多苦力活儿要干啦。"

他抬头望望天空，然后往外看看他的鱼。他小心地看了看太阳。

也就刚过中午，他想。信风正在加大。现在那些渔线都没用了。回家后我和小伙子会把它们捻接上的。

“鱼啊，过来吧，”他说。可是枪鱼没过来。它还躺在海水中翻滚，于是老人把船划到它身边。

就是到了枪鱼身边，让鱼头靠上了船头，他仍无法相信这条鱼有那么大。可是他从系缆桩上解下拴鱼叉的绳子，把它穿过鱼鳃，从鱼的颌部穿出，绕到鱼的剑状长吻上，然后又把绳子穿进另一个腮，在鱼吻上再绕一圈，把这两股绳子系了一个结，紧紧地栓在船头的系缆桩上。然后他切下一段绳子，拿到船艄去套鱼尾。枪鱼的颜色已从原来的紫色和银白色变成了全银白色，身上的条纹呈现出与鱼尾颜色一样的淡紫色。那些条纹比五指岔开的人手掌还要宽。鱼眼看起来很漠然，像潜望镜中的反射镜，或者像宗教仪式队伍中圣徒塑像的眼睛。

“刚才只能用那种办法杀它，“老人说。自从喝了水以后，他感觉好受些了，他知道自己不会晕过去，头脑也清醒了。按这条鱼的样子估算，有一千五百多磅重，他想。也许还重得多。如果把它开膛收拾干净，还剩三分之二的话，按三角钱一磅计算，会是多少呢？

“我需要一支铅笔来计算，”他说。“我的头脑还没那么清醒。可是我想大球星迪马乔今天会为我骄傲的。我没长骨刺。可是我的两只手和后背疼得厉害。”我不知道骨刺是什么样的，他想。也许我们都有骨刺，只是不知道罢了。

他把枪鱼紧绑在船头、船艄，以及中间的横座板上。它是那么大，绑它就像并排绑一条比他的小船大得多的船。他切下一截渔线，把枪鱼的下颌与长吻捆到一起，这样鱼嘴就张不开了，他们就能尽量利索地航行了。随后老人竖起桅杆，带上棍子，即那个手钩，再装上帆桁。于是带补丁的帆鼓足了风，小船开始移动，他半躺在船艄，向西南方向航行。

他不需要罗盘告诉他哪儿是西南。他只需要感觉一下信风以及风帆的张力就可以了。我最好是放出一根系着诱饵勺的细渔线，试着弄点什么东西吃，也吸点汁液解渴。可是他找不到诱饵勺，沙丁鱼饵也都腐烂了。因此在经过一片黄色湾藻时，他用手钩捞上来一簇，抖了抖，藏在里面的小虾就落到了船板上。小虾有十几只，活蹦乱跳的，像沙蚤一样。老人用大拇指和食指掐掉虾头，把虾连皮带尾都嚼了。这些虾虽然很小，但他知道它们很有营养，味道也好。

老人的瓶子里还剩两口水，吃完虾后他喝了半口。考虑到现有的麻烦事，小船的航行就算顺利，他用胳膊夹着舵柄掌舵。他能看见枪鱼，而且他只有看见自己的手，并感觉到后背靠着船艄，才知道这是真实发生的事，而不是梦幻。有一次他对结局感到那么沮丧，曾想这也许是一场梦。后来，当他看见枪鱼跳出水面，一动不动地悬空片刻才跌落时，他肯定这里面有某种很奇特的因素，他简直不能相信。随后他就看不清了。不过现在他又像往常那样看得清了。

现在他知道枪鱼就在船边，知道自己的手和后背都是真实的，不是梦幻。手上的伤通常好得快，他想。我把手上的血都洗掉了，含盐的海水会让伤口长上。墨西哥湾的幽暗海水是世上最好的愈合剂。我必须做的就是保持头脑清醒。我的手已经完成了工作，而且我们航行得很好。枪鱼紧闭着嘴，尾巴直上直下地摆动，我们俩像兄弟一样航行。然后他的头脑有点不清楚了；他想，是它在带我回港呢，还是我在带它回港？如果我把它拖在船后，那就没问题了。如果它在船里边，丧失了一切尊严，那也没问题了。可现在他们俩是在一起航行，被拴在了一起。老人想，如果它高兴的话，就让它带我回港吧。我只是因为用了诡计才比它强的，它并没想伤害我。

他们航行得很顺利，老人把双手浸到含盐的海水里，并努力保持头脑清醒。他们的上空有很高的积云和足够的卷云，因此老人知道微风还要刮一整夜。老人不时看看枪鱼，好确信这事是真的。过了一个小时，第一条鲨鱼攻击了它。

那鲨鱼不是偶然来的。在那一团深色的血下沉到一英里深的海水中并扩散的时候，它就从深水处游上来了。它上浮得那么快，没有任何顾忌，因此一下子冲破了蓝色的海面，来到阳光下。然后它回落到海中，找到了血腥气味，开始沿着小船和枪鱼的航道游了过来。

有时它跟丢了血腥气味。可它还会找到，或者只找到一丝痕迹，于是就执意沿着这条航道游过来。它是一条非常大的马科鲨，天生的健壮身体让它能游得很快，与海里游得最快的鱼不相上下。它身上除了颌部以外各部分都很漂亮。它的脊背像剑鱼的脊背那么蓝，腹部银白色，厚皮光滑而美丽。除了巨大的颌部以外，它的体态很像剑鱼。由于它在水下紧贴水面游得很快，它的上下颌紧闭着，高耸的背鳍像刀子一样平稳地划破水面，毫不摇摆。在它的颌部内紧闭的复唇里，八排牙齿都向内倾斜。这些牙齿与多数鲨鱼的普通棱锥状牙齿不同。它们的形状像蜷成爪子状的人手指头，几乎与这位老人的手指头一样长，两面都有剃须刀般锋利的边缘。马科鲨天生掠食海洋中快速、强健、全副武装而无敌手的其他所有鱼类。现在这条马科鲨闻到了更新鲜的血腥气，于是加快了速度，它的蓝色背鳍切过海水。

老人看见它过来时，就知道这是一条无所畏惧的鲨鱼，会为所欲为的。他一面看着马科鲨亮相，一面准备鱼叉并拴紧绳子。绳子较短，因为有一段已被切掉用于捆枪鱼了。

现在老人的头脑很清醒，很正常，他很有决心，但不抱什么希望。太好的事长不了，他想。他看着马科鲨游近时瞟了一眼枪鱼。这可能也是个梦，他想。我没法儿阻止鲨鱼攻击我，但我也许能逮住它。Dentuso[1]，他想。让你妈妈交噩运吧。

马科鲨快速靠近船艄，它攻击枪鱼时，老人看见它的嘴张开，看见它那双怪异的眼睛，看见它上前去吃鱼尾上方的肉时牙齿咯吱咯吱地咬动。马科鲨的头已露出水面，脊背正在出水，老人能听见大枪鱼的皮肉被撕裂的声音，这时他突然把鱼叉扎进马科鲨头部，刺进两眼连线与鼻后延长线的交叉点上。其实并非真有这样两条线。有的只是那沉重而尖利的蓝色头部、两只大眼睛，和那咯吱响着突然伸出去吞食一切的上下颌。可是那个交叉点正是鲨脑的所在，因此老人才扎向那里。他使尽全身力气，用血肉模糊的手把一根好鱼叉扎了进去。他没抱什么希望，但是怀着决心和十足的恶意刺中了这个位置。

马科鲨猛地翻过身，老人看见它的眼神已丧失活力，然后它又

1　Dentuso，西班牙俚语，此处意为“丑牙”，系渔民对尖鼻鲭鲨即马科鲨的俗称。

翻了一次，身上又绕上了两圈绳子。老人知道它快死了，可是它不肯接受死亡。然后，马科鲨仰面朝天，拍打着尾巴，颌部咯吱作响，像一艘快艇冲过水面。它的尾巴拍打之处，海水翻起白浪；它有四分之三的身体完全露出水面，这时绳子突然拉紧，抖动，然后断了。鲨鱼在水面上静静地躺了片刻，老人观察着它。然后它很慢地沉入水中。

"它叼走了大约四十磅肉，"老人说出声来。它把我的鱼叉也带走了，还捎上了整根绳子，他想，现在我的鱼又流血了，别的鲨鱼会来的。

自从枪鱼遭到毁损后，他再也不愿看它了。枪鱼受攻击时，他感觉自己也受了攻击。

可是我杀死了那条攻击我的鱼的马科鲨，他想。它是我所见过的最大的 dentuso。上帝知道，我见过很多大鲨鱼呢。

太好的事长不了，他想。我现在多么希望这是个梦，希望我没钓到这条鱼，希望我还是一个人躺在铺着报纸的床上。

"然而人生来不是为了被打败的，"他说。"一个人可以被毁灭，但不能被打败。"尽管我为杀这条枪鱼感到遗憾，他想。现在倒霉的时候到了，我连鱼叉都没有了。这条 dentuso 很残忍，很能干，很强壮，很聪明。可是我比它更聪明。也许不是，他想。也许我只是武装得更好罢了。

"别想了，老头儿，"他说出声来。"沿着这条航道航行，噩运来了就顶着吧。"

# 第三编

# 文论

## 导读

这篇译文出自英国当代著名文学评论家安德鲁·桑德斯的专著《牛津简明英国文学史》（修订本）第二章。该章标题为《中世纪文学：一〇六六年至一五一〇年》，共分十二节，本篇是第五节。

在这一节中，作者概括介绍了十四世纪英格兰的社会状况和宗教状况，及其对文学发展的影响。作者还简要谈及几位主要作家所起的作用，为后面三节的详细论述作了铺垫。

这篇文章着重讲述历史文化背景，在翻译专有名词和术语时要注意使用约定俗成的译法。作者夹叙夹议，把自己的评价融合在叙述之中，因此翻译时要注意体会作者的语气和态度。有些句子较长但逻辑严密，翻译时如何既化解长句又不打乱上下文的逻辑，需要多加考虑。文中所述的历史事件和历史人物，要尽量采用规范的译法。

# 十四世纪的英格兰：死亡、动乱与变革[1]

最近许多文章大谈英语创作中的“理查”振兴。尽管不能说理查二世国王（Richard Ⅱ）本人鼓励振兴有功，但事实证明，他在位的二十年间（1377—1399）英语文学的质量、数量、多样性和生命力都是引人注目的。同样引人注目的是英国哥特式建筑的最后一种风格，即所谓的“垂直式风格”不断得到巩固。最近一位建筑史学家把这一建筑风格的发展描述为“英国艺术中最重要的现象”。无论这一建筑评价可能在多大程度上引发争论或评判，理查二世在位期间显著的文学成就，特别是杰弗里·乔叟的文学成就，对于以后的英国文化史产生了深远的影响。乔叟和高厄都是有影响有广泛社会联系的伦敦诗人，他们既了解国际通行的宫廷风格和时尚，又了解彼此的作品（乔叟曾将他的《特洛伊洛斯与克瑞西达》题赠给“德高的高厄”），但他们两人大概都对高文诗人那种本质上较土气较狭隘的作家所熟悉的头韵体诗歌反应冷淡。我们也没有理由认为，高

1　原载于《牛津简明英国文学史》（修订本），人民文学出版社，2006 年。2021 年 4 月修改。

文诗人或与他同期的头韵体诗人朗格兰，对于决定高厄和乔叟诗歌性质及题材的那些在国际环境中形成的大都会情趣和风格无动于衷。朗格兰在英格兰西部受过教育，但在伦敦教会的外围组织工作，几乎可以肯定，他写的《农夫皮尔斯的梦幻》中表述的紧迫的社会梦幻和神学梦幻不是为外省的贵族阶层写的，而是为全国广大读者写的。这些读者既包括教士又包括平教徒，既包括欣赏欧洲大陆诗歌矫揉造作风格的人，又包括喜爱较朴素的具地方特色的英语诗歌形式的人。理查二世在位期间的文学振兴几乎肯定与统治阶级上层人士极力推广英语作为交际、治理和娱乐的首选语言有关系。高厄选择用法语撰写《沉思者之镜》（*Mirour de l'Omme*，约 1376—1378），用拉丁语撰写《呼号者的声音》（*Vox Clamantis*，约 1379—1381），用英语撰写《恋人的忏悔》（*Confessio Amantis*，约 1390）；而乔叟则只用自己的母语英语写作，从而有助于提高英语文学的地位，他本人也因此而得名。理查二世的王位继承人亨利四世（Henry Ⅳ，1399—1413 在位）也同样精通两种语言，他用英语处理全部统治事宜。他的儿子亨利五世（Henry Ⅴ）在位期间（1413—1422）一直致力于宣传自己对法国王位的要求，他比前任国王走得更远，明确主张在宫廷以及一切官方事务中使用英语，而非法语。

这一重视英语的显著变化，是伴随英国社会更为渐进但同样引人注目的变化而产生的。在约翰·高厄看来，社会仍由“三个阶级的人”组成。根据这个普遍认同的中世纪政治理论，神职人员关照国家的精神安康，武士贵族保卫教会和人民，第三阶级则用自己的劳动成果支持其他两个阶级；这一传统的社会三分法得到了神学推断和政治理论的支持。然而到了十四世纪初，这一理论越来越有些脱离社会现实了。尽管英国仍是以乡村为主的社会，但它像北欧其他国家一样是以城市为人口中心和经济实力中心的社会，城市产生了越来越大的影响。到一三七〇年左右，伦敦的人口大约有四万人，约克市和布里斯托尔市各有一万人；估计其他六个城市（考文垂、诺里奇、林肯、索尔兹伯里、金斯林、科尔切斯特）的人口各超过六千人。在约克市，理查二世在位期间征收人头税的调查结果表明：有一千多名男子从事叫得上名称的职业，其中有八百五十人自主从事近一百种有明确定义的手工业生产。能读书写字的人数，特别是能读写英语的人数不断增加，也在很大程度上减少了旧有神职人员对行政职位的垄断，因而也减少了对行政权力的垄断。这些变化在乔叟的《坎特伯雷故事》中有明显的反映，书中坎特伯雷朝圣客的不同职业、观点、文化、专业以及阶级地位显示，要确定“律师”“小地主”“旅店老板”“管家”“船员”和“巴斯妇”等人物属于哪个“阶级”实在很困难。乔叟笔下伦敦富足的行会组织成员——“针织用品商”“木匠”“织工”“染工”“织毯工”——被描述为“他们每个人都是真正的自由民”，相当有地位（至少在他们自己看来如此），因此他们的妻子可以被尊称为“太太”。

然而最富戏剧性的变化发生在人口方面。十四世纪的严重瘟疫中，破坏性最大的是黑死病，该病于一三四八年首先在多塞特郡出现，于一三四九年夏季发展到高峰（伦敦每天约有二百人死于该病）。虽说对这一欧洲流行传染病的原因和后果进行的精确医学分析一直没有得出确切的结论，虽说当时对死亡人数的估计是十分夸大的，但就连冷静的现代史学家们也承认，英格兰可能丧失了多达三分之一的人口。这一劫难的后果影响深远。教区神职人员因职业的需要与死者和垂死病人接近较多，因而受的影响特别大。他们不仅人数骤减，而且经济来源也骤减。大约四十年之后，朗格兰在《农夫皮尔斯的梦幻》的序言中写道："牧师和教区神甫向主教发出怨言／自瘟疫时起他们的教区更加贫困。"据估计，在温切斯特主教拥有的一个领地里，仅一三四八年一年间就有百分之六十六的佃农死于瘟疫。黑死病使农村和城镇的劳动力市场都非常紧张。及至十五世纪中期，林肯市和约克市的公民们仍在抱怨，这场瘟疫使他们城市贸易衰退，人口减少，制造业萧条。当时，瘟疫似乎像愤怒的上帝降下的惩罚——它突如其来，无法解释，无法制止，而且在幸存者看来实在令人震惊。在《农夫皮尔斯的梦幻》第五节里，"理性"传达了这样一个信息："这些瘟疫纯系罪孽引起。"林肯郡劳斯帕克修道院的编年史家悲哀地记载："据信就是在挪亚时代，洪水也没卷走那么多人。"一三五〇年，一个绝望的无名氏在赫里福德郡阿什威尔城教区教堂塔楼的疏松石壁上用手划出拉丁文字句："老百姓中唯有悲惨、愤怒、疯狂的卑贱者幸存下来讲述这件事。"

黑死病以及随后的劳动力短缺，加剧了靠土地盈利的人和实际耕种土地的人之间久已存在的社会矛盾和紧张状态。高厄在修改他的拉丁文诗歌《呼号者的声音》时加进了一段寓意性叙述，表面上是写野兽到处乱跑，实际上是写一伙愤怒的乡村暴民闹事。高厄那些享受社会特权的最初读者很容易看出，他是在尖锐地、反感地影射一三八一年夏天发生的令人震惊的农民起义（Peasants' Revolt）。这次起义是英国中世纪历史上行动最一致的、最具破坏性的公众起义。它曾不断地、令人困惑地阐明一些受民众欢迎的布道者首先提出的问题:“古代亚当锄地，夏娃织布，/ 那时有谁是乡绅？”统治阶级强迫广大劳动阶级缴纳极其不得人心的人头税，这可能是激发起义的直接原因，但那些能言善辩的起义领袖也把国家治理不当和剥削归结为起义的更深层原因。起义者在六月份短暂占领伦敦期间，把教会和国家那些不得人心的资深代表拉出伦敦塔立即处决；激进的神甫约翰·鲍尔（John Ball，卒于 1381 年）在布莱克希思对集会的人群讲道，阐述抛弃“农奴制的枷锁”是符合社会正义的。这位约翰·鲍尔不仅从早期基督徒的原始共产主义实践中，也从当时持不同宗教见解的神职人员的教导中，甚至从朗格兰《农夫皮尔斯的梦幻》的预见性社会神学见解中，找到了证实自己论点的材料。农民起义于同年六月底失败之后，一般的起义支持者们四散而逃。起义领袖们，包括约翰·鲍尔，受到王家司法部门的追踪，遭到审判和处决。但是从那以后，没有再恢复人头税，英格兰的平民（不同于法国平民）再也没有成为直接征税的对象，那种直接征税制曾免除第一阶级和第二阶级的纳税负担。至今仍有人认为，这场瘟疫中人口的灭绝，再加上人们对再次发生十四世纪那样的大起义的恐惧，造成了更长期的政治后果：逐步推行更大程度的社会流动制度。随着十四世纪的进展，英格兰的贵族渐渐不愿意把自己定义为一个封闭的、分离的、独享特权的阶级，在这一点上他们不同于欧洲大陆的贵族。从此以后，英格兰虽不乏独特的统治阶级，但这个统治阶级是开放的，也从下层招收人才，比较顺应社会和意识形态的变化。

十四世纪末期，教会也因社会和信仰的不稳定性而深受影响。因黑死病而减员的教区神职群体，似乎不仅在数量上而且在质量上都衰落了。尽管神职人员道德和学识上的缺点一向是文学作品批评的缘由，但这些缺点仍给某些英格兰的观察家留下了特别深刻的印象。如果说僧侣、托钵会修士和攀附教会权势者的世俗观念是乔叟讽刺的对象，那么教区神职人员更令人担忧的不称职现象则成了朗格兰诗歌中经常出现的主题。虽然没有多少有教养的英格兰人对教会所定义的基督教基本真理表示怀疑，但是更多的人则随时准备质疑教会委派的代表的地位、权威和行为。十四世纪末十五世纪初，神学家和自诩的宗教改革者约翰·威克利夫（John Wyclif，或Wycliffe，约1330—1384）的著作在质疑宗教机构、宗教事务和宗教统治集团方面起了重要的作用。威克利夫攻击教皇滥用权力和教会收益，批评僧侣和托钵会修士们出卖特赦权并过着寄生的生活，这些观点似乎得到了许多在其他方面均持正统观念的教徒的同情。然而他对更加基本的神学观念（如天主教会及其教长的地位、权威和特殊尊严等）的质疑，使他与罗马教皇和英格兰教会统治集团发生了直接冲突。后来威克利夫又直截了当地谴责变体论[1]，认为变体论在哲学上是不健康的，可能助长迷信；由此可看出，他在神学方面如履薄冰，处于易受攻击的最危险境地。在一三八二年的黑衣修士会议上，与会者对威克利夫和他的追随者们正式表达憎恨，只是由于理查王的叔父冈特的约翰（John of Gaunt）提供了

1 变体论（The Doctrine of Transubstantiation），天主教会自十二世纪起提出的一种神学理论，谓举行圣体仪式时所用的饼和酒会质变成耶稣的肉和血。

有力的保护，他才免遭冒犯教会可能导致的可怕的世俗后果。威克利夫退休期间在莱斯特郡卢特沃斯的寓所平静辞世，但是到了一四一五年，康斯坦茨宗教会议宣布他的教谕为异端邪说，之后他的尸骨被挖出焚烧，骨灰被撒入斯威夫特河。然而他的英国信徒们，人称“罗拉德派”（Lollards），继续宣传他曾一再强调的信念：《圣经》是宗教的唯一权威，尽管十五世纪有人力图排除《圣经》的教谕。

威克利夫曾被他的同代人普遍地（尽管是错误地）视为那次农民起义的鼓动者，后来又常常被称颂为十六世纪宗教改革运动最重要的英格兰先行者，但他本人并不是真正的民粹主义者。他遗留下来的几乎全是用拉丁文写的著作，给人的印象是：他是一个持不同见解的学者，而不是一个致力于煽动不成熟的改革运动的人，也不是一个发动人民攻击已被接受的宗教正统观念的人。然而他确实在一个很有意义的领域里深刻而长远地影响了整个国家的生活。那就是他（用拉丁语）号召人们把《圣经》翻译成英语。十四世纪八十年代，威克利夫的门徒赫里福德的尼古拉（Nicholas of Hereford，约卒于 1420）和约翰·珀维（John Purvey，约 1353—1428）承担了把（存在讹误的）《通俗拉丁文本圣经》（即“武加大译本”）翻译成英语的任务。这一重大项目足以赢得伟大的捷克改革家扬·胡斯（Jan Hus，约 1372—1415）的衷心赞誉（他不会说英语），也受到同时代一位英格兰编年史作家的称赞（他认为“向平教徒甚至识字的妇女”开放《圣经》是件很有意义的事），但是这个英译本尴尬地反映了原通俗拉丁文译本的许多不确切之处及其拉丁文节奏。尽管“威克利夫的”译本颇具历史意义，但一直被公正地批评为“译本之译本”。它的真正重要性不仅在于间接强调了英语作为传达《圣经》的合适媒介的地位，而且在于激励了十六世纪和十七世纪初同样有决心并更加博学的翻译者们。

## 导读

这篇译文出自英国当代著名文学评论家安德鲁·桑德斯的专著《牛津简明英国文学史》(修订本)第三章。该章标题为《文艺复兴与宗教改革:一五一〇年至一六二〇年的文学》,共分十五节,本篇是第十三节。

在这一节中,作者介绍了英国著名戏剧家本·琼生以及与他同时代的五位戏剧家,评论了他们的主要剧作。他重点探讨了本·琼生对喜剧艺术的发展做出的重要贡献。文章语言简练,内容精深,分析透彻,见解独到。

这篇文章翻译起来比较困难。首先,文章涉及的历史文化背景和作家作品较多,我们不可能都熟悉,所以需要认真查找相关资料。其中的引语和作品片断更是翻译的难点,必要时需查阅原著,了解其语境。第二,由于文章是论说文体,句与句之间,段与段之间都有严密的逻辑关系,翻译时要特别注意上下文之间的联系。第三,为了透彻说明问题,作者使用了许多结构复杂的长句,翻译时要分清主次,恰当安排,以防译文松散。第四,作者采取了夹叙夹议的方法,有时仅靠一个名词、一个形容词或一个副词便表明了态度，翻译时要仔细体会，不可忽视。

# 本·琼生与喜剧艺术[1]

本杰明·琼生（Benjamin Jonson, 1572—1637）在以伦敦为背景的喜剧《巴塞洛缪节集市》(*Bartholomew Fair*, 1614 年上演，1631 年出版）的《演出前言》里，让扮演他的文书（即抄写员）的男演员宣告，这部即将上演的新剧将是“快乐的，像体育比赛一样喧闹，其创作目的是愉悦所有的人，而不是冒犯任何人”。这一前言开创了演员与非演员之间的渗透，以及幻想与现实之间的相互作用，整部喜剧都是以此为基础的。该剧还引进了批评当时观众欣赏情趣的旁白。这位文书在提到基德的《西班牙悲剧》和莎士比亚最早的也是最有血腥气的一部悲剧时宣告：“凡是仍断言《赫罗尼莫又疯了》或《泰特斯·安德洛尼克斯》是迄今为止的最佳戏剧的人，在这里将毫无例外地被视为做出一成不变的判断的人，他的判断在最近二十五年或三十年间没有改变。”他故意夸张地指出，这两部十六世纪九十年代写的充满浮夸语言的悲剧早已过时，并暗示古老的戏剧样式现在该

1 原载于《牛津简明英国文学史》（修订本），人民文学出版社，2006 年。2021 年 3 月修改。

废止了（尽管这可能是个讽刺性的建议，因为据说琼生年轻时扮演过赫罗尼莫，后来在重新上演基德这部剧时又增写过台词）。然而这位文书接下来对莎士比亚后期逐渐发展起来的悲喜混合剧的演出风尚所做的评论，可就不那么迁就宽容了。《冬天的故事》《暴风雨》以及诸如此类的滑稽剧“被轻蔑地视为有失体统；它们凭空杜撰，有悖常理，而且受到‘跳吉格舞和华尔兹舞的强烈欲望’的庸俗破坏”。

然而，并非只有莎士比亚一个戏剧家迎合公众的要求，表现浪漫的逃避现实思想，并给琼生所批评的那种有潜在悲剧内涵的戏剧加上皆大欢喜的结局。约翰·弗莱彻（John Fletcher, 1579—1625）在他的希腊田园诗剧《忠贞的牧羊女》（*The Faithful Shepherdess*，约1608）的序言《致读者》里强调：悲喜剧并不是因为把欢乐与谋杀结合在一起才得名的，而是因为它回避死亡，“这足以使它不成为悲剧，但又使某些方面接近悲剧，这样又足以使它不成为喜剧”。悲喜剧表现“亲近的人们”之间的苦难和欢乐；尽管菲利普·锡德尼爵士在《为诗辩护》里对悲喜剧进行了苛刻的批评，但这种剧能把高雅与平凡愉快地结合在一起（“在悲喜剧里，上帝就像在悲剧里那样合法，自私的人就像在喜剧里那样合法”）。弗莱彻与几位作家，特别是与弗兰西斯·鲍蒙特（Francis Beaumont, 1584—1616）亲密合作并取得了成功；他用多种戏剧模式进行创作，逐步发展了一种特别的戏剧，其特点是把阴谋与浪漫、爱情与危险、牧歌与抒情诗结合起来，这种结合是多样化的而且有时是令人惊讶的。他的悲喜剧都反映了锡德尼的散文体田园传奇及其意大利范例的风格，都采用了皆大欢喜的结局模式，这种结局暗示：就是在不完美的世界里美德也能得到完美的报偿。鲍蒙特和弗莱彻合写的《高等法院法官，或爱情在流血》（*Philaster, or Love Lies a Bleeding*，约1609），其情节显示，不公正的状况得到扭转，灾难得到避免，继承人一旦采取伪装便恢复了自己的权益，故意制造的误解最终得到消除。在弗莱彻和鲍蒙特合著的《国王与非国王》（*A King and No King*，1611）里，阿巴瑟斯国王与他所谓的妹妹的乱伦爱情，以及他制定的可能导致悲惨结果的谋杀、强奸和自杀计划，竟烟消云散了，这是机缘巧合，也是必然，因为他及时了解到，自己事实上既不是国王，也不是那个女子的哥哥。费莱彻与莎士比亚合写的《两个贵族亲戚》（*The Two Noble Kinsmen*，1613）以乔叟的《骑士的故事》为素材，以便重述一个关于骑士间的较量、令人烦恼的人际关系和突然发生的逆转的故事。然而忒修斯公爵在最后的一段台词里，对命运的无常进行了显然非乔叟式的深思，这种深思有可能恰当地出现在这类悲喜剧的任何一部的结尾。在忒修斯公爵看来，可以把这出戏中的悖论和令人困惑不安之处，解释为反映了命运的不可测和上帝裁决的及时性："啊，你们这些天国的迷人精，/ 把我们塑造成了什么样的人！我们为匮乏 / 而大笑，为富有而遗憾；我们 / 仍然是某种儿童。让我们感谢 / 为了……"

弗兰西斯·鲍蒙特的喧闹的滑稽讽刺剧《以炽热碾锤为标志的骑士》（*The Knight of the Burning Pestle*，约1607）明显不同于他与弗莱彻合写的那些悲喜剧。这部戏剧的背景是现代伦敦，而不是想象中的类似阿卡迪亚的山林；该剧开场时，黑衣修会剧院正在上演一出文雅的话剧，突然间一个粗野的公民和他的妻子打断了序幕，他们要求演员们表演更适合他们这些中等文化程度的人欣赏的剧目。

这位自负的杂货店老板声称：大多数现代作家出于有教养人的偏见，时常讥讽有所作为的伦敦商人，使他们义愤填膺；他建议：从伦敦过去和现在的商业成就当中，大概能找到更适合戏剧表现的题材。这位杂货店老板还希望在剧中能给他的徒弟、自以为是的业余演员雷夫留一个角色。就在这些公民的要求得到满足，雷夫也登上舞台之时，骑士精神与商业先是被迫不协调地结合在一起，最后被迫达成了不能使人信服的友好和解。虽然《以炽热碾锤为标志的骑士》最初没有受到观众的欢迎，但该剧生动地说明了城市习俗和城市人物对十六世纪晚期和十七世纪早期以伦敦为创作基地的喜剧作家们选择题材起了多么大的决定性作用。

非浪漫喜剧以《拉尔夫·罗伊斯特·多伊斯特》（*Ralph Roister Doister*）一类戏剧为开端，这个剧种自从笨拙地登场以来，已经在戏剧的复杂性和相互参照方面取得了很快的进步。《老妇人的故事》（*The Old Wives' Tale*，约 1590—1595）是集古罗马喜剧作家普劳图斯的戏剧成分和现代英格兰民间戏剧成分于一体的混杂戏剧，也是罗马风格和乡村风格的融合体；这部剧体现了作者乔治·皮尔（George Peele, 1558—1596）对逃避现实的“田园剧”时尚所做的讽刺性评论。托马斯·德克（Thomas Dekker，约 1570—1632) 创作的《鞋匠的假日，或关于文雅手工艺的快乐喜剧》（*The Shoemaker's Holiday, or A Pleasant Comedy of the Gentle Craft*, 1599—1600），把古罗马城市喜剧移植到现代商业发达的伦敦，比《老妇人的故事》更有条理、更具体。德克与在他之前的德洛尼一样，非常具体地表现诚实的劳动和受人尊重的手工业是现代联邦国家健康成长的关键。这出戏的背景是亨利五世对法国作战时期，剧情强调了许多伊丽莎白时期的商人很可能会认为是不言自明的但很具革命性的社会真理：绅士与熟练工匠享有同等尊严。《鞋匠的假日》的主人公西蒙·艾尔上升到了伦敦市长的职位，取得了基本上属于中产阶级的尊严，但他的女儿罗斯却嫁给了林肯伯爵的亲戚。然而，尽管国王准备承认"爱情不尊重血统"，但在艾尔看来，宫廷与手工业的结盟是不平等的。"那些身穿丝绸的家伙不过是虚饰的形象而已，是局外人，局外人"，他竭力对自己那一心向上爬的女儿强调说："什么？这'文雅的手艺'是一种谋生手段，一个人能靠它走遍欧洲，走遍全世界！"

职业自豪感、"暴发户"的一意孤行，以及世代之间和阶级之间的喜剧性冲突，在托马斯·米德尔顿（Thomas Middleton, 1580—1627）的三部伦敦喜剧里也有突出的表现，这三出戏是《我的先生们，这是个疯狂的世界》（*A Mad World, My Masters*，约1605—1607）、《妙计捉老者》（*A Trick to Catch the Old One*，1605）和《齐普赛德的贞洁姑娘》（*A Chaste Maid in Cheapside*，1611）。然而对米德尔顿来说，社会的反常现象、新的重商主义价值体系，以及金钱与色情的等价，显示了城市社会的腐败。在每出戏里，靠诡计行骗的人不得不被比他们更有计谋的人击败，那些既缺少灵气才智，又缺少完整人格的老人，被年轻人用智慧战胜。事实证明，足智多谋是抵御专制压迫的最佳手段。在《妙计捉老者》里，米德尔顿表现西奥多勒斯·维特古德（Witgood，含义是：他的敏锐才智是神赐的）制服了两个"老者"，一个是在伦敦放高利贷的叔父皮村尼厄斯·卢克（Lucre，意为"金钱"），另一个是吝啬的沃克丁·霍德（Hoard，意为"聚财"）。维特古德从前者那里夺回了失去的遗产，从后者那里夺回了新娘。《奇普赛德的贞洁姑娘》一剧的情节不像《妙计捉老者》的情节那么依赖于才智，但它同样表明了剧中人对金钱、情色和地位的关注。一个被恰当地命名为耶洛海默（Yellowhammer，意为“黄锤”）的伦敦的金匠，及其妻子莫德林，企图保住自己新得到的社会地位，因此把女儿莫尔·耶洛海默嫁给了爵士沃尔特·沃杭德（Whorehound，意为“追逐妓女者”），此人有更高的社会地位，尽管道德水平不高（正如其姓氏所示）。莫尔·耶洛海默最后彻底战胜了他们，与一个自己选中的家道败落的绅士私奔了。与此同时，耶洛海默夫妇决定让正在上大学本科的儿子与一个富有的威尔士寡妇联姻（莫德林强调说“是啊，肯定，威尔士一个巨富，/ 至少继承了十九座山脉，/ 除了她的商品和牛羊以外”）。后来真相不幸被揭露出来，原来这个寡妇只不过是沃尔特爵士的妓女。米德尔顿在全剧自始至终揭露了装腔作势、错误的估价和无望的期盼。他笔下的中产阶级耶洛海默夫妇因庸俗地趋炎附势而犯了错误（例如，他们给在剑桥大学上学的儿子寄去一把金汤匙，“让他在餐厅里在平民出身的先生们面前用金汤匙喝肉汤”），而他笔下的有绅士风度的沃杭德则既缺乏荣誉感又缺乏道德准则。这三出戏的皆大欢喜的结局，固然能让青年恋人们表达胜利的喜悦，但同时也让人们因装腔作势的人、傻瓜和坏人大丢面子而狂喜。

菲利普·马辛杰（Philip Massinger, 1583—1640）从 1616 年左右就开始与弗莱彻正式合作，他在后期创作的公民喜剧里注入了自己与众不同的绅士见解，因而在很大程度上缓和了米德尔顿式的粗鲁讽刺。《新法还旧账》(*A New Way to Pay Old Debts*，约 1625—1633)遵循《妙计捉老者》的先例，把绅士的风趣和慷慨与中产阶级的虚伪和自私进行对比。《城市太太》(*The City Madam*，1632—1658)一剧也是如此，不过不如前者深刻。在长时间走红的《新法还旧账》里，巧取豪夺的爵士贾尔斯·奥弗里彻(Overreach，意为“诈骗”)被人施以计谋，不得不把夺到的财产还给了他的外甥韦尔伯恩(Wellborn，意为“出身高贵”)，并给他恢复了名誉。这出戏围绕着出身高贵的人与靠不正当手段获取财富的人之间的斗争展开，取得了良好的效果。韦尔伯恩不仅恢复了应有的社会地位，而且被任命为军队的连长；他的新赞助人洛弗尔勋爵娶了贵族女子奥尔沃斯(Allworth，意为“价值连城”)为妻，而受了捉弄的暴发户奥弗里彻则因绝望而发疯，最后被强制送进了精神病院。在《城市太太》里，这种传统的秩序也取得了成功。鲁克·弗鲁格尔(Frugal，意为“节俭”)在生性善良的哥哥约翰·弗鲁格尔爵士自称去隐修院修行后，代其照顾有强烈攀比愿望的家眷，事实证明鲁克是个可怕的压迫者，像莎士比亚的安吉洛一样(马辛杰大概知道《一报还一报》这个剧)。然而鲁克按照要求使这个家族恢复了原有的正常秩序；这家的真正主人回来时，也被家人视为解放者和揭露虚伪者，受到了欢迎。在约翰·弗鲁格尔爵士看来，家庭秩序如此得到恢复有一定的含义，那就是他的家庭成员今后应该知道自己在社会的、两性的和经济的等级制度中处于什么样的地位，他让他的妻子“教导/我们的因财富而傲慢的城市太太们，要在/自己的圈子里活动，并情愿承认/……‘在城市和宫廷之间’是有距离的”。在马辛杰看来，规整的喜剧结尾似乎要求回复到原先的状况。男性家长重新恢复了对全家的管控，暴发户屈从于绅士的意旨，祖传的富户比暴发户更加光彩。

本·琼生的城市喜剧比他的同代作家和模仿者的作品更丰富，更咄咄逼人，也更具颠覆性。无论琼生写的宫廷消遣节目、宫廷假面剧以及他写给著名贵族的诗歌在多大程度上表达了他对君主统治原则和贵族赞助制的尊重，他的戏剧揭示，他是一个既不尊重个人又不尊重权威的不顾后果的人。他的喜剧在人物塑造方面是丰富多彩的，情节构思也特别有条理。他的早期喜剧嘲笑荒谬、古怪和言行不一，他把这些概括为“癖性”，而他在十七世纪初始年间以严肃的态度精心创作的戏剧，则更直接地表现权力与操纵他人的行为。他的主人公们虽然以自己天生的才智取得了荣耀，可是他们的雄心包含固有的缺点，正如古代那些一意孤行建造巴别通天塔的人们所怀的雄心那样。琼生笔下的人物就像巴别塔建造者一样被语言所困扰。特别是在《炼金术士》(*The Alchemist*)一剧里，自私自利的思想、自我中心主义、专业行话、私人隐语，都妨碍剧中人听懂别人的话并做出恰当的反应；诸多人物各有独特的声音、个人语言和表达方法，靠这些把他们有效地区分开来。他们可能一时找不到恰当的词语，但更关键的是，他们可能迷失在词语里。

琼生惯于以书面和口头形式宣告自己的文学旨意，他在自己的笔记和反思杂集《素质，或关于人和礼仪的发现》(*Timber, or Discoveries Made upon Men and Manners*，遗稿于1640年出版）的一篇里一再强调，希腊人认为喜剧与悲剧同样尊贵。他补充道，喜剧作家被视为道德教员，“丝毫不比悲剧作家逊色”。他批评说，现代戏剧观众一直未能理解“哄堂大笑”对于喜剧来说并不重要，而“公正、真实、清楚、直率”才是最根本的。琼生的《人人高兴》(*Every Man in His Humour*，又译为《人各有癖性》)一剧的第二种版本，发表在一六一六年印行的对开本作品集里，在该剧的《序幕》中，他也是力图阐明自己剧作的特点，以应对公众低俗的欣赏情趣。他声称他“讨厌”一种戏剧，这种剧让“一个尚在襁褓的婴儿长大成人，然后像野草似的往上蹿，/很快就过了六十岁”，这种剧还“用三把生锈的宝剑”重演“约克公爵与兰开斯特公爵之间的长期争战”。他自己的剧将不会有表达歉意的合唱，不会有布景效果，也不会有预示不祥的音响。他的剧宁可使用

……行动和语言，如人们常用的那种，
并使用人物，如喜剧会选择的那种，
在她要展现某时代的一个形象时，
在她嘲弄人类的愚行而非罪行时。
除非我们这样表现，是因为仍偏爱
我们常人犯的错误，尽管它们有害，
我指的是你们都会忏悔的那些错，
嘲笑它们，它们的价值不会低落……

这是一种宣告戏剧新时代即将到来的努力，这个新的时代将要摈弃矫揉造作并代之以朴素的语言，将要进行颠覆而不是进行对抗，将要承认戏剧可以表现一种共通的有缺陷的人性，而不是拔高和孤

立悲剧英雄。

琼生的《人人高兴》的修改稿本身就是给读者发出的信号，说明他个人策动了一场革命。该剧第一稿在一五九八年首演，演员表上有莎士比亚的名字，剧的背景是佛罗伦萨，人物有意大利语姓名。一六一六年该剧再次上演时，就成了绝对是伦敦的话剧，作者把第一稿里洛伦佐父子的姓氏换成了诺韦尔，把马斯科的名字换成了布雷沃姆，把伯巴狄拉的名字翻译成十足的英语人名伯巴狄尔，并将其塑造成一个"圣保罗人"，即经常出入于一度公众云集的圣保罗大教堂中殿的一个懒散的专业"浪荡子"。这部"英国版的"《人人高兴》并不仅仅嘲弄人类的愚行；它精确地研究了一种心血来潮的过分行为，琼生相信这种过分行为干扰了人间事物的平稳的和理性的发展，过分的行为也决定了琼生四部最微妙多样和富有生气的喜剧的性质，这四部喜剧是：《沃尔蓬》（*Volpone*，1605—1606）、《阴阳人，或安静的女人》（*Epicene, or the Silent Woman*, 1609—1610）、《炼金术士》（1610）、《巴塞罗缪节集市》。《阴阳人，或安静的女人》集中表现"不喜欢噪音的绅士"莫罗斯对于安静的痴迷。无论莫罗斯个人所进行的斗争在二十世纪的观众看来多么正确，多么符合生态学的需要，但在十七世纪的观众看来，他被塑造得极其荒唐。他痛恨城市生活里的基本声音，如钟声、谈话声、街头叫卖声、马车的车轮声，以及偶尔响起的礼炮声。他力求从人类社会隐退到自己一个人的自私安全的小天地里（"除了我自己的声音以外，所有的说话声都使我痛苦，它们似乎是刺耳的、无礼的、令人烦恼的"）。莫罗斯成了一个怪癖的遁世者，成了那些公开揭露他的遁世行为并让公众嘲笑他的人的上好猎物。为了刁难他的侄子,他娶了一个“安静的女人”为妻，但他先是发现这位新娘是个唠叨不休的泼妇，最后才发现此人根本不是什么新娘，而是一个穿着姑娘服装的男孩子。这部喜剧的结尾具有令人不安的歧义，不是关于这个条理清晰的婚姻故事，而是关于必要的离婚，关于被莫罗斯剥夺了继承权的侄子多芬尼·尤金爵士（又一个“出身高贵”的继承人）得到钱财的正当理由。

《炼金术士》集中表现的不是可爱慕的专门揭露愚行的施诡计者，而是使人变成傻瓜的职业骗子。该剧开头是一场喧闹的争吵（“我要放屁熏你”“我要把你剥光”“我要用好胶水 / 粘你的丝绸衫”），然后通过实施一系列精心策划的阴谋让情节很快发展；在第三幕里，剧情加速进展，似乎要发展成一场不可避免的灾难；但琼生没有让这个阴谋得逞，而是让它缓解，从而阻止了灾难的发生。虽然这出戏的整个事件局限在伦敦黑衣修士地区的一所房子里，但正如黑衣修士剧院当初的观众们一定会猜想的那样，该剧展现的是更大范围的伦敦，包括观众经历中的伦敦和期望中的伦敦。在最后一幕戏里，当炼金术士“微妙”（Subtle）从舞台上消失的时候，作者让观众想象他已逃到更大范围的伦敦去了，正在那里寻找更多的易欺之人（他过去的助手“脸面”[Face] 确实主动承诺“看在老熟人的面上，不时地”给他打发去一个顾客）。在事件发展过程中，“微妙”和“脸面”成功地欺骗敲诈了城里容易上当受骗的各色人等（沉湎于美食的爵士“贪财”[Mammon]、卖烟草的“毒贩”[Drugger]、赌棍“暴躁”[Surly]，以及两个自以为正义的清教徒——“有益的磨难”[Tribulation Wholesome]和他的执事“欺骗者”亚拿尼亚[Ananias][1]），但是剧的末尾给我们的感觉是：下一个受害者可能就在这个剧场里，就坐在我们身边。《巴塞罗缪节集市》一剧的背景是伦敦过去著名的“八月集市”，在剧中琼生也使用了类似的令人忧虑的效果。巴塞罗缪节集市，连同其多功能的娱乐活动（例如，厄休拉卖烤猪肉的帐篷同时也是饭馆、厕所、妓馆，在那里“你可以享受到妓女，还有猪的尸体，先生，两样都是滚烫的”），实际上就是伦敦的城外之城，它不受约束，具有狂欢节气氛。那些试图约束它，说它的坏话，或嘲笑它的人，无论是法官“亚当·过分”（Adam Overdo），还是清教徒“国之热情·繁忙”（Zeal-of-the-Land Busy），还是风流男子“争吵”（Quarlous）和“赢妻”（Winwife）都身不由己地卷入了集市中诸多逆转事件、暧昧事件、惊奇事件以及角色转换之中。在该剧末尾，人们劝告正无所适从的“过分”：“要记住你不过是个亚当，是个血肉之躯！”“你有你的弱点；忘掉你的姓氏‘过分’吧，请我们大家吃晚饭吧。”他没有办法，只好同意了。

《沃尔蓬，或狐狸》（*Volpone, or The Fox*）是琼生的最富野性的一部喜剧。尽管它的标题涉及动物，而且有一组以意大利语动物名来命名的人物（“狐狸”“麻蝇”“兀鹫”“乌鸦”“渡鸦”），但它从不把人贬低成动物或纯粹的概念。该剧中具有美德的人物西莉亚（意为“神圣”）和博纳里欧（意为“好人”）虽然可能像小人物一般行事，可能口头上总挂着关于道德的陈词滥调，但他们引发我们思考：在这

1 亚拿尼亚，基督教《圣经》故事人物，因伙同妻子私扣变卖田产之所得欺哄圣灵而死。他的名字也就有了“欺骗者”之意。

样一个特别邪恶的世界里，“正直”又如何能用其他方法表达自己呢。《沃尔蓬》里的威尼斯城绝非宁静之地。那里的商人肆无忌惮，追逐私利；那里的丈夫唯利是图，粗暴无礼；那里的律师撒谎腐败；就连去那里访问的人都把那个城市的装腔作势误认为是老练成熟。在作者精心设计的沃尔蓬的开场白里，所有的价值观念都被颠倒过来或暴露出来，以便重新定义：

> 早安，新的一天；早安，我的金子，
> 打开圣坛，让我朝见我的圣人。
> [ 莫斯卡拉开帘子，露出几堆金子 ]
> 万福，世界的灵魂；万福，我的灵魂！
> 看到你的光辉竟使太阳黯然，我比
> 生机勃勃的大地见到久违的太阳
> 透过白羊星座的尖犄角还要高兴；
> 金子躺在我的其他藏品中间，就像
> 黑夜里燃的一束火焰，又像在黑暗
> 悉数逃往中心时冲出混沌的白昼。
> 啊，你虽是太阳神之子，但你比父亲
> 更光辉灿烂，让我怀着崇敬的心情
> 亲吻你吧，并亲吻这神圣的房间里
> 所有神圣宝藏之中的每一件圣物。

沃尔蓬炫耀他的财富，正如威尼斯城在鼎盛时期炫耀自己的财富一样，他像这座城市一样感到自豪，“与其说是为高兴地占有了财产/不如说是为用狡猾手段购置了财富，/因为这一切都不是用普通方法得到的。”然而他却承认金子颠倒了异教传说和基督教《圣经》中的隐喻；金子窃夺了大自然的光彩和爱情的欢乐，甚至使地狱“再加上你”就有了天堂的价值。沃尔蓬不是马洛笔下的那种局外人，不是雄心勃勃的知识分子，不是冷漠聪明的暴发户（不像“微妙”）；他是贵族阶级的局内人，有一种特殊才能，善于挖掘重商主义贪婪本性中更加阴暗、更加被动的一面。最重要的是，他是一个具有创造活力的人，他成功地扮演了一系列角色（富豪、病人、江湖骗子、乐师、诗人、恋人）。但是他最后在一个（诡诈程度仅仅稍逊于他的）法庭的逼迫下成了他曾伪装过的那种长期卧床病人。《沃尔蓬》中的威尼斯城所行的正义并不是《威尼斯商人》一剧所维护的那种理想。然而戏剧家琼生与他所“敬爱的”莎士比亚不同，他那既不相信浪漫传奇又不相信政治理想的倾向似乎要大得多。

## 导读

这篇译文出自《诺斯罗普·弗莱文论选集》，是《批评与环境》一文的第三部分。

诺斯罗普·弗莱（1912—1991）是加拿大著名作家、文学理论家、文化批评家。他开创了神话—原型批评理论，最重要的著作是《批评的解剖》。弗莱被誉为二十世纪英语国家文学传统中最重要、最有影响的批评家。《批评与环境》原系弗莱于 1981 年 8 月在美国亚利桑那州坦普市召开的现代语言与文学国际联合会的年会上所作的演讲。

在这篇译文里，作者论述了加拿大的独特环境、加拿大文学与美国文学的本质区别。他指出："文学越是严格限定在其环境中，就越会产生普遍的感染力。"他提出了一种新的批评理论，并探讨了大众传播媒介的发展所产生的正面和负面影响。翻译时要先了解相关的文化历史背景，翻译过程中要注意再现文章的逻辑关系。

# 批评与环境（节选）[1]

## 三

加拿大文学发展的困难之一，在于国土过于辽阔，成分又太复杂，因此很难将其设想成一个整体。换句话说，认为文化随政治和经济而发展的说法是讲不通的，至少就其简单化的形式而言是如此。政治和经济的发展呈现集中的趋势，并建立起越来越大的实体，如不同国家的机构合并成全洲的大集团。可是充满想象力的艺术创作却多少有点像植物的生长。需要扎根于土壤，需要有具体的生态环境。经济发展集中化，文化发展分散化，这种截然相反的动向，使得二十世纪对批评家来说，变成一个既充满困难又富有吸引力的时期。现在回顾起来，我们就可以明白，十九世纪加拿大的作品之所以显得空洞无物，是由于人们总想把文化的发展附属于政治的发展；而今天则出现了相反的却同样荒谬的做法，就像分裂主义运动和新

1 原载于《诺思罗普·弗莱文论选集》，中国社会科学出版社，1997 年。2021 年 1 月修改。

法西斯主义运动那样，让政治运动服从于文化运动。

二十世纪的前半期，加拿大一心一意想成为一个单独的国家；不料刚变成这样的国家，现代世界的国际化趋势便接踵而至。意味深长的是，这股趋势给加拿大文化带来的好处，远远超过它给我国生活的其他方面带来的好处。在这种背景下，隐约地显现出另一条可能存在的文学批评原理：因为我们虽不知道什么社会条件能产生优秀的文学，但我们至少没有理由认为上述社会条件是良好的条件。今天，加拿大经济和政治的发展已达到一个充分成熟的西方民主国家的水平，但它的文化却处在一个正在兴起的国家的阶段上。不妨换一种说法，那就是：当加拿大的经济日益混乱、政治领导日趋分裂之际，它的文化却变得空前活跃和丰富多彩。

最近二十年间，加拿大英语文学出现了文字大爆炸，作品数量的猛增导致了或包含了其质量的变化。加拿大文学批评家乔治·伍德科克在评论 1960 年至 1970 年间我国的英语诗歌时，发现自己面临上千部诗歌著作，还不算收各家诗作的选集。当然，这并不是说这些书通统都是由具有偿付能力的出版商出版的；因为其中多数书的印行已构成一个“抗衡出版社”了。“抗衡”一词的多层含义容我在下面解释。文学作品的这种增长大部分是社会分散化运动的副产品，在小说创作上尤其如此。随着过去默默无言的地区相继都形成各自的想象天地，我们发现，若从文化方面来讲，“加拿大”其实成了西起温哥华、东至纽芬兰的阿瓦龙半岛之间许许多多小小的地区的聚合体。在加拿大，人们一直紧扣美国文学的脉搏，而美国文学本身就具有浓厚的地域性。文学越是严格限定在其环境中，就越会产生普遍的感染力，看来这是文学的一条规律。福克纳描写的是密西西比州他那个名字诘屈聱牙的县份，却得到了瑞典的诺贝尔奖；可是描写现代人窘境的小说家们却徒劳无功。

尽管如此，美国文学虽然由新英格兰文学、密西西比文学及其他二三十种文学凑成，却无损其美国文学的特色。同样，如今加拿大英语区已拥有一种在想象力方面具有一致性的文学，这点已得到国外承认，所以加拿大作家的作品不仅在国内畅销，也在德国及意大利畅销。在我的学生时代，加拿大文学在本国的大学中受到忽视，但今天，它已成为学术界的一项重工业了。这种变化产生的积极而重大的结果在于，让我国当代作家们意识到，他们创作的作品后面还有一个文学传统，从而使他们的作品全方位地承继这一传统；而没有这种承先启后的关系，任何文学都不可能趋于成熟，不管它以前曾有过多么优秀的作品。

上面我们一直在谈论传统形式的文学批评，那是把批评视为文学这台机器上的一种随动装置。根据这种观点，在诗人和小说家创作出作品后，由批评家去评论、解释它们，然后销售给读者中关心学术研究的人士。这种文学批评观总使我想起查理·卓别林的一部早期电影，影片中卓别林扮演一名马路清扫工，当时还没有汽车，他疲惫不堪地紧跟着马车，一条又一条街地扫马粪；上述批评观已属于一百年前的陈货了。可是它像一些其他过时的观念一样，至今阴魂不散。我过去认识一些大学同事，他们本可以成为优秀的学者，但都不得已而去当了平庸的诗人或小说家，因为他们的理性要求他们仅仅关心文学的首要的即“创作的”过程。谁也不会否认，对业已形成的文学作品进行评论，仍是文学批评的主要功能，但鉴于最近二十五年来语言学和符号学的长足发展，学术界早该提出新的文学批评观了。

我在本文开头曾提到关于加拿大发展的“劳伦斯轴线”观点[1]，为这一观点奠定基础的是加拿大经济学家哈罗德·英尼斯（他除了早期出版过一部关于加拿大太平洋铁路的著作 [ 博士论文 ] 之外，还出版了论述加拿大皮货贸易及渔业等若干作品）。史学家唐纳德·克赖顿继承并进一步阐述了这一观点。克赖顿还写了一部英尼斯的传记，或不如说是人物素描。后来英尼斯又对通讯的其他方面产生兴趣。“通信”一词体现在他后期的两部著作的书名上，即《帝国与通信》和《通信的偏见》。他在两书中主要关心书面的通信和交流，即在不同历史时期中印刷机、古籍抄本、小册子、报纸、杂志以及纸张本身、其他书写材料等所起的作用。他在书中表达了一种历史观，即一个统治的阶级总要尽力垄断通讯手段，而且每次权力之争都包括对通讯手段的控制，从而促进一种意识形态查禁或压制与之对抗的其它意识形态。

在我们这个世界里，对通信的控制在有些情况下涉及广告，在另一些情况下则涉及宣传，这需要根据所处的经济背景而定。马歇尔·麦克卢汉有点不太像是英尼斯的弟子，他于 1951 年出版的第一部（我认为最佳的）著作《机械的新娘》，是研究广告业对人们心理

1 作者在本文第一部分提到，加拿大早期的发展模式是从东部的圣劳伦斯湾沿着圣劳伦斯河向西推进的模式，因此称为“劳伦斯轴线”，它代表着一种重商型经济。

的感染力及所引起的反应的书。正如书名所示，它抓住了情欲与机械之间十分奇妙的同一性；二者的等同对我们时代的敏感来说似乎是至关重要的，因为在二十世纪的特定条件下，爱神厄洛斯与死神萨纳托斯紧紧地拥抱在一起了。我手头的这册书被图书馆编为社会学图书，但麦克卢汉是一位文学评论家，不过他在该书的前言中也指出，早就应该把文学艺术中的批评技巧用于分析社会了。

《机械的新娘》虽未专门提到加拿大，但我认为，这本书毕竟是在加拿大写成的，事实上也反映了我国的态度，即对国际事务热衷于观察而不是积极参与其中。英尼斯的一生更加清楚地表明，在如何把批评与其社会环境联系起来这个问题上，加拿大是提出了一些不同凡响的观点的。随着批评不断扩大范围，涉及的题材又趋于多样化，它必然会与通信、交流理论交织成一片；更何况加拿大地域那么大，又如此分散，它从一开始就对通讯手段（不论是软件还是硬件）十分关切——更确切地说，是感到困扰。随着文学的不断发展，文学批评已形成一种从时间上讲与英国文学由《贝奥武甫》直到艾略特、乔伊斯的传统相衔接的文化。若从一种使用古老语言的新文化的角度来看，上述传统就不是一条贯穿古今的传送带，而是一个同时呈现五色斑斓的万花筒，既可供研究，又足资摹仿。鉴于以上情况，我们不禁会想到，当今批评界面临的一项重大任务，是要做到对语言进行概括的考察。

我的主要意思不是指各民族所说的不同语言，以及反映他们不同思想习惯又无法翻译的种种成语。我是指已进入我们日常讲话的语言的不同表达方式，其中许多方式虽已过时，却依然包含着很大的表述潜力。例如，有一种蕴涵十分丰富的隐喻性语言，常见于我们所称“原始”社会的诗歌中，在这种语言中，主体与客体没有明显区分，而其词语都具有直接影响环境的力量。另有一种超越存在的转喻性语言，这类语言见诸于神学或玄学中，是意在言外，另有所指的。还有一种具有客观性供描述用的界限分明的语言，常见于论说文体。更有一种沉思默想的语言，对这种语言来说，一切物体都变成向心合力的焦点，海德格尔的一些后期论文就使用这种语言。尚有一种可称为日常讲话的语言，含义通过其词语迸发出来，并由手势及身势语加以补充，这种语言可以在维根斯坦的晚期作品中观察到。还有一种伪装的僧侣的语言，近似梦中呓语，它以各种令人忧虑的方式渗进清醒的世界。此外，还存在几十种其他语言方式。对语言的上述种种不同方面进行调查，多半已成为今天文学批评中最为活跃的领域；但是这一课题尚停留在狭小的学院圈子里，妨碍着文学批评家充分表达自己的设想，因而无法获得一种掌握内在相互联系的观点。当有一天这种反映相互联系的观点初具眉目时，文学批评便会成为较之今天重要得多的课题了。

麦克卢汉的名字还使我们联想起电子媒介的发展。《机械的新娘》一书问世时，电视还未产生其重大影响，而麦克卢汉与之搏斗时，却忽略了他的“地球村”理论的肯定方面与否定方面之区别。[1] 电子媒介使世界开放，其值得肯定的方面在于，一切为我们所知的时间和空间都同时呈现在我们眼前；否定的方面则是，地球村及其大量的

1　麦克卢汉认为媒介信息已使地球缩小为一个村子，但在《机械的新娘》中，他对通俗文化和媒介事业的产生持有讽刺和批判的态度。

新闻出版事业受到我们文化中泛滥的广告的控制，广告可以轻易地接近我们的反射系统，并以巨大的力量摆布人们的心理。

广告宣传与我们所说的大众文化有着紧密的联系，都要求人们作出被动的反应，并接受未经检验的俗套。“大众文化”一语就其所描述的内容而言，是极易引起误解的，因为它是一种强加于所谓“大众”的东西，而不是大众所创造的文化。若把它称作“流行文化”，显然会引起更大的误解。在二十世纪六十年代的社会骚乱时，人们对此的理解十分混乱，当时为了解释社会上发生的一切现象，有人用了“亚文化”这个迷人的名称，用来指对占统治地位或强加于人的文化进行抗衡的现象。可是事实证明，根本不存在亚文化这类东西；所谓的亚文化无非是大众文化的吸盘，可以很快被后者吸收进去。情况恰好相反，大众文化虽如我们所见受到广告宣传的扶持，又全仗广告控制着电视、新闻及出版才赖以传播，但实际上它是反文化的——这倒不是因为大众文化希望如此或有意如此，而是因为其所处的社会环境就是与创造背道而驰的。因此，文学艺术、电影电视领域一切真正具有创造性想象力的作品，都是依靠其社会功能的辩证力量才能根本扭转其与大众文化的关系。换句话说，我们时代真正的文化都必须对时下文化采取反其道而行之的形式。现在文学批评的一项任务，便是要促进真正文化向其终极目标发展，即针对那帮设计师所造成的荒凉芜秽的环境，去创造一个与之截然相反的环境。

一方面加拿大与美国近在咫尺，深感其大众文化的影响在威胁自己的特性；另一方面，又感到自身与美国很不相同，足以仅把它们视为来自国外的影响。不管怎么说，任何地方大抵都存在这类影响。从文化上讲，我们可能饱尝各种影响，因为人类的一切空间和时间的资源我们都唾手可得。但是我们缺个主心骨，不知道为了什么才去利用这些资源。不同的文化在空间上或时间上都是彼此关联的：孤立的或“湮没”的文化在传奇作品中也许常见，但就我所知，历史学和考古学是不承认存在类似文化的。凡是对我们有价值的事物，都是从不同的个别文化之间的相互冲突和影响中成长起来的。有些文化是以造反的姿态，突破空间的束缚而崛起的，如配力克里斯时的雅典文化[1]及伊丽莎白时代的英国文化，便是分别背叛波斯统治的天下及罗马教廷与帝国称霸的世界而兴起的。有些文化要竭力在时间上重新创造一种文化，如文艺复兴运动便是想重建希腊、罗马晚期的文化。我们都已见到，当今世界中的大多数文化都是在技术的一统天下中，各自在分散的飞地中成长起来，并竞相表达自己的心声的。所有这些文化都曾需要与威胁它们生存的东西进行斗争，可是我们时代实际发生的战争却偏偏使现实的问题更趋恶化。未来文学批评的一项更重大的任务已呈现在我们的视野之中，那就是：充分认识我们的文化与任何其他民族的文化在时间及空间上都是相连接的。意识到制约我们文化的特定条件，然后参与斗争，消除人们意志中阻碍创造力发挥的消极和麻痹的东西。

1 配力克里斯（公元前495—公元前429），雅典政治家。他执政时，希腊文学艺术达到极盛时期。

第四编

# 诗歌

## 导读

这部分选了五位英国诗人和七位美国诗人的诗歌共十七篇，都是广为流传的名作，有古典的，也有现代的；有浪漫主义的，也有现实主义的；有韵诗，也有自由诗。尽管作者们背景不同，思想观点不同，但这些诗歌有两个共同特点：一是语言极其凝练；二是意象极其生动。有些诗歌在平实的语言中蕴含了深刻的哲理，耐人寻味。

翻译诗歌是比较困难的。由于英汉两种语言有很大的差距，再加上诗歌语言要求精炼，韵诗还要求押韵，因此，无论怎样努力，译文也不大可能做到形神兼备。翻译诗歌时可以先把字面意义尽可能近似地翻译出来，字数暂时多一点不要紧，然后再根据自己对内容的深入理解慢慢修改，去掉不必要的词语，或换用更简单、更恰当的表达方式，使译文尽量准确简练。对于韵诗，要参照原文选择合适的押韵方式和韵脚，既可以模仿原文的押韵方式，也可以根据汉语译文的需要改变押韵方式。

# Astrophil and Stella[1]

By Sir Philip Sidney (1554—1586)

## 34

Come let me write, 'And to what end?' To ease
A burthned hart, 'How can words ease, which are
The glasses of thy dayly vexing care?'
Oft cruell fights well pictured forth do please.
'Art not asham'd to publish thy disease?'
Nay, that may breed my fame, it is so rare:
'But will not wise men thinke thy words fond ware?'
Then be they close, and so none shall displease.
'What idler thing, then speake and not be hard?'
What harder thing then smart, and not to speake?
Peace, foolish wit, with wit my wit is mard.

---

1 Andrew Sanders. *The Short Oxford History of English Literature*. Oxford: Clarendon Press, 1996.

Thus write I while I doubt to write, and wreake
My harmes on Ink's poore losse, perhaps some find
*Stella's* great pow'rs, that so confuse my mind.

（1582）

# 阿斯特罗菲与斯苔拉
# （爱星者与星）[1]

[英]菲利普·锡德尼爵士（1554—1586）

## 第三十四首[2]

来，让我写作，“为了什么目的？”为了缓解
　心灵的重负，“词语怎么缓解重负？它们
　不过是镜子，反映你每天的操劳烦闷。”
精心描绘的惨斗场面常会让人愉悦。
“公开你的忧患[3]，你难道没有羞耻感觉？”
　不，此疾患罕见，能让我名声得到提振：
　“可是聪明人不会认为你这些话愚蠢？”
那就秘而不宣，这样谁都不会不愉悦。
　“说出话没人听见，有什么比这更无奈？”

---

1　原载于《牛津简明英国文学史》（修订本），人民文学出版社，2006年。

2　此诗的原文是十六世纪的英语，有些词的拼写与现代的不同。

3　原文第5行和第6行中的disease是双关语。在第5行中意为unease——忧虑、忧患；在第6行中意为disease——疾病、疾患。

受伤害不说出来，有什么比这更难过？
安静，愚蠢的才智，我的才智被你毁坏。
就是这样，我一边怀疑写作一边写作，
　耗尽墨水发泄伤痛，也许有人会发现
　斯苔拉的巨大威力，竟让我困惑连连。

（1582）

# When to Her Lute Corinna Sings[1]

By Thomas Campion (1567—1620)

When to her lute Corinna sings,
Her voice revives the leaden strings,
And doth in highest notes appear
As any challenged echo clear;
But when she doth of mourning speak,
Ev'n with her sighs the strings do break.

1 M. H. Abrams et al, ed. *The Norton Anthology of English Literature* (7th Edition), Volume 1. New York: W. W. Norton & Company, 2000.

And as her lute doth live or die,
Led by her passion, so must I:
For when of pleasure she doth sing,
My thoughts enjoy a sudden spring;
But if she doth of sorrow speak,
Ev'n from my heart the strings do break.

（1601）

# 科琳娜弹诗琴唱起歌曲

[英]托马斯·坎皮恩(1567—1620)

科琳娜弹诗琴唱起歌曲,
沉闷的琴弦便焕发生趣,
她的音调最高亢最嘹亮,
就像清晰的回声在荡漾;
但是当她唱得悲痛欲绝,
轻声哀叹会让琴弦断裂。

她的诗琴经历生生死死，
靠她激情指引，我也如此。
因为当她唱起愉快歌曲，
我突然享受到春天乐趣；
但如果她唱得悲悲切切，
就连我的心弦都会断裂。

（1601）

# When Thou Must Home to Shades of Underground[1]

By Thomas Campion

When thou must home to shades of underground,
   And there arriv'd, a new admired guest,
The beauteous spirits do engirt thee round,
   White Iope, blithe Helen and the rest,
To hear the stories of thy finish'd love
From that smooth tongue, whose music hell can move:

1 Andrew Sanders. *The Short Oxford History of English Literature*. Oxford: Clarendon Press, 1996.

Then wilt thou speak of banqueting delights,

Of masks and revels which sweet youth did make,

Of tourneys and great challenges of knights,

And all these triumphs for thy beauties sake.

When thou hast told these honours done to thee,

Then tell, O tell, how thou didst murder mee.

# 当你必须回归地下的阴暗家园[1]

[英]托马斯·坎皮恩

当你必须回归地下的阴暗家园，
　到达后你便是受爱慕的新客人，
众多美丽的精灵把你围在中间，
白皙艾欧普、快活海伦及同伴们[2]，
听你讲述你的恋爱和夭折结局，
你口舌流利，其乐音能感动地狱。

1　原载于《牛津简明英国文学史》（修订本），2006 年。

2　艾欧普（Iope），希腊神话中一个海中女仙。海伦（Helen），希腊神话人物，曾引发特洛伊战争。

你是否再讲一讲宴会上的美餐，
　可爱的年轻人戴面具饮酒放纵，
讲讲骑士们的竞赛和重大挑战，
以及为你的美取得的一切成功。
讲完他们奉献给你的这些荣耀，
你再讲，啊，讲你是如何把我除掉。

# The Garden of Love[1]

By William Blake ( 1757—1827 )

I went to the Garden of Love,
And saw what I never had seen:
A Chapel was built in the midst,
Where I used to play in the green.

And the gates of this Chapel were shut,
And "Thou shalt not" writ over the door;
So I turn'd to the Garden of Love,
That so many sweet flowers bore;

1 M. H. Abrams et al, ed. *The Norton Anthology of English Literature* (7th Edition), Volume 2. New York: W. W. Norton Company, 2000.

And I saw it was filled with graves,

And tomb–stones where flowers should be;

And Priests in black gowns were walking their rounds,

And binding with briars my joys & desires.

（1794）

# 爱的花园

［英］威廉·布莱克（1757—1827）

我去探访爱的花园，
看见从未见的景象：
常去玩的草地中间
建起一座小小教堂。

这座教堂院门紧关，
“禁止入内”写在门上；
我转身看爱的花园，
那里曾有鲜花怒放；

只见坟茔墓碑林立，
遍布昔日种花地方；
穿黑长袍的神甫在园中巡视，
用荆棘束缚我的快乐和欲望。

（1794）

# Annabel Lee[1]

By Edgar Allan Poe (1809—1849)

It was many and many a year ago,
    In a kingdom by the sea
That a maiden there lived whom you may know.
    By the name of ANNABEL LEE;
And this maiden she lived with no other thought
    Than to love and be loved by me.

*I* was a child and *she* was a child,
    In this kingdom by the sea;
But we loved with a love that was more than love—
    I and my ANNABEL LEE—
With a love that the wing è d seraphs of heaven
    Coveted her and me.

---

1 Nina Baym, ed. *The Norton Anthology of American Literature* (5th Edition), Volume 1. New York: W. W. Norton & Company, 1998.

And this was the reason that, long ago,
　　In this kingdom by the sea,
A wind blew out of a cloud, chilling
　　My beautiful ANNABEL LEE;
So that her highborn kinsmen came
　　And bore her away from me.
To shut her up in a sepulchre
　　In this kingdom by the sea.

The angels, not half so happy in heaven,
　　Went envying her and me—
Yes! — that was the reason (as all men know,
　　In this kingdom by the sea)
That the wind came out of the cloud by night,
　　Chilling and killing my ANNABEL LEE.

But our love it was stronger by far than the love
　　Of those who were older than we—
　　Of many far wiser than we—
And neither the angles in heaven above,
　　Nor the demons down under the sea,
Can ever dissever my soul from the soul

Of the beautiful ANNABEL LEE:

For the moon never beams, without bringing me dreams
Of the beautiful ANNABEL LEE;
And the stars never rise, but I feel the bright eyes
Of the beautiful ANNABEL LEE:
And so, all the night tide, I lie down by the side
of my darling—my darling—my life and my bride,
In her sepulchre there by the sea—
In her tomb by the sounding sea.

(1849)

## 安娜贝尔·李

［美］埃德加·艾伦·坡（1809—1849）

那是很多很多年以前的事，
　　在一个海边的王国里，
住着一位少女，你也许知悉，
　　她的名字安娜贝尔·李。
姑娘只愿爱我，也愿被我爱，
　　除此外没有别的希冀。

那时我是孩子，她也是孩子，
　　在这个海边的王国里；
但我们相爱超越一般的爱——
　　我和我的安娜贝尔·李。
这种爱让天国六翼炽天使
　　竟对她和我百般觊觎。

这就是为什么，在很久以前，

在这个海边的王国里，
寒风突然吹出云间，冻坏了
我美丽的安娜贝尔·李。
于是她的贵族亲属们赶来，
硬把她从我身边带离，
把她关进一个石砌的墓穴，
在这个海边的王国里。

天国的天使不如我们快乐，
就对她和我满怀妒忌——
对！——这就是为什么（尽人皆知，
在这个海边的王国里）
黑夜里寒风从云层间袭来，
冻杀我的安娜贝尔·李。

可是我们的爱情如此坚贞，
年长者的爱无法相比，
智高者的爱无法相比。
无论是翱翔天国的天使们，
还是蛰伏海底的鬼蜮，
永远不能分开我们的灵魂，
我和美丽的安娜贝尔·李。

因为每逢月亮放光，我会在梦里
　　见到美丽的安娜贝尔·李。
每逢星辰升起，我感觉明眸双双
　　属于美丽的安娜贝尔·李。
所以我每夜躺在我的爱人身旁——
我的爱人，我的生命，我的新娘，
　　在大海边她的墓穴里——
　　在滂湃的大海边她的坟墓里。

（1849）

# When I Heard the Learn'd Astronomer[1]

By Walt Whitman (1819—1892)

When I heard the learn'd astronomer,
When the proofs, the figures, were ranged in columns before me,
When I was shown the charts and diagrams, to add, divide, and measure them,
When I sitting heard the astronomer where he lectured with much applause in the lecture–room,
How soon unaccountable I became tired and sick,
Till rising and gliding out I wander'd off by myself,
In the mystical moist night–air, and from time to time,
Look'd up in perfect silence at the stars.

( 1865 )

---

1 W. H. New & W. E. Messenger, ed. *Literature in English*. Scarborough: Prentice Hall Canada Inc., 1993. The Editor's note: from the "By the Roadside" section of *Leaves of Grass*.

# 当我听博学的天文学家讲课

［美］沃尔特·惠特曼（1819—1892）

当我听博学的天文学家讲课，
当证据和数字一行行呈现在我面前，
当图表和简图展示出来，以便进行演算和测量，
当我坐在课堂听天文学家讲课，伴着阵阵掌声，
不知为什么我很快就感到厌倦难耐，
于是站起来悄悄溜到户外独自漫步，
在夜晚神秘的潮湿空气里不时抬头，
在万籁俱寂之中仰望群星。

（1865）

# In an Artist's Studio[1]

By Christina Rossetti (1830—1894)

One face looks out from all his canvases,
　One selfsame figure sits or walks or leans;
　We found her hidden just behind those screens,
That mirror gave back all her loveliness.
A queen in opal or in ruby dress,
　A nameless girl in freshest summer−greens,
　A saint, an angel; —every canvass means
The same one meaning, neither more nor less.

---

1 M. H. Abrams et al, ed. *The Norton Anthology of English Literature* (7th Edition), Volume 2. New York: W. W. Norton & Company, 2000.

He feeds upon her face by day and night,
   And she with true kind eyes looks back on him
Fair as the moon and joyful as the light:
   Not wan with waiting, not with sorrow dim;
Not as she is, but was when hope shone bright;
   Not as she is, but as she fills his dream.

(1856)

# 在艺术家的画室里

[英]克里斯蒂娜·罗塞蒂（1830—1894）

一个面孔从他的全部画作里张望，
　一个相同的人物或坐或走或半躺；
　我们发现她就在那些屏风后躲藏，
镜子映照出她那可爱动人的模样。
一个女王，穿蛋白色或深红色裙装，
　一个无名姑娘，穿夏草般鲜绿衣裳，
　一个圣贤，一个天使；——每幅画里深藏
一个相同的意蕴，不多不少很得当。

他日日夜夜从她的面孔汲取营养，
　她则用真诚慈爱的眼睛把他端详，
美丽如天上的月，快乐如皎洁的光：
　不因等待而减损，不因悲伤而无光；
画的不是她，而是她被希望照亮时的形象，
　画的不是她，而是她充斥在他梦里的形象。

（1856）

# The Wind[1]

By Robert Louis Stevenson (1850—1894)

I saw you toss the kite on high
And blow the birds about the sky;
And all around I heard you pass,
Like ladies' skirts across the grass—
O wind, a-blowing all day long,
O wind, that sings so loud a song!

I saw the different things you did,
But always you yourself you hid;
I felt you push, I heard you call,
I could not see yourself at all—
O wind, a-blowing all day long,
O wind, that sings so loud a song!

---

1 Robert Louis Stevenson. *A Child's Garden of Verses.* New York: Charles Scribner's Sons,1905.

O you are so strong and cold,

O blower, are you young or old?

Are you a beast of field and tree,

Or just a stronger child than me?

　　O wind, a-blowing all day long,

　　O wind, that sings so loud a song!

（1855）

# 风儿[1]

［英］罗伯特·路易斯·史蒂文森（1850—1894）

我见你把风筝抛向高空，
又见你把鸟群赶进天穹；
我听见你在我周围穿行，
像姑娘的长裙拖过草坪——
　　啊，风儿，你从早到晚吹个不停，
　　啊，风儿，你唱的歌曲嘹亮动听！

我见过你做的各种事情，
你自己却从来不露身形。
我感觉你推，我听见你喊，
可你的模样我却看不见——
　　啊，风儿，你从早到晚吹个不停，
　　啊，风儿，你唱的歌曲嘹亮动听！

---

1　原载于《世界儿童》1997 年第 1 期。

啊，你是那么强劲那么冷冰，
啊，风儿，你是年老还是年轻？
你是田野树丛里的野兽，
还是比我强壮的小朋友？
　　啊，风儿，你从早到晚吹个不停，
　　啊，风儿，你唱的歌曲嘹亮动听！

（1855）

# Looking-Glass River[1]

By Robert Louis Stevenson

Smooth it glides upon its travel,
Here a wimple, there a gleam—
O the clean gravel!
O the smooth stream!

Sailing blossoms, silver fishes,
Paven pools as clear as air—
How a child wishes
To live down there!

Till a wind or water wrinkle,
Dipping marten, plumping trout,
Spreads in a twinkle

---

1 Robert Louis Stevenson. *A Child's Garden of Verses*. New York: Charles Scribner's Sons, 1905.

And blots all out.

See the rings pursue each other;
All below grows black as night,
Just as if mother
Had blown out the light!

Patience, children, just a minute—
See the spreading circles die;
The stream and all in it
Will clear by-and-by.

(1855)

# 镜子河[1]

［英］罗伯特·路易斯·史蒂文森

旅途中它滑行平稳顺利，
　　这边起涟漪，那边泛光波——
　　　　啊，洁净的砂砾！
　　　　啊，平静的小河！

漂流的花朵，银色的群鱼，
　　点缀空气般清澈的深潭——
　　　　小孩多么想去
　　　　潭下居住游玩！

直到一缕清风或一丝皱痕，
　　点水的貂鼠，跳水的鳟鱼，
　　　　瞬间推开波纹，

---

1　原载于《世界儿童》1996年第7-8期。

把美景全抹去。

看水面的圆圈追逐戏耍，
水下一切变得漆黑如夜，
这就好像妈妈
已把灯火吹灭！

孩子们，再等一等，耐心些——
看扩散的圆圈正在消逝；
小河里的一切
定会逐渐清晰。

（1855）

# The Swing[1]

By Robert Louis Stevenson

How do you like to go up in a swing,
    Up in the air so blue?
Oh, I do think it the pleasantest thing
    Ever a child can do!

Up in the air and over the wall,
    Till I can see so wide,
Rivers and trees and cattle and all
    Over the countryside—

1 Robert Louis Stevenson. *A Child's Garden of Verses*. New York: Charles Scribner's Sons, 1905.

Till I look down on the garden green,
  Down on the roof so brown—
Up in the air I go flying again,
  Up in the air and down!

（1855）

# 荡秋千

［英］罗伯特·路易斯·史蒂文森

你喜欢荡起秋千飞上
　蓝蓝的天空吗？
啊，我想这是小孩能做的
　最快乐的事啦！

荡到空中，飞越院墙，
　直到我能望得很远，
河流树林牛群和一切，
　整个乡野都能看见——

直到我低头见到绿庭院，
　见到屋顶色棕黄——
我又一次向着空中飞去，
　飞上蓝天再下降！

（1855）

# My Shadow[1]

By Robert Louis Stevenson

I have a little shadow that goes in and out with me,
And what can be the use of him is more than I can see.
He is very, very like me from the heels up to the head;
And I see him jump before me, when I jump into my bed.

The funniest thing about him is the way he likes to grow—
Not at all like proper children, which is always very slow;
For he sometimes shoot up taller like an india–rubber ball,
And he sometimes gets so little that there's none of him at all.

He hasn't got a notion of how children ought to play,
And can only make a fool of me in every sort of way.
He stays so close beside me, he's a coward you can see;

1 Robert Louis Stevenson. *A Child's Garden of Verses*. New York: Charles Scribner's Sons, 1905.

I'd think shame to stick to nursie as that shadow sticks to me!

One morning, very early, before the sun was up,
I rose and found the shining dew on every buttercup;
But my lazy little shadow, like an arrant sleepy-head,
Had stayed at home behind me and was fast asleep in bed.

（1855）

# 我的影子

[英] 罗伯特·路易斯·斯蒂文森

我有个小影子，跟进又跟出，
不明白它究竟有什么用处。
它从头直到脚和我一个样；
总抢在我前面一跃跳上床。

他生长很特别，真是太奇怪——
绝不像小孩子慢慢长起来；
有时候像皮球，蹦得比我高，
有时候又变小，踪影也难找。

它不懂小孩子应该怎样玩，
只知道耍弄我，让我很难堪。
它总是黏着我，可见多胆小；
像宝宝缠阿姨，真替它害臊！

大清早我起床，太阳还没起，
露珠儿闪烁在金凤花丛里；
懒惰的小影子像个瞌睡虫，
躲家里躺床上，正在酣睡中。

（1855）

# A Man Said to the Universe[1]

By Stephen Crane (1871—1900)

A man said to the universe:
"Sir, I exist!"
"However," replied the universe,
"The fact has not created in me
A sense of obligation."

( 1885 )

1 W. H. New & W. E. Messenger, eds. *Literature in English*. Scarborough: Prentice Hall Canada Inc., 1993.

# 一个人对宇宙说

［美］斯蒂芬·克莱恩（1871—1900）

一个人对宇宙说：
“先生，我活着！”
“然而，”宇宙回答，
“这事实并没让我产生
任何责任感。”

（1885）

# The Captured Goddess[1]

By Amy Lowell (1874—1925)

Over the housetops,
Above the rotating chimney–pots,
I have seen a shiver of amethyst,
And blue and cinnamon have flickered
A moment,
At the far end of a dusty street.

Through sheeted rain
Has come a lustre of crimson,
And I have watched moonbeams
Hushed by a film of palest green.

It was her wings,

---

1 Nina Baym, ed. *The Norton Anthology of American Literature* (5th Edition), Volume 2. New York: W. W. Norton & Company, 1998.

Goddess!

Who stepped over the clouds,

And laid her rainbow feathers

Aslant on the currents of the air.

I followed her for long,

With gazing eyes and stumbling feet.

I cared not where she led me,

My eyes were full of colors:

Saffrons, rubies, the yellows of beryls,

And the indigo-blue of quartz;

Flights of rose, layers of chrysoprase,

Points of orange, spirals of vermilion,

The spotted gold of tiger-lily petals,

The loud pink of bursting hydrangeas.

I followed,

And watched for the flashing of her wings.

In the city I found her,

The narrow-streeted city.

In the market-place I came upon her,

Bound and trembling.

Her fluted wings were fastened to her sides with cords,

She was naked and cold,
For that day the wind blew
Without sunshine.

Men chaffered for her,
They bargained in silver and gold,
In copper, in wheat,
And called their bids across the market-place.

The Goddess wept.

Hiding my face I fled,
And the grey wind hissed behind me,
Along the narrow streets.

(1914)

# 被俘的女神

［美］艾米·洛威尔（1874—1925）

在房顶上方，
在烟囱旋转管帽之上，
我看见紫晶色抖动，
蓝色和红褐色闪烁
片刻，
在一条尘土飞扬的街道尽头。

深红色的光泽
穿过雨幕透出来，
我一直在观察一道道月光，
被最浅的绿色薄膜冲淡。

那是她的翅膀，
女神啊！
她踏着云朵，

把彩虹色的羽毛
斜铺在气浪之上。

我跟着她很久了，
目不转睛，脚下踉跄。
我不在乎她带我去何方，
我眼中充满色彩：
橘黄色、红宝石色、黄宝石色，
还有石英的靛蓝色；
一段段玫瑰色，一层层绿玉髓色，
星星点点的橘黄色，螺旋形的朱红色，
虎皮百合花瓣上的点点金斑，
怒放的绣球花那艳丽的粉红。
我跟着她，
观察她的翅膀闪动。

我在城市里找到了她，
在那座街道狭窄的城市。
我在市场里遇见了她，
她被捆绑，浑身颤抖。
她那带褶皱的翅膀被粗绳捆在体侧，
她裸露且冰凉，
因为那天刮着风，

没有阳光。

人们为她论价交易，
出的价以金银计算，
以黄铜和谷物计算，
他们在市场里喊价还价。

女神哭了。

我掩面而逃，
灰暗的风在我身后嘶叫，
沿着狭窄的街道。

（1914）

# Nothing Gold Can Stay[1]

By Robert Frost (1874—1963)

Nature's first green is gold,
Her hardest hue to hold.
Her early leaf's a flower;
But only so an hour.
Then leaf subsides to leaf.
So Eden sank to grief,
So dawn goes down to day.
Nothing gold can stay.

( 1923 )

---

1 Nina Baym, ed. *The Norton Anthology of American Literature* (5th Edition), Volume 2. New York: W. W. Norton & Company, 1998.

# 一切如金之物不能长久

［美］罗伯特·弗罗斯特（1874—1963）

大自然的第一抹绿是金，
这颜色她最难保持常新。
大自然最早的叶片是花；
仅一小时就会发生变化。
然后叶子一片一片飘零。
伊甸园便陷入哀伤凄清，
黎明便渐渐演变成白昼。
一切如金之物不能长久。

（1923）

# Grass[1]

By Carl Sandburg (1878—1967)

Pile the bodies high at Austerlitz and Waterloo.

Shovel them under and let me work—

I am the grass; I cover all.

And pile them high at Gettysburg

And pile them high at Ypres and Verdun.

Shovel them under and let me work.

Two years, ten years, and passengers ask the conductor:

What place is this?

Where are we now?

---

1 Nina Baym, ed. *The Norton Anthology of American Literature* (5th Edition), Volume 2. New York: W. W. Norton & Company, 1998.

I am the grass.

Let me work.

（1918）

# 青草[1]

[美] 卡尔·桑德伯格（1878—1967）

把那些遗体高高摞起，在奥斯特里兹和滑铁卢。
把它们都铲到地下去，让我干活儿——
我是青草，我覆盖一切。

把那些遗体高高摞起，在葛底斯堡；
把那些遗体高高摞起，在伊普尔和凡尔登。
把它们都铲到地下去，让我干活儿。
两年过去，十年过去，乘客们问售票员：
这是什么地方？
我们是在哪里？

1 诗歌中第 1、4、5 行中提到的地名分别是拿破仑战争、美国南北战争和第一次世界大战的战场。

我是青草。

让我干活儿。

（1918）

# The Negro Speaks of Rivers[1]

By Langston Hughes (1902—1967)

I've known rivers:
I've known rivers ancient as the world and older than the
    flow of human blood in human veins.

My soul has grown deep like the rivers.

I bathed in the Euphrates when dawns were young.
I built my hut near the Congo and it lulled me to sleep.
I looked upon the Nile and raised the pyramids above it.
I heard the singing of the Mississippi when Abe Lincoln
    went down to New Orleans, and I've seen its muddy
    bosom turn all golden in the sunset.

---

1 Nina Baym, ed. *The Norton Anthology of American Literature* (5th Edition), Volume 2. New York: W. W. Norton & Company, 1998.

I’ve known rivers:
Ancient, dusky rivers.

My soul has grown deep like the rivers.

(1921)

# 黑人谈河流

[美]兰斯顿·休斯（1902—1967）

我了解河流：
我了解与世界同样古老的河流，它们比
人类血管里流淌的鲜血还要久远。

我的灵魂变得深沉，就像河流。

我曾在幼发拉底河洗浴，在黎明之初。
我曾在刚果河畔建棚屋，涛声催我入眠。
我曾去尼罗河进行考察，建起高耸的金字塔。
我曾听密西西比河歌唱，当亚伯·林肯[1]
　　南下新奥尔良；此后我常见它那
　　浑浊的胸膛在夕阳下一片金光。

---

1 亚伯·林肯，即亚伯拉罕·林肯（1809—1865），美国第16届总统。他22岁在一艘货船打工时，曾沿密西西比河到过新奥尔良，了解到奴隶制的情况。这对他日后提出废奴主张有很大影响。

我了解河流，
古老幽暗的河流。

我的灵魂变得深沉，就像河流。

（1921）

# Mother to Son[1]

By Langston Hughes

Well, son, I'll tell you:
Life for me ain't been no crystal stair.
It's had tacks in it,
And splinters,
And boards torn up,
And places with no carpet on the floor—
Bare.
But all the time
I'se been a–climbin' on,
And reachin' landin's,
And turnin' corners,
And sometimes goin' in the dark
Where there ain't been no light.

---

1 Nina Baym, ed. *The Norton Anthology of American Literature* (5th Edition). Volume 2. New York: W. W. Norton & Company, 1998.

So boy, don't you turn back.
Don't you set down on the steps
'Cause you finds it's kinder hard.
Don't you fall now—
For I'se still goin', honey,
I'se still climbin',
And life for me ain't been no crystal stair.

(1922)

# 母亲对儿子说

[美]兰斯顿·休斯

来，儿子，我告诉你：
生活对我来说绝不是水晶楼梯。
里面有钉子，
有金属碎片，
有木板裂条，
还有些地方没铺地毯——
裸露着。
可是多年以来
我一直在登攀，
到达一个个驻脚台，
转过一个个转角，
有时走在黑暗中，
那里从来没有灯。
所以孩子，你别回头。
别因为遇到点困难

就坐到阶梯上。
小心别摔倒啊——
因为我还在前进，亲爱的，
我还在登攀，
生活对我来说绝不是水晶楼梯。

（1922）

# 谷启楠译著年表

此目录中有些译著是二十多年前首次发表的，中间经过修改和再版，有几个不同的版本，这里列入的只是较新的版本。有的译著被收入合集或选集，在这里一并列出。

## 主要译著

1. 《达洛维太太》，弗吉尼亚・吴尔夫著，人民文学出版社，2003.
   ——载于《海浪　达洛维太太》，弗吉尼亚・吴尔夫著，人民文学出版社，2016.
   ——载于《达洛维太太　到灯塔去 海浪》，弗吉尼亚・吴尔夫著，人民文学出版社，1997.
   ——载于《吴尔夫精选集》，弗吉尼亚・吴尔夫著，山东文艺出版社，2000.
2. 《幕间》，弗吉尼亚・吴尔夫著，人民文学出版社，2003.
3. 《福斯特短篇小说集》，E. M. 福斯特著，人民文学出版社，2009.

4. 《福斯特短篇小说集》，E. M. 福斯特著，上海译文出版社，2016.
5. 《月亮与六便士》，威廉·萨默塞特·毛姆著，人民文学出版社，2018.
6. 《塞巴斯蒂安·奈特的真实生活》，弗拉基米尔·纳博科夫著，上海译文出版社，2010.
7. 《老人与海》，厄内斯特·海明威著，天津人民出版社，2013.
8. 《牛津简明英国文学史》，安德鲁·桑德斯著（与韩加明、高万隆合译），人民文学出版社，2000.
9. 《中国古代经典名句英译》（与刘士聪合译），商务印书馆，2012.
10. 《英语经典散文翻译与赏析》（与刘士聪合译），商务印书馆，2017.
11. 《红色的英勇标志》，斯蒂芬·克莱恩著（与刘士聪合译），人民文学出版社，2004.
12. 《钢琴师》，瓦迪斯瓦夫·什皮尔曼著（与刘士聪合译），人民文学出版社，2004.
13. 《钢琴师》，瓦迪斯瓦夫·什皮尔曼著（与刘士聪合译），长江文艺出版社，2017.
14. 《临床试验》，丹尼尔·斯蒂文著（与朱小凡合译），译林出版社，2000.

    ——载于《译林》，1999（6）.
15. 《命运的挑战者》，莱斯利·斯克里夫纳著（与刘士聪合译），湖南人民出版社，1986.

## 主要译文及翻译导读

1. 《儿子》，约翰·厄普代克著，载于《漫谈翻译》，江苏人民出版社，1984.
2. 《失落在水中的秘密》，洛克·卡里埃著，载于《世界文学》，1988（3）.
3. 《偷梦的人》，芭勃拉·泰勒著，载于《儿童文学》，1990（5）.
4. 《镜子河》，罗伯特·路易斯·史蒂文森著，载于《儿童文学》，1996（7-8）.
5. 《风儿》，罗伯特·路易斯·史蒂文森著，载于《儿童文学》，1997（1）.
6. 《批评与环境》，诺斯罗普·弗莱著，载于《诺斯罗普·弗莱文论选集》，吴持哲编，中国社会科学出版社，1997.
7. 《无篷船》，斯蒂芬·克莱恩著，载于《红色的英勇标志》，斯蒂芬·克莱恩著，人民文学出版社，2004.
   ——载于《沉睡与发掘：外国文学名篇精译与赏析（欧美文学卷）上册》，臧传真编，南开大学出版社，2004.
   ——载于《文踪译迹——谷启楠文集》，南开大学出版社，2019.
8. 《乞力马扎罗的雪》，厄内斯特·海明威著，载于《老人与海》，厄内斯特·海明威著，天津人民出版社，2013.
9. 《惊恐记》，E. M. 福斯特著，载于《福斯特读本》，人民文学出版社，2011.

10. 《天国公共马车》，E. M. 福斯特著，载于《福斯特读本》，人民文学出版社，2011.

11. 《在埃米的眼里》，詹姆斯·韦伯著，载于《中国翻译》，2001（2）.

12. 《你们好，相爱的年轻人》，菲利普 · 哈沙姆著；翻译导读：《翻译中的文化解读与篇章关照》；载于《中国翻译》，2002（1）.

13. 《努纳维克地区的第一名注册护士》，贝思 · 加拉格尔著；翻译导读：《再现新闻报道的特点》；载于《中国翻译》，2004（6）.

14. 《关于枫树的传说》，比尔 · 卡斯尔曼著；翻译导读：《要使译文便于读者接受》；载于《中国翻译》，2005（3）.

15. 《赫什奎亚特——民族、地域和语言的统一体》，卡伦·查尔森著；翻译导读：《背景知识与翻译》；载于《中国翻译》，2007（1）。

16. *The Legacy*，赵恺著；翻译导读：《如何使译文简洁而清晰》；载于《中国翻译》，2007（4）.

17. *The Ribbon-cutting Ceremony*，邓柯著；翻译导读：《关于文化内容的解释性翻译》；载于《中国翻译》，2009（3）.

18. *My Correspondence with Celebrities*，高鲁生著；翻译导读：《谈谈文章中典籍引语的翻译》；载于《中国翻译》，2014（2）.

## 主要论文

1. 《正确理解原作是文学翻译的关键》，载于《中国翻译》，1989（5）.

2. 《就〈努纳维克地区的第一名注册护士〉译文与读者商榷》，载于《中国翻译》，2006（1）.

3. 《对作者要有敬畏之心:〈福斯特短篇小说集〉翻译谈》，载于《文踪译迹——谷启楠文集》，南开大学出版社，2019.

4. 《关于〈红楼梦〉文化内容的翻译》(与刘士聪合著)，载于《中国翻译》，1997（1）.

——载于《英汉语比较研究》，青岛出版社，1998.

5. 《浅谈英译汉过程中词义的确定》(与刘士聪合著)，载于《英汉语比较研究》，湖南科学技术出版社，1994.

图书在版编目（CIP）数据

镜子河：谷启楠译文自选集：中文，英文 / 谷启楠译著. -- 北京：中译出版社，2021.9
（我和我的翻译 / 罗选民主编）
ISBN 978-7-5001-6696-2
Ⅰ. ①镜… Ⅱ. ①谷… Ⅲ. ①世界文学—作品综合集—汉、英②谷启楠—译文—文集—汉、英 Ⅳ. ①I11

中国版本图书馆CIP数据核字(2021)第138554号

出版发行　中译出版社
地　　址　北京市西城区车公庄大街甲4号物华大厦六层
电　　话　（010）68359827，68359303（发行部）；68359725（编辑部）
传　　真　（010）68357870
邮　　编　100044
电子邮箱　book@ctph.com.cn
网　　址　http://www.ctph.com.cn

策划编辑　范祥镇　刘瑞莲
责任编辑　钱屹芝
装帧设计　秋　萍
排　　版　冯　兴

印　　刷　北京顶佳世纪印刷有限公司
经　　销　新华书店
规　　格　880毫米×1230毫米　1/32
印　　张　10.125
字　　数　216千字
版　　次　2021年9月第1版
印　　次　2021年9月第1次

ISBN 978-7-5001-6696-2　　定价：58.00元